導讀

希臘悲劇歸凡離神的當代再現

曾麗玲（臺灣大學外國語文學系教授）

《阿垂阿斯家族》為愛爾蘭當代小說家托賓去年出版的小說，是他第十一部作品，也是被時報出版社中譯的第六部作品。托賓過去曾經改寫過聖經基督受難與美國小說家亨利．詹姆斯的軼史，《阿垂阿斯家族》是他第一次改寫希臘悲劇經典之作，他以小說的文類改寫源於希臘史詩《奧德賽》、後被希臘三大劇作家分別以七部悲劇重現發生在阿迦門農一家親子二代涉及妻子殺夫及兒子為父報仇的故事*。

小說開展於在原故事裡因女兒冤死而殺夫為其標誌的呂后的章節，她的內心獨白就佔了小說前四分之一篇幅，顯見托賓鑿斧呂后特別是其扮演母親角色之深。托賓以幾乎趨近暴力美學的手法藉呂后之口描述女兒被騙至牲畜被宰、屍體內臟凌亂的祭祀現場、被粗魯地割斷頭髮、塞住嘴以阻斷她的放聲尖叫、拖上祭臺的驚恐過程，而目睹女兒受害至此的她自己也被脫離現場，丟入地洞、遭到活埋達三天之久，這是托賓對於希臘悲劇裡儀式化情節最為反動的改寫，高貴的獻祭儀式被呈現至類似綁匪監禁與虐殺人質的粗鄙情節，更不用說提供身為存活者的呂堂堂公主身分治理國家時，呂后高度的政治野心讓她無法伸張自主性，其中還包括打壓她與從朝臣滅門血案存活下來的伊安詩之間似有若無的同女情愫，凡此種種幽微的心裡轉折可讓原本伊蕾特拉在希臘原典裡所展現的戀父單面向大幅增色。

在三大悲劇作家筆下付之闕如的便是奧瑞斯特斯七年在外流放的過程，這也提供托賓在這小說裡最大的想像空間，讓他得以進行對歷史／故事的另類想像與改寫，於是，全篇小說多達三章的篇幅便集中在奧瑞斯特斯身上，與小說另外二個母女章節有所不同的是敘述觀點由第一人稱轉成第三人稱。相較於小說中內心獨白章節裡母女角色之深層心理剖析，托賓在奧瑞斯特斯的章節裡，使用第三人稱敘事時，卻幾乎不見奧瑞斯特斯針對其姊與父死訊應有之可襯托出他日後為父報仇英雄之姿的反應；反而在這長足的篇幅裡，托賓鋪陳他與虛構出的人物李安德之間低調的同志情慾，這應該是托賓這位同志作家改寫希臘原典的亮點。奧瑞斯特斯、米特羅斯及李安德三人從拘禁他們及其他宮廷朝臣之後嗣的監禁所逃至靠近海邊半荒廢的農屋，在那歸園田居的五年日常生活當中，奧瑞斯特斯開始認識自己的性向，與李安德發展出自然的親密關係，托賓以平淡的筆調淺淺交代：「他開始期待夜晚到來，期待那段時間兩人之間發生的事」，他讓讀者不斷看到兩人在這段採取返家復仇行動前不尋常的寧靜時刻當中，「相擁」、「環抱」、「單獨在一起」、「互相耳語」這些雖親密但動情指數被刻意壓低的字眼，側寫著奧瑞斯特斯幽微的情慾。在農屋居住期間所發展的情愫，隨著兩人回宮，各自進行他們復仇大計戛然而止，但到小說將盡時，這段曾經曖昧的情愫還以極其間接的暗示否定、終止了他與伊安詩異性戀關係：伊安詩明白告訴奧瑞斯特斯自己懷孕了，但孩子父親不是他，她直言「我不認為我們在黑暗中做的事能讓我懷孕。要讓我懷孕，不是那樣做」，奧瑞斯特斯聽了之後「把她抱向自己，但是沒有說話」。

以上關鍵時刻的沈默、留白正是托賓改寫希臘悲劇的重要手法，托賓在《阿垂阿斯家族》裡維持他一貫在《布魯克林》與《諾拉．韋布斯特》「精簡」的風格，他以擅長之白描、側寫、極簡的手法呈現這些經歷大過於凡人所能承受的悲劇角色。他一方面善用小說之所能（如第一人稱之內心獨白）揭露悲劇事件當中母親與女兒心理與精神的深度，但另一方面又刻意節制使用其實在第三人稱敘述時為達深入角色內心思緒目的可採的「間接自由話語」（free indirect speech），讓人物的呈現故意停留在他所精心規範的淺表層，如此吝於發揮小說文類作為心理分析之利器，其實是托賓模擬希臘悲劇精髓之舉：古希臘悲劇一概將殘殺暴力之情節以「不在場」做處理，它們只由角色或歌詠團以事後轉述的方式被重現，此舉有助於導引觀眾將劇中所激發的強烈情感——如憐憫與怖慄昇華，達到亞里斯多德在《詩學》裡盛讚悲劇所能得致的精神與道德的「滌淨效果」。托賓的改寫雖然賦予原故事明顯的現代寫實面向，但他仍以小說的手法模擬希臘悲劇原作的洗鍊，保有悲劇文類展示凡人不可及之自我節制特色，也就是說，《阿垂阿斯家族》讓我們親炙一位小說家向古希臘悲劇經典致敬、「大師」級的展現。

國際好評

托賓是獨樹一格的作家，善於捕捉意識的細微顫動，世上無人能出其右……托賓把血注入了沉默的希臘悲劇人物……儘管過了好幾世紀，這個故事在現代仍舊熱門，一個手握大權的女人，野心勃勃，但卻受限於性別，陷入窘境……這是托賓寫得最好的一部作品，不只是筆調，情節也無可比擬。他創造出引人入勝的祕密事件，因而聲名大噪。並且用同樣令人印象深刻的筆法描繪謀殺情節，完全可以媲美那些不朽的希臘劇作家。

——朗・查爾斯（Ron Charles），《華盛頓郵報》

托賓在這本書的成就是，把神話寫得看起來跟真的一樣，同時又保留高度戲劇張力……引人入勝。托賓把人性自私面，寫得既真實又生動。

——《書單》，星級評論

以第一人稱敘事的克呂泰涅斯特拉，既迷人，又嚇人，經歷心碎，因為貪求權力而變得冷血殘酷……托賓寫出了邪念如何生出憤恨，憤恨又如何生出暴力，幾乎無法阻擋。在原本的神話裡，這些角色是神明的玩物，但是托賓的這個版本時空背景改為「諸神漸漸消失的時代」，更加明確地把人類的缺失歸咎到人類自己身上。

——《柯克斯書評》

重新講述一個古老的西方故事，營造出緊張的氣氛……這本出色的著作讀來像原始翻譯，絲毫不像是改寫舊故事，一方面要指出令人困惑的古怪之處，一方面要揭露永恆的真相，說明愛的能量有時候很可怕，但是也總是令人欣喜。

——《圖書館期刊》，星級評論

用戲劇化的細膩筆法，描述諸神收手不管人類俗事的動盪年代，爆發了一場家族內鬥。

——《出版者週刊》，星級評論

柯姆．托賓改寫阿迦門農和克呂泰涅斯特拉的經典神話，描繪丈夫的自負和妻子的憤怒，用新的亮光投射出親密關係中的弱點。

——《Vogue》雜誌

托賓能成功，關鍵在於寫作能力，巧妙設下限制，精確觀察細節，這兩種技巧搭配得幾乎完美無瑕……令人無法忘懷。

——瑪麗．畢爾德（Mary Beard），《紐約時報》

這本小說令人驚嘆連連，作者發揮想像力，描述恐怖舉止背後的扭曲心理……最後幾章是托賓的創作中最神祕與美麗的，水準極高。

——克勞德．佩克（Claude Peck），《明尼亞波利斯星論壇報》

不同凡響的新小說……巧妙地運用希臘悲劇，如同他在二〇一三年入圍布克獎決選的小說《馬利亞的泣訴》裡借用聖母馬利亞的故事一樣。托賓在神話中找到缺口，運用想像力改寫成引人入勝的人性故事……

——約翰．弗裡曼（John Freeman），《波士頓環球報》

托賓先生是運用現代寫作方式的模範，善於刻畫人物，風格近似亨利．詹姆斯，描繪仔細，筆法敏銳而保守……每本書都寫得很棒。

——薩姆．薩克斯，（Sam Sacks），《華爾街日報》

托賓用簡單又冷酷的筆法，改編我們在學校裡記得滾瓜爛熟的悲劇故事……雖然故事的結局我們早就知道，卻仍然讀得手不釋卷。

——《水牛城新聞報》

從心理層面探索這齣希臘悲劇，以細膩的筆法重新改寫……揭露恐怖悲劇，卻不寫得聳人聽聞，讀來反而更加令人毛骨悚然，他完美重現希臘悲劇裡那些冷血殘酷、無法逃避的事件。

——《遠見日報》

寫得真好……托賓把摧毀克呂泰涅斯特拉一家人的希臘神話暴力悲劇改編成現代心理戲劇，從故事中推敲出人性的動機。

——伯里斯．卡奇卡（Boris Kachka），《紐約雜誌》

引人入勝……《阿垂阿斯家族》用滴畫般的狂熱筆法，平衡了新古典藝術的侷限。

——《歐普拉雜誌》

《阿垂阿斯家族》會引起共鳴，是因為托賓為角色增加了移情作用和深度，書中的角色經歷了苦難，容易犯錯，全都注定要沒入「長影」——但是在這本引人入勝的小說裡卻活得栩栩如生。

——海樂．麥愛萍（Heller McAlpin），全國公共廣播電臺

希臘版的《紙牌屋》……就像希尼在〈邁錫尼警戒〉的最後，托賓的小說也預示了敵意將會中止，時代將會延續。

——費歐娜．馬辛塔（Fiona Macintosh），《愛爾蘭時報》

本書把故事的節奏和語調掌控得完美純熟，證明了作者確實是現今最優秀的作家之一。

——約翰．波藍德（John Boland），《愛爾蘭獨立報》

故事將人性揭露無疑……野蠻、骯髒，容易令人信以為真，無法忘懷。

——凱特．克蘭奇（Kate Clanchy），《衛報》

柯姆．托賓把希臘神話寫得有血有肉……筆法獨具特色，優美、精簡、細膩。描繪出克呂泰涅斯特拉和情夫艾吉瑟斯之間的黑暗情慾。

——《泰晤士報》

托賓改編的故事以同情與責任為主軸，以導致克呂泰涅斯特拉展開恐怖復仇的駭人事件為焦點。她的第一人稱敘述能夠引人同情，有時甚至令人覺得她殺人合情合理……托賓的文字很精確，沒有修飾，小說中的暴力時刻都寫得極其精簡。這本書最棒的特色還是讀來令人手不釋卷。托賓講述一個數千年來結局都一樣的故事，卻能讓讀者期待出現不一樣的結局。

——詹姆士．里斯（James Reith），《經濟學人》

令人無法忘懷的故事，主要因為托賓用精簡、能引發共鳴的文字來講述……

——露西．休斯—哈勒特（Lucy Hughes-Hallett），《新政治家》

這本小說描寫西方世界最古老的傳說之一，諸神不復存在，是小說中引人矚目的重點。托賓用似是而非的筆調描繪豐富的角色性格，並且將神話人性化，使《阿垂阿斯家族》成為他寫得最棒的作品。

——《每日快報》

阿迦門農為了祈求平安從特洛伊回國，把女兒殺掉祭神，克呂泰涅斯特拉幫女兒報仇。托賓小心處理克呂泰涅斯特拉的故事，逼真地描繪出情緒波動，連對這個故事很瞭解的人都會讚嘆不已。

——克蕾兒．歐佛（Claire Allfree），《每日郵報》

這部小說講述一家人，彼此隱瞞祕密，互相說謊，乃至於鑄下大錯。

——《文學評論》

這是一部獨創的小說，劇情緊張，發人省思。托賓的這本書把這個古老的故事變成了冥想，憂鬱悲戚，宛如抒情詩，探索私密的慾望。藉此含蓄地評論北愛爾蘭問題的餘波。

——《泰晤士報文學增刊》

深入改編《奧瑞斯提亞》。擴大暴力和報復渴望，都是刻意模仿北愛爾蘭問題。

——《觀察家報》

這本書有一種受到抑制的寂靜特質，就像莫蘭迪的靜物畫一樣，能夠讓故事讀起來更加恐怖，引人同情。

——《大海》作者，約翰·班維爾

克呂泰涅斯特拉

我已經熟悉死亡的氣味，那股令人作嘔的甜味隨風飄蕩，飄進了這座王宮裡的每個殿堂。現在我很輕易就能感到心平氣和、心滿意足。早上我會凝望天空，欣賞不斷變化的光線。隨著世人開始尋歡作樂，鳥鳴聲也會漸漸出現，接著，隨著白晝漸漸消逝，聲音也會漸漸變弱，最後徹底消失。我看著影子漸漸變長，好多事物悄悄消失，但是死亡的氣味卻始終存留不去。或許是那股味道已經飄進我體內，像個來訪的老朋友一樣，受到熱情款待。那是恐懼與驚慌的味道，那股味道就像空氣一樣，無所不在；那股味道會像早晨的光線，反覆重新出現，一直伴隨著我，在我眼裡注入活力；本來我的眼睛因為等待而變得死氣沉沉，但是現在不再死沉了，現在我的雙眼明亮又靈活。

我下令把屍體放在戶外曝曬一、兩日，直到那股甜味變成惡臭。我喜歡嗡嗡飛來享受盛宴的蒼蠅，牠們微小的身軀構造複雜，細緻美麗，不過卻一直飽受飢餓感所苦；那種飢餓感我現在不只能夠瞭解，甚至能夠體會。

我們現在全都很飢餓。但是食物只會刺激我們更加胃口大開，只會磨利我們的牙齒；吃肉只會讓我們渴望吃更多肉，正如同死亡會讓我們渴望更多死亡。殺人讓我們變得嗜殺，讓靈魂充分獲得滿足，那種滿足感極度強烈，令人稱心快意，不禁渴望獲得更多滿足。

刀子刺進耳朵下面柔軟的肉，刺得熟練精準，接著劃過喉嚨，悄然無聲，就像太陽在天空中移動一樣，不過刀子移動得比較快，比較劇烈。他的暗紅色鮮血流了出來，自然是無聲無息，就像黑夜降臨到熟悉的事物那樣悄然。

六

他們先剪掉她的頭髮，再把她拖到獻祭臺。女兒的手被緊緊反綁在背後，手腕被繩子磨得破皮，腳踝也被綁住。他們纏綁她的嘴巴，阻止她咒罵父王，她那個懦弱又說謊的父王。儘管如此，我仍舊聽得到她那被遮掩住的尖叫聲，她終於明白，父王真的要殺掉她，她父王為了祈求神明幫助軍隊，真的要拿她的命來祭神。他們倉促草率地剪掉她的頭髮，有個女人硬是用生鏽的刀刃，把女兒的頭皮劃得皮開肉裂。伊妃姬尼亞開始破口大罵，於是他們用一塊舊布堵住她的嘴，好讓大家聽不見她咒罵。雖然她為討好父王，發表了言不由衷的演說，但我還是覺得好驕傲，因為她從頭到尾都沒有停止掙扎，一秒都不曾向命運低頭。她沒有放棄，拚命把纏綁住腳踝與手腕的繩子扯鬆，試圖掙脫。她也不停咒罵她父王，要讓她父王感受到女兒有多麼瞧不起他。

現在沒人願意重述她被噤聲之前說的話，不過我知道她當時說了什麼，那些話是我教她說的。那些話是我想出來的，希望能讓國王和他的手下收手，放棄那些愚蠢的目的；那些話預告了一旦消息傳開，國王和他周遭的人會發生什麼事。他們把我們的女兒，驕傲又美麗的伊妃姬尼亞，拖到獻祭臺，把她拖過塵土，殺掉祭神，就為了能夠打勝仗。我聽說，女兒在臨死前最後一刻，放聲尖叫，聽到的人，心臟都被她的聲音刺穿。

後來，她被殺害時發出的慘叫聲被緘默與陰謀所取代；她的父王阿迦門農回國後，我騙他以為我不會幫女兒報仇。我隱忍等待，觀察訊號之際，笑容滿面地張開雙臂迎接他。我在宮裡準備一桌飯菜。竟然為這個愚蠢之徒準備飯菜！我還擦了特別的香水，好令他性慾高漲。竟然為這個愚蠢之徒擦香水！

我做好萬全準備，他卻毫無防備。這個光榮凱旋的英雄，雙手沾滿女兒的鮮血。但是他現在手洗乾淨，雙手潔白，毫無汙漬，張開雙臂擁抱朋友，笑容滿面。這個偉大的戰士以為自己馬上就要舉杯慶祝勝利，大啖豐盛的佳餚。他樂得合不攏嘴呀！回國了，心情終於能夠放鬆了！

不久，他終於聽到噩耗，心痛萬分，我看見他猛然痛苦地將手緊握成拳頭。此時，在他自己的王宮裡，在這放鬆的時刻，他想到石砌的浴池裡好好放鬆。

他說，支持他繼續撐下去的，是想到這一切等著他，療癒身心的水和香料，柔軟乾淨的衣物，熟悉的氣息與聲音。他就像一頭獅子，放盡氣力呼嘯後，口鼻下垂，身軀攤軟，將一切危機意識拋到九霄雲外。

我笑吟吟地說，是呀，我也一直想著要怎麼迎接他。我告訴他，我不只醒著的時候時時刻刻牽掛他，連做夢也會夢見他，我曾經夢見他從香氣四溢的洗澡水中站起身，身子洗得乾乾淨淨。廚房正在烹煮佳餚，侍女正在擺設餐桌，他的友人紛紛聚集。我告訴他，侍女已經把浴池準備妥當。我請他前往浴池，立刻沐浴，他需要沐浴，浸泡在回家的放鬆情緒中。沒錯，回家了，這頭獅子回到家了。我知道獅子回家後，該怎麼對付他。

我命令密探向我通報他什麼時候回來。密探點燃各個烽火，向遠處的山崗通報消息，各個山崗上的密探再點燃烽火，向我通報。通報消息的是烽火，不是神明。現在完全沒有任何神明向我伸出援手，或照看我的行動，或明白我的心思。我完全沒有祈求任何神明，我活得孤獨無依，心驚膽寒，因為我知道諸神統治的時代已經過去。

我不祈求神明，在這裡，我孤獨無依，因為我不祈求神明，以後也不會再祈求神明。我只會喃喃低語，單純普通的自言自語。我會說來自這個世界的話語，那些話語充滿懊悔，懊悔著我失去的一切。我發出像是祈禱的聲音，但是那些祈禱既不是向誰祈求，也不是幫誰祈求，甚至不是為人祈禱，因為女兒已經死了，聽不到了。

別人都不知道，只有我知道，神明其實對世俗之事漠不關心，祂們有其他事要操心。祂們才不關心凡人的七情六慾和滑稽舉止，就像我不會關心樹上的葉子一樣。我知道葉子長在樹上，凋零後會再長出來，又再凋零，就像人來到世上活到死，又會被其他人取代。我幫不了樹葉，也沒辦法防止樹葉凋零，因此我不會去幫葉子實現欲望。

竟然有人認為是神明讓國王打勝仗；是神明指引，他才能想出每個計劃、採取每個行動；神明知道他早上情緒陰晴不定，晚上又可能會像傻子一樣，莫名其妙地欣喜雀躍；神明會傾聽他的祈求，在神殿裡討論該怎麼幫他；神明贊同並且眼睜睜看著我女兒被殺害。想到這些，我不禁想笑，聽聽自己從咯咯竊笑變成哈哈大笑。

這樁交易很簡單，至少他和他的軍隊是這樣認為的。殺掉無辜的女兒，就能換得風向改變。把女兒殺掉，用刀子割斷她的喉嚨，讓她從此再也無法走進寢宮，無法在早上醒來，讓世上少了她的倩影。如此，神明就會給予獎賞，在她父王的軍隊需要風來協助航行時，刮起順風，在敵人需要風時，讓風靜止。而且，神明會讓她父王的軍士變得機警英勇，讓敵人心生恐懼；神明會賦予刀劍神力，讓他的刀劍變得鋒利，揮起來更快。

國王在世的時候，他和他身邊的人相信神明關心他們的命運，照看他們，照看他們每一個人。不過我現在敢大聲說，不論是以前或現在，神明才不管他們死活。凡人祈求神明的聲音，神明根本沒辦法聽見，就好像星星墜落之前在天空中求助的聲音，我們也根本沒辦法聽見，就算我們真的聽見，也會置若罔聞。

神明有俗事以外的事要操心，那是我們無法想像的。神明根本不太清楚我們活在塵世，如果神明聽得見我們的聲音，那些聲音頂多像樹林裡的微弱風聲，只是模模糊糊、斷斷續續的窸窣聲。

我知道並非一直如此。以前神明會在早上出現，喚醒我們；以前神明會幫我們梳理頭髮，在我們的嘴裡塞滿甜言蜜語，傾聽我們的慾望，想辦法幫我們實現；以前神明會瞭解我們的心思，發送徵兆給我們。不久前，我們還記得，死神到來之前，夜晚我們會聽見女人呼喚的聲音，那是呼喚瀕死的人回到冥府，催促他們準備上路，安撫心中的猶豫不決，讓死者安心前往安息地。母親臨死前的那段日子，國王跟我在一起，我們都聽見那個呼喚聲，母親也有聽到，那個呼喚聲令她安心，明白死神在呼喚她，準備帶她離開。

現在那個呼喚聲停止了，那個像風嘯一般的呼喚聲音不再出現了。死者消逝在自己的時間裡，沒人會幫他們，別人不會注意到，只有在苦短人生中跟他們親近的人，才會注意到。他們從世上消逝後，神明就不再逗留，不再發出縈繞不去的風嘯聲。我注意到了，死者附近一片寂靜。照看死者的神明離開了，祂們走了，不會回來了。

國王是走運，風向才會改變，單純是走運而已。他的部下英勇奮戰，也是走運；他會戰勝，也是走運。要不是走運，他早就戰敗了。他根本不需要拿女兒去祭神。

從我出生那一刻起，有個褓母照顧我，在她臨終的那段日子，我們不相信她快要死了。那時候我都會坐在她身邊，陪她聊天，要是真有任何風嘯聲，我們一定會聽到。但是根本什麼聲音都沒有，沒有聲音伴隨她走向死亡，只有寂靜，或是平常從廚房傳來的聲響，還有狗吠聲。後來她就這樣死了，停止呼吸，生命終結。

我走到外頭，仰望天空。當時幫得了我的，只有殘存的禱告詞。祈禱曾經具有強大的力量，能幫一切事物增添意義，如今卻被遺棄，聽起來生疏，力量微弱得可憐，過往的回憶都被鎖在韻律中；在那段歷歷在目的往日歲月中，不論我們祈求什麼，總是能夠實現。現在我們的祈禱被困在時間裡，處處受限，單純只是用來分散注意力；而且，像呼吸一樣，轉瞬即逝，單調乏味。不過，能支撐我們活下去，或許我們該感激的，不是其他，正是禱告，至少現下是如此。

六

我叫人把屍體抬去埋葬。值此日暮時分，我可以打開露臺的活動遮板，欣賞夕陽西下最後的金黃色蹤跡，還有燕鳥排列成弧形在空中飛行，彷彿鞭子鞭打著斜照的濃密陽光。隨著霧氣漸漸變厚，我可以看見景物的邊緣變得模糊。此時景象不再清晰，正好，我不想再看得清晰，我不需要看清楚，我需要的是像此刻，每個物體都不再獨立分開，都跟附近的物體融合在一塊，正如我和別人所做的一舉一動，也都不再是獨立分開，留待後人論斷對錯。

沒有什麼事物是穩定的，在這樣的光線中，沒有任何一種色彩是靜止的；陰影愈來愈暗，世界上的事物彼此融合在一起，就好像所有人做的事，全都會融合成一件事，所有人的呼喚與動作，全都融合成一個呼喚，一個動作。到了早上，光線被黑暗洗滌過後，我們將再度面對清晰與單獨的景物。還有，我存放記憶的地方，陰暗模糊，邊緣柔和，像腐蝕似的，很舒適。暫時這樣就夠了。我該睡了。我知道在明亮的日光下，我的記憶會再度變得銳利，變得犀利，像一把刀刃磨得鋒利的匕首，劃過發生過的事。

六

過了河流，往藍色山脈那個方向，有個遍地塵土的村莊，村子裡有個難相處的老婦，但是她擁有徹底失傳的本領。我聽說她不會隨便使用她的本領，大部分的時候都不願使用。在村子裡，她經常付錢給跟她一樣乾瘦的老婦，假扮成她，坐在門口，瞇著眼兒看著太陽。老婦付錢請她們假冒自己，騙來訪的人信以為她們是擁有神奇本領的本尊。

我們一直在監視這個老婦。艾吉瑟斯，這個現在跟我同床共枕、以後將跟我一起治理這個王國的男人，派了幾名手下去探察後，發現如何區分完全沒有神奇本領的冒牌貨和本尊。本尊有辦法把毒織進任何布料裡，當然，得要她願意才行。

只要穿上有毒的布料，不只會全身癱瘓，無法動彈，還會無法說話，完全無法發出聲音。中毒的人不論多驚恐，痛得多劇烈，都沒辦法叫出聲音。

我打算等到國王回來後對他下毒，我會滿臉笑容地等候他回來。我現在滿腦子只想著我割斷他的喉嚨時，他會發出咯咯的聲音。

那名老婦被守衛帶進宮，我把她鎖在王宮深處的一間庫房，那裡很乾燥，用來存放穀物。艾吉瑟斯說服人的本事跟老婦殺人的本領一樣高明，知道怎麼說服她。

艾吉瑟斯和老婦都是鬼祟陰險之徒，我就不一樣了，我行事光明磊落，活在光明之中，我雖然也會投射出影子，但是我不活在暗影裡。準備這項毒殺計劃時，我完全活在光明之中。

我的要求很簡單。有一件網子編織而成的浴袍，國王偶爾會在出浴後穿。我要老婦把毒線織進浴袍，一旦浴袍碰到皮膚，毒線就會使他癱瘓。我要老婦把毒線織得幾乎肉眼看不出來，艾吉瑟斯也警告她，我不只要求神不知鬼不覺，還要無聲無息。我殺掉阿迦門農時，不想要有人聽到他慘叫。我不想要任何人聽到他的聲音。

老婦起初假裝自己是冒牌貨，即便我只准艾吉瑟斯親自去探視她，帶食物給她，她仍舊漸漸明白自己為何會被抓到這裡；她被抓到這裡，是要幫忙殺掉阿迦門農，那個偉大的國王，嗜血的戰士，打勝仗，即將回國。老婦相信神明在保佑國王，不想違抗神明的旨意。

我從一開始就知道這個老太婆很棘手，不過我也發現，應付抱持舊觀念、相信世界是穩定的人，其實比較容易。

我開始著手準備對付這個老太婆。我有時間，阿迦門農還要過幾天才會回來，而且他快到的時候，我會預先收到警告，到時候我們不只在他的軍營裡安插密探，也在山崗上派了斥候。這次我萬事都不靠運氣，每一步謀劃周延；以前我太過仰賴運氣以及別人的突發奇想，太輕易相信人。

我們抓到這個精通蠱毒之術的乾癟老太婆後，把她監禁在一間庫房裡，外頭廊道的牆壁高處有幾扇窗戶，我叫人用繩子把這個險惡的老太婆吊到其中一扇窗口前，好讓她能看見被牆圍起來的花園。我知道她會看見什麼。她會看見自己的寶貝孫女，那個孩子是她這輩子最疼愛的人。我們從村子裡把那個孩子抓來，她也是我們的階下囚。

我讓艾吉瑟斯去告訴老婦，只要她把毒線織進浴袍，毒線順利發揮毒性，那麼她和她孫女就能立刻獲釋。我吩咐艾吉瑟斯不要把下一句話說完，只說話頭「如果妳不幹……」就好，再用意圖明顯的凶狠眼神盯著老婦，讓她不寒而慄，不過她也可能因此刻意不露絲毫懼色。

就這麼簡單，聽說老婦只花了幾分鐘就織好毒線。雖然艾吉瑟斯坐在一旁看老婦織線，但是老婦織完後，他卻看不出浴袍上有新線。完成後，老婦只要求艾吉瑟斯善待被囚禁的孫女，而且要確保送她們回村莊時，不能讓別人看見，也不能讓別人知道她們見過誰，或者去了哪裡。她冷冷瞪著艾吉瑟斯，艾吉瑟斯從她的眼神看得出來，任務將順利完成，這個高明又致命的蠱毒之術將足以把阿迦門農毒得癱瘓。

六

阿迦門農傳遞訊息給我們的那一刻，就注定死劫難逃。他來信說，希望在戰爭開打前，幫一名女兒完成婚事；說在開拔征戰之前，他想要被愛情與振作的氣氛包圍，讓他更加堅強，讓他的部下沾沾喜氣。他說，有一名年輕戰士叫阿基里斯，是英雄珀琉斯的兒子，這個年輕人命中注定要成為偉大的英雄，更勝其父。國王寫道，阿基里斯容貌英俊，倘若上天見到阿基里斯向我們的女兒伊妃姬尼亞許下婚誓，天空將熠熠生輝，他的部下目睹這天象，將心生敬畏。

「王后必須搭乘雙輪戰車前來。」他在諭旨中寫道，「旅程費時三日。籌備女兒的婚禮，千萬不要省。帶奧瑞斯特斯一起來，他現在年紀夠大，能夠觀賞大軍出征前夕的壯盛軍容，也可以親眼目睹姊姊嫁給像阿基里斯那麼高貴的男人。

「此外，王后離開時，必須把權力交給伊蕾特拉，告誡她要時時刻刻謹記父王，善用權力。我留了一些長老，他們年紀太大沒辦法打仗，不過能給她建言，輔佐她，為她獻計，直到王后帶著伊妃姬尼亞和奧瑞斯特斯回宮。我不在期間，公主必須跟王后一樣，傾聽長老建言。

「待我們打完仗歸國，權力必須交還。戰勝後，國事將穩定下來。神明保佑我們，祭司向我保證過，神明會保佑我們。」

我相信他，於是去找伊妃姬尼亞，告訴她將跟我一同前往她父王的軍營，她會嫁給一名戰士。我告訴她，我會命令裁縫師日夜趕工，幫她製作我們要帶去的禮服。我還在阿迦門農的話中加了自己的話，告訴女兒，她未來的駙馬阿基里斯談吐溫和。不只如此，我還加了其他的話，那些話，現在想起來著實令我痛苦萬分，滿面羞愧。我說他英勇善戰，受人欽佩，風度翩翩，沒有因為善戰而變得舉止粗野。

我還沒說完，伊蕾特拉就走進寢宮，問我們為什麼低聲私語。我告訴伊蕾特拉，比她年長一歲的伊妃姬尼亞要結婚了。我說伊妃姬尼亞美若天仙的傳說早已傳遍各地，遠近馳名，阿基里斯正等著迎娶伊妃姬尼亞，她父王深信，以後伊妃姬尼亞出嫁當天的故事，將會為世人所津津樂道，天空熠熠生輝，豔陽高照，神明同喜，即將出征的將士受到愛情的光輝照耀，變得英勇堅毅。伊蕾特拉聽到後不禁露出笑容，緊緊握住姊姊的雙手。

沒錯，我說了愛情，我說了光輝，我說了神明，我說了出嫁。我說了即將出征的將士會變得英勇堅毅，我說了伊妃姬尼亞和阿基里斯的名字。接著，我傳喚裁縫師，命令她們開始為我美豔的女兒製作稱身的禮服，我要女兒出嫁那天跟太陽一樣美豔。我還告訴伊蕾特拉，她父王信任她，要她留在宮裡，跟長老一起治理國事；說她才智雙全，善於觀察，過目不忘，令她父王無比自豪。

幾個星期後，在一個美麗的早晨，我們帶著幾名侍女出發了。

六

我們抵達軍營時，阿迦門農已等候多時。他緩緩走向我們，臉上的那種表情我以前從沒見過。我覺得，他臉上不只流露哀傷，同時也流露驚訝與寬心。或許還有其他情緒，但是當時我只觀察到這麼多。我以為，哀傷是因為他離開已久，思念我們，而且即將把女兒嫁出去；驚訝，是因為他經常想像我們變成什麼模樣，而現在我們活生生出現在這裡，八歲的奧瑞斯特斯長得高大，出乎他的想像，十六歲的伊妃姬尼亞也亭亭玉立。我以為，他之所以流露出寬心的神情，是因為我們安全抵達，他也安然無恙，我們終於團聚。他走過來擁抱我的時候，我感覺他的熱情帶著哀傷，但是他往後站，環視隨侍的將士時，我在他身上看到威嚴，那是領袖準備出征時的威嚴；我也看出來，他心裡還想著戰略與決策。阿迦門農，和他的部下，看起來意志堅決。我記得我們初見面時，那股意志似乎使他熱情沖昏了頭，因此那天我觀察得更加審慎。

我也發現他非常樂意傾聽，我感覺當時，或者等我跟他獨處時，他會樂意傾聽，這實在不像是他那種人會做的事。

他抱起奧瑞斯特斯，笑呵呵地抱著他走向伊妃姬尼亞。

他轉向伊妃姬尼亞，渾身散發魅力。我看著伊妃姬尼亞，感覺彷彿奇蹟降臨似的，她看起來就像一個自願來到塵世的仙女，氣質溫柔而內斂，超群脫俗。她父王走過去擁抱她，另一隻手仍舊抱著兒子，倘若當時有人想要知道慈愛是什麼樣子，倘若即將出征的將士想要看看慈愛的畫面，謹記在心，好獲得庇佑或鼓舞，那麼眼前這個畫面就是了，那簡直就像一幅刻在石壁上的珍貴畫面——父親、兒子、女兒、母親深情互望，父親一臉渴望親情，愛的神祕、溫暖、純潔，表露無遺；阿迦門農輕輕放下兒子，讓兒子站在自己身邊，這樣他才能用雙手將女兒擁入懷中。

我看見了愛，我篤定無疑，在那幾秒鐘，愛確實存在。

只不過那是虛假的。

然而，我們這些從宮裡來的人，沒有一個人猜到真相，即便站在附近的一些人，乃至於大部分的人，一定早就知道真相。不過他們沒有一個人露出跡象，一點跡象都沒有。

天空依舊湛藍，熱辣的太陽高掛天空，神明——哼，沒錯，就是神明！——那天似乎對著我們一家人微笑，對著準新娘和她弟弟微笑，對著我微笑，也對著她父王微笑；當時阿迦門農享受著親情的擁抱，彷彿軍隊終將大捷，屆時他將能夠享受戰勝的喜悅。沒錯，那天我們對真相毫無所知，前來幫阿迦門農執行計劃，而神明竟然笑容滿面。

六

我們抵達的隔天，我夫君早早就來帶走奧瑞斯特斯，請人幫他打造一把劍和一副輕裝鎧甲，要讓他看起來像個戰士。侍女紛紛前來拜見伊妃姬尼亞，欣賞我們帶來的服飾，議論紛紛，讚不絕口。她們送來許多冷飲，七手八腳地把衣服摺起來又攤開，攤開又摺起來。過了一會兒後，我走到臥室和廚房之間聽人閒聊，忽然聽見有個女人說有一些軍士在營帳外逗留，她提到的名字中，也有阿基里斯。

我心想，這可怪了，他怎麼會來我們的營帳附近呢？轉念又想，覺得這並不奇怪呀，他是來看看能不能瞧上伊妃姬尼亞一面。他會過來，是理所當然的呀！他肯定迫不及待想要瞧一瞧伊妃姬尼亞！

我走出軍帳，詢問那群軍士他們誰是阿基里斯，結果發現他人高馬大，獨自站著。我走到他跟前，他轉過身來看我，我一看他的眼神，就知道他是個直率的人；他說出自己的名字，從語調我聽得出來，他是個坦誠的人。我以為紛亂即將結束。我以為阿基里斯被派來我們這裡，是要終結我和國王出生之前就開始的紛亂。有一些血海深仇，存在我們所有人的血液裡。過往的罪孽和復仇的渴望。過往的謀殺和對謀殺的記憶。過往的戰爭和過往的背叛。過往的野蠻行徑，過往的互相攻擊，當時人們的行為活像狼似的。我以為這個男人娶了我女兒之後，一切紛亂就會結束。我以為未來國家將會繁榮昌盛；我以為奧瑞斯特斯將能在這個年輕戰士娶他姊姊的光輝下成長茁壯；我以為衝突即將結束，百姓將能平安活到老，戰爭將成為百姓入夜後高談闊論的話題，人們將漸漸淡忘被砍得血肉糢糊的屍體、沾染鮮血的曠野、傳播數哩的哀號；我以為人們以後將可以改聊英雄的事蹟。

我向阿基里斯自我介紹，他微微一笑，點點頭，清楚表明他早就知道我是誰，旋即轉身離去。我把他叫回來，把手伸向他，希望他能跟我握手，以表明和平即將到來，維持長長久久。

聽到我說話，他身體似乎震了一下，環顧四下，查看有沒有人在看。我瞭解他為什麼謹慎寡言，於是退了幾步，才繼續說。

「你都要娶公主了，」我說道，「自然可以跟我握手呀。」

「娶啥？」他問道，「我迫不及待去打仗啊。我根本不認識公主，國王──」

「我相信國王，」我打斷他說話，「是要你在大喜之日前的這幾天，跟公主保持距離，而不是跟我。再過幾天，一切都會改變，不過在娶公主之前，如果你擔心被人看見跟我說話，那麼我可以回去跟侍女待在一起，離你遠遠的。」

我話說得輕聲細語，他卻露出一臉慍怒與困惑。

「王后搞錯了。」他說道，「我在等著打仗，不是娶新娘。我沒有要結婚，我們在等風向改變，我們在等風不再把我軍的船吹得一直撞向礁岩，我們是在等……」

他皺起眉頭，似乎認為不該再說，因此沒有把話說完。

「或許國王，」我說道，「把公主召來這裡，等到打完仗——」

「打完仗我就要回國了。」他打斷我說話，「如果我沒戰死沙場，我就要回國。」

「我的女兒特地來這裡跟你結婚。」我說道，「傳喚她來的，是她的父王，我的夫君。」

「王后搞錯了。」他說道。他再次展現翩翩風度，說得明確果斷。有那麼一刻，我幻想起未來，幻想阿基里斯能幫我們改變未來，我好希望在未來的世界，每個角落都沒有衝突，每個陰暗處都能獲得關懷，我能安然終老，阿基里斯變得成熟穩重，我女兒伊妃姬尼亞成為人母，奧瑞斯特斯長大成人，才智雙全。猛然間，我發現在這個未來的世界裡，我看不見適合阿迦門農的地方，我也看不見伊蕾特拉；腦海中的畫面出現漆黑的空缺，我大吃一驚，倒抽一口氣。我試著把他們兩人放進畫面中，但始終沒辦法，我沒辦法看見他們兩人，我看不見的，還有別的東西。就在此時，阿基里斯拉高音量說話，彷彿要我注意聽。

「王后搞錯了。」他又說了一遍，接著講得輕柔些，「國王一定有告訴妳，為什麼要召公主到這裡吧。」

「我們來到這裡之後，」我說道，「我夫君只是歡迎我們。別的事他完全沒說。」

「那麼王后不知道囉？」他問道，「王后真的不知道嗎？」

他臉色沉了下來，問最後那個問題時，聲音微弱到幾乎聽不見。

我垂頭喪氣地從他面前走開，走回去女兒和那群侍女聚集的地方。她們拿著一件件衣物，嘖嘖讚嘆針工精美，完全沒注意到我回來。我獨自坐著，離她們遠遠的。

六

我不曉得是誰告訴伊妃姬尼亞，她不是來結婚，而是要被抓去祭神。我不知道是誰告訴她，她不是來嫁給阿基里斯當妻子，而是要在露天眾目睽睽之下，被細薄的利刃割斷喉嚨。屆時她父王也會在一旁觀看，還有祭司被派來參加這場祭典，負責吟詠祈禱詞，祈求神明保佑。

侍女離開後，我跟伊妃姬尼亞聊天，當時她還不知道實情。不過在接下來的一、兩個鐘頭，我們等待著奧瑞斯特斯回來，我清醒地躺在床上，她則不斷進出帳幕，有人清楚明白地告訴她真相。我這才明白，我是在自欺，才會以為會有簡單的解釋，能夠說明阿基里斯為何不知道婚事。有幾次，我明顯察覺阿基里斯在跟我暗示真相，但是我覺得不可能會有人意圖傷害伊妃姬尼亞，因為國王和他身邊的部下如此熱情迎接我們，而且軍營裡的侍女也那麼熱切地前來欣賞禮服。

我重新思索我跟阿基里斯的對話，一字一句仔細回想。伊妃姬尼亞來找我時，我確信，傍晚之前，我會收到令我安心的消息，告訴我一切疑雲都會解開。即便她開始說話的當兒，我仍舊深信會有令我安心的消息。她把她聽到的事告訴我。

「這事是誰告訴妳的？」我問道。

「有個侍女被派來告訴我。」

「哪個侍女？」

「我不認識她，只知道她被派來告訴我。」

「誰派來？」

「父王。」她答道。

「妳怎麼確定？」我問道。

「我就是確定。」

我們坐著等奧瑞斯特斯回來，我們之所以在那裡等，是想要叫帶奧瑞斯特斯回來的人帶我們去見阿迦門農，或者幫我們傳口信給他，請他務必過來跟我們談談。伊妃姬尼亞偶爾會抓住我的手，緊緊握住一會兒後才鬆手，唉聲嘆息，害怕得閉上眼，再睜開眼睛，茫然凝視遠處。即便在我們等待之際，我仍舊認為不會有事發生，這一切都是空穴來風，要用伊妃姬尼亞祭神，只是長舌婦散播的謠言，在打仗前夕，這類謠言很容易流傳在緊張的軍士及其部屬之間。

女兒再次抓住我的手，握得更用力、更緊，我本來只是心存疑慮，緊張不安，後來不禁覺得將會發生最可怕的情況。有幾次，我思索著我們能不能逃離這裡，一起趁夜逃跑，逃回宮裡或到其他地方躲避；或者想辦法找人帶伊妃姬尼亞離開，幫她喬裝打扮，找地方讓她藏身。但是我不知道我們應該往哪個方向逃，而且我知道我們就算逃跑，也會被追蹤，最後一定會被找到。我確定，既然阿迦門農把我們誘騙到這裡，肯定會派人監視，看守我們。

我們一起默默坐了幾個小時，沒有人接近。我漸漸地覺得我們好像被囚禁，打從抵達的那一刻起就被囚禁了。我們被騙來這裡。阿迦門農早就料到，我想到女兒要結婚，一定會欣喜若狂，於是用這招把我們誘騙到這裡。倘若用別招，我絕對不會上當。

我們先聽到奧瑞斯特斯嬉鬧的聲音，接著聽到他父王的聲音，我著實大吃一驚。他們倆走進房間，興沖沖地嬉鬧，我們站起身來面對阿迦門農。霎時間，阿迦門農就知道他派來的那個侍女，已經遵照他的指示，把真相告訴伊妃姬尼亞。他先低下頭，再抬起頭，笑了起來。阿迦門農先叫奧瑞斯特斯讓我們看看特別為他鑄造磨亮的那把劍，又叫他讓我們看看同樣也是為他量身製作的鎧甲。阿迦門農拿出自己的劍，裝出認真的模樣，握著劍要向奧瑞斯特斯挑戰。奧瑞斯特斯遵照父王的小心引導，讓兩把劍交碰，擺出要跟父王決鬥的姿勢。

「他可是個厲害的戰士喔。」阿迦門農說道。

我們面無表情漠然地看著他，我本來想叫褓母過來帶奧瑞斯特斯去睡覺，但是看到阿迦門農和奧瑞斯特斯之間的互動，我打消念頭。我覺得阿迦門農好像認為自己無論如何，都必須克盡父親的這部分責任，陪兒子玩。不論是現場的氛圍，或是我們臉上的表情，都極其緊繃，國王肯定知道，等他陪完兒子回頭來面對我們時，人生將會改變，永遠不會再跟以前一樣。

阿迦門農連一眼都不敢看我，也不敢看伊妃姬尼亞。他跟兒子耍劍嬉戲得愈久，我就愈確定他在怕我們，或者害怕結束嬉戲後，他自己必須告訴我們的那些話。他不想要結束，於是繼續嬉戲，這證明了他不是勇敢的人。

我不禁露出笑容，因為我知道這將是我這輩子能看到的最後一齣幸福戲劇，由懦弱到極點的夫君主演，拚命把戲拖長。這場父子玩耍鬥劍完全是演戲，是作假。我看出阿迦門農故意讓鬥劍繼續拖下去，讓奧瑞斯特斯一直保持玩興，卻又不會累，讓他覺得自己在炫耀劍術，好讓他想要一玩再玩。阿迦門農完全掌控了奧瑞斯特斯，我們兩人站在一旁觀看。

霎時間，我恍然大悟，這是神明在玩弄我們——祂們不只用假衝突和生命的嘶吼擾亂我們的心神，還用和諧、美麗、慈愛的畫面使我們分神，自己卻不為所動地漠然旁觀，等待戲劇結束的那一刻，等到演員筋疲力竭為止。祂們從頭到尾都袖手旁觀，就像我和伊妃姬尼亞一樣，等到戲劇落幕，祂們聳肩離開，不再關心。

奧瑞斯特斯不想結束鬥劍，不過，根據遊戲規則，他們能做的有限。一旦兒子靠他父王太近，就會完全無法防守他父王的劍。阿迦門農輕輕將他往後推時，他就清楚知道這只是遊戲，他也知道我們看出來了，注意到了。奧瑞斯特斯發現這一點後，很快就變得興趣缺缺，同樣很快就厭倦惱怒了起來。不過他仍舊不想要結束遊戲，聽到我叫喚褓母，就哭了起來。他說不要褓母過來，他父王用雙手抱起他，像抱一根柴火似的，把他抱到寢室。

伊妃姬尼亞沒有看我，我也沒看她，我們兩人都繼續站著，我不曉得過了多久時間。

阿迦門農從臥室走出來後，快步走向帳篷的入口，接著轉過身來。

「妳們知道了？妳們倆都知道了？」他低聲問道。

我無法置信地點點頭。

「那沒什麼好說了。」他低聲說，「必須這樣做，請相信我，必須這樣做。」

離開之前，他用空洞的眼神看了我一眼；接著攤開雙臂，手掌朝上，差一點聳肩。他看起來就像個無能的人，或者他故意裝成這個樣子，要我和伊妃姬尼亞看看無能的人是什麼模樣。畏縮，容易受騙或聽信別人的話。

偉大的阿迦門農態度清楚表明，不論作了什麼決定，作決定的都不是他，是別人。他裝得好像無法承受這一切，快步走出帳篷，走入黑夜，去找等候他的護衛。

四周寂靜無聲，只有軍隊就寢後，才會這麼寂靜。伊妃姬尼亞走到我身邊，我抱住她，她沒有放聲大哭，也沒有低聲啜泣。我感覺她彷彿永遠不會再動，早晨到來時，別人會發現我們仍舊這樣抱在一起。

六

曙光初現，我就走遍營區，尋找阿基里斯。我找到他時，他緩緩遠離我，一方面是出於高傲，一方面也是出於害怕；一方面是為了遵守禮儀，一方面也是擔心有人在看我們。我走到他面前，但是我沒有低聲私語。

「公主被騙來這裡，用的是你的名字。」

「我也很氣國王啊。」

「必要的話，我願意向你屈膝。你能幫我解決這場災厄嗎？公主受騙，以為來當你的妻子，你能救救她嗎？我們是為了你，才會命裁縫師傅日夜趕工啊。我們會如此興沖沖前來，都是為了你啊。如今她卻得知自己將被殺掉。人們聽到這場騙局之後，會認為你是怎樣的人呢？我沒有別人可以求助，只能求助於你。就算不為了別的，也請你為了自己的名聲，你一定要幫幫我。請握住我的手，好讓我知道我們有救了。」

「我不會跟王后握手。等我成功改變阿迦門農的想法，我才會跟您握手。國王不應該拿我的名字當誘餌來騙人。」

「如果你不娶她，如果你救不了——」

「我的名字就會沒沒無聞，我的人生就會一無是處，我就只是個懦夫，名字被拿去誘騙一個女孩。」

「我可以把我的女兒帶來這兒，我們倆一起懇求你。」

「別去打擾公主。我會跟國王談。」

「我丈夫……」我一開口旋即停口。

阿基里斯環顧離我們最近的那群人。

「國王是我們的領袖。」他說道。

「你要是能打勝仗，就會獲得賞賜。」我說道。

他心平氣和地看著我，緊盯我的目光，直到我轉過身，獨自往回走。大家紛紛閃避我，躲到我看不見的地方，彷彿我是被派來軍營的巨大害蟲，比一陣強過一陣、把船吹去撞礁岩的風還要可怕，就因為我試圖阻止舉辦祭典。

我回到營帳時，聽到伊妃姬尼亞的哭聲，帳篷裡擠滿了侍女，有些侍女是跟我們一起來的，她們在前一天抵達；有些原本掉隊的侍女，此時也來到營帳，吵得女兒附近一片鬧哄哄的。我大聲咆哮，叫她們出去，她們卻不理會我，於是我拉住其中一個侍女的耳朵，把她扯向營帳入口，攆了出去，再走向另一個侍女，直到她們一個個退下，最後只有跟我們一起來的侍女留下來。

伊妃姬尼亞雙手摀住臉。

「發生什麼事了？」我問道。

有個侍女告訴我們，有三名長得凶神惡煞的男子，全副武裝，闖進帳篷來找我。他們聽說我不在，認定我躲起來，於是徹底搜索起居室、臥室和廚房。最後找不到我，他們就離開了，把奧瑞斯特斯也帶走。就在侍女們告訴我奧瑞斯特斯被帶走時，伊妃姬尼亞哭了起來。她們說他被押走的時候，雙腳猛踢，拚命掙扎。

「那些人是誰派來的？」我問道。

現場瞬間陷入靜默，沒人想回答，最後有個侍女開口說話。

「是國王。」她說道。

我命令兩名侍女跟我一起到臥室，幫我清潔身子和穿衣打扮。她們幫我淨完身後，在我身上撒上芳香的香料和香水，接著幫我挑選服飾，梳理頭髮。完成後，她們詢問是否需要隨侍在我身邊，不過我想要獨自去找國王，我要大聲叫喚他的名字，要是有人膽敢不幫我找他，我就威逼恐嚇。

我終於找到他的軍帳，他的一名部下擋住我的去路，問我找他有什麼事。

就在我出手要將那個人推開之際，阿迦門農出現了。

「奧瑞斯特斯在哪？」我問道。

「他在學習正確的劍術。」他答道，「他受到完善的照顧。這裡有跟他同年紀的男孩。」

「陛下為何派人來找我？」

「通知王后祭神大典即將舉辦啊。會先殺小母牛，牛隻正被送往指定的地點。」

「接著呢？」

「接著就是我們的女兒。」

「說出她的名字啊！」

我不曉得伊妃姬尼亞竟然尾隨我，直到現在，我仍舊不知道，她是怎麼從嚶嚶啜泣、飽受驚嚇、傷心欲絕的女孩，變成泰然自若的少女。她獨自站著，神情肅穆，緩步走向我們。

「你們不用說出我的名字。」她打斷我們談話，「我知道我的名字。」

「看著她。陛下真的打算殺她？」我問阿迦門農。

他沒有回答。

「回答我的問題。」我說道。

「有很多事情我必須解釋。」他說道。

「先回答我的問題。」我說道，「先回答，再解釋。」

「父王打算對我做什麼，您的特使已經告訴我了。」伊妃姬尼亞說道，「父王什麼都不用回答。」

「你為何要殺她？」我問道，「她死掉的時候，你要向神祈求什麼？你割斷女兒喉嚨的時候，要求神明保佑你什麼？」

「神明……」他一開口旋即停口。

「神明會保佑殺掉親生女兒的人嗎？」我問道，「還有，如果風向沒變，你會連奧瑞斯特斯也殺掉嗎？這是他來這裡的目的嗎？」

「殺奧瑞斯特斯？當然不會！」

「要我派人把伊蕾特拉召來嗎？」我問道，「你也要捏造一個假丈夫給她，把她騙過來嗎？」

「住嘴！」他說道。

伊妃姬尼亞走向他，他看起來簡直就像害怕伊妃姬尼亞。

「我不善於言詞，父王。」她說道，「我只有眼淚能夠打動人，不過我現在連眼淚都沒有了。我有聲音，我有身軀，我可以趁還來得及，跪下來求父王別殺我。我跟父王一樣，覺得日光好美。我是第一個稱您為父王的人，也是第一個被您喚作女兒的人。父王一定記得您告訴過我，有朝一日我會跟丈夫成家，過著幸福的日子。當時我問父王：『會比跟您在一起還要幸福嗎，父王？』您微笑搖搖頭，我把頭埋進您的胸膛，雙手抱住您。我夢想著在您老的時候，把您接到我家住，到那時候我們就能一起開心生活。我告訴過您這件事，您記得嗎？如果您殺了我，那個夢想就會破滅，自然，您也會抱憾終生。我獨自前來找您，沒有流淚，沒有準備。我口才駑鈍，只能用簡單的話語，求您放我們回宮。我求您饒我不死，沒有一個女兒應該對父親提出這樣的請求。父王，請別殺我啊！」

阿迦門農低下頭，彷彿他才是被宣判死刑的人。幾名部下走到他跟前，他緊張地看了他們半晌，才開口說話。

「我知道這實在令人心疼啊。」他說道，「我愛我的孩子。看到女兒亭亭玉立，如此沉著冷靜，我更加愛她啊。但是妳們看看這支準備出海的軍隊有多大！將士準備就緒，迫不及待想出征，風向卻不肯改變，讓我們發起攻擊。想想這些將士呀。他們的妻子正遭到野蠻人擄掠，家園遭到蹂躪，而他們卻只能在這裡坐困愁城。每個人都知道我求救於神明，每個人都知道神明指示我做什麼，這由不得我啊，這件事我沒有選擇的餘地。再說，倘若我軍戰敗，沒有人能夠倖存，我們會被殲滅，誰都活不了。倘若風向不變，我們全都難逃死劫。」

他欠身鞠躬，好像面前有個隱形的人似的，旋即示意離他最近的兩名屬下跟他一起進入營帳，另外兩名屬下則走去守住入口。

此時我不禁想，倘若神明真的關心，倘若神明真的克盡職責，照看我們，那祂們就會動惻隱之心，立刻改變海上的風向。我幻想海上和港口傳來喊叫聲，接著眾人歡呼，風向改變，旗幟飄揚的方向也跟著改變，船艦能夠悄然無聲地快速航行，我軍能夠打勝仗了，大家豁然明白，神明只不過是在考驗他們的意志力。

我幻想的那些聲音不一會兒就漸漸被喊叫聲取代，原來是阿基里斯向我跑來，後頭跟著一群人咆哮辱罵他。

「國王叫我直接去跟將士們說他沒辦法控制風向。」阿基里斯說道，「我已經跟他們說了，但是他們仍舊堅持一定要殺掉公主。他們也衝著我咆哮，出言恐嚇。」

「恐嚇什麼？」

「用石頭把我砸死。」

「就因為你想要救我的女兒？」

「我求他們取消祭典，告訴他們，說要是靠殺掉一個女孩才能打勝仗，就算打了勝仗，也是懦夫。後來我的聲音被他們的叫囂聲蓋過，他們聽不進去道理。」

我轉向跟在阿基里斯後頭的那群人，以為要是能夠找出裡頭最懦弱或最強悍的那個人，瞪著他，就有辦法一個一個瞪視他們，瞪得他們羞愧。但是他們不敢往上看，不管我怎麼做，就是沒人敢往上看。

「我會全力解救公主。」阿基里斯說道，但是語調聽起來卻像打了敗仗。他沒說他能做什麼，或者可能會做什麼，我注意到他的眼睛也是往下看。不過伊妃姬尼亞開口說話後，他看向伊妃姬尼亞，他附近的那群人也是。那群人此時全神注意伊妃姬尼亞，彷彿她已經變成聖徒，必須謹記她的遺言；彷彿她的死能改變風吹的方向，她的血能將信息火速傳到上方的天庭。

「我的死，」她說道，「將能解救所有處於險境的人。我必須死，不能苟活，不應該貪戀自己的性命，我們都不應該貪戀自己的性命。一個人的生命何足惜？每個人死後，都會有別人出現，代替他繼續活下去。我們每呼吸一口氣，都會有別人跟著呼吸一口氣；每走一步，都會有別人跟著走一步；每說一個字，都會有別人跟著說一個字；每出現一次，都會有別人跟著出現。誰必須死，根本不重要，我們都會被取代。為了軍隊、為了父王、為了國家，我願意犧牲，我會微笑面對自己的犧牲，如此一來，軍隊打勝仗將成為我的勝利，世人將長久記得我的名字，比多數人的生命還要長久。」

她說話之際，阿迦門農和部下緩緩走出軍帳，原本在附近的人也紛紛聚集。我看著她，始終不確定這是不是計謀，柔和的語調和大小適中的音量，是不是她早就計劃好的，希望這樣說能夠挽救自己的性命；她的聲音同時流露謙卑與順從，音量雖然微弱，卻能夠讓大家聽到。

所有人都文風不動，營區裡寂靜無聲，她的話語迴盪在寂靜的空氣中，彷彿變得更加寂靜。我注意到阿基里斯本來想要開口說話，最後決定保持緘默。阿迦門農當時試圖擺出指揮官的姿態，眼睛掃視遠方的地平線，裝出思考難題的樣子。然而，不論他怎麼做，我都覺得他看起來就像個威望大減、垂垂老矣的老頭。我認為以後他會遭到鄙視，因為他把女兒誘騙到軍營，殺掉祭神。我看得出來，大家仍舊懼怕他，我也看得出來，這樣的情況持續不了多久。

因此，他其實危如累卵，就像側身插著一把劍的公牛。

我展現尊貴和驕傲的姿態，一臉鄙夷地走開，不理會他們，伊妃姬尼亞溫雅地跟隨我。我確信那個懦弱的領袖和那群憤怒不安的暴民不會動搖，我知道我們被打敗了。伊妃姬尼亞繼續說話，要求我別為她的死服喪，不要憐憫她；要求我告訴伊蕾特拉她是怎麼死的，請伊蕾特拉別為她穿喪服；要求我現在把精力用在防止奧瑞斯特斯被我們周遭的小人毒害。

六

我們聽得見遠處傳來牲畜的嗥叫聲，牲畜已經被帶到獻祭臺。我命令那些又跑來我們身邊的侍女全都滾出我們的視線外，只留下少數幾個侍女，她們陪我們一同來到軍營，我們信得過她們。我命令侍女把伊妃姬尼亞的新娘禮服準備好，把我本來打算在婚禮上穿的服飾擺放好；我還命令侍女幫我們母女準備洗澡水。洗完澡後，我們會在臉上塗抹特殊的白色油膏，在眼睛周圍畫上黑色眼線，一臉蒼白，宛如鬼魅，前往那個死亡之地。

一開始沒人說話，接著寂靜被打破，不時有人喊叫，祈禱聲響起，牲畜嗥叫，發出激烈的慘叫聲。

有人稟報，說外頭有人想要闖入帳篷，於是我走向入口。那些人看到我似乎懼怕了起來。

「你們知道我是誰嗎？」我問道。

他們不敢看我，也不敢回答。

「你們膽子小到連說話都不敢嗎？」我問道。

「不是。」其中一人說道。

「那你知道我是誰嗎？」我問那個人。

「知道。」他說道。

「我從我母親那裡學到一套咒語，那套咒語是我外婆教她的。」我說道，「一直以來，會這套咒語的人都用得很謹慎。男人只要聽到這套咒語，腸胃就會萎縮，他們每個孩子的腸胃也會跟著萎縮，只有他們的妻子能倖免，受到詛咒的人一輩子就只能以塵土為食，而且只能吃很少。」

我看得出來這些人非常迷信，只要說我會咒語，能召喚神明，或者會施展古老的詛咒，就立刻把他們嚇破膽。他們沒有一個人敢質疑我，連看我一眼都不敢，對我說的話，絲毫不敢懷疑，完全不敢反駁這種詛咒從來就不存在。

「如果你們誰敢碰我女兒或我，」我繼續說道，「如果你們誰敢走在我們前面或說話，我就唸咒語。你們最好像一群狗一樣，乖乖跟在我們後頭，否則我就唸咒語。」

他們每個人都看起來活像被責罰似的，跟他們講道理沒有用，博取他們的同情也沒有用，但是只要提到鬼神之力，就能嚇得他們乖乖聽話。其實如果他們敢再往上看，就能看到我臉上閃過一抹笑容，徹底鄙視他們。

在帳篷裡，伊妃姬尼亞準備好了，活像一尊雕工精細的真人塑像，莊嚴，沉著，獻祭臺傳來一頭牲畜痛苦的嘷叫聲，她卻不動聲色，再過不久，她會在那裡最後一次看見亮光。

我對她低聲耳語：「他們怕我們的詛咒。等到現場靜下來的時候，妳就提高音量，說妳會下古老的詛咒，歷代都由母親傳給女兒，由於威力可怕，所以一直以來都很少人使用。如果他們不肯放過妳，妳就威脅要下詛咒，先詛咒妳父王，再詛咒他們每一個人，從離妳最近的那些人開始。警告他們，妳的詛咒會殺光整支軍隊，只留下狗在一片死寂中吠叫。」

我教她該怎麼唸咒語。我們遵循祭禮從帳篷走到殺生的地點，伊妃姬尼亞走在最前面，我隔一段距離走在她後面，接著是跟我們一起來的侍女，最後是士兵。天氣炎熱，遍地都是鮮血、牲畜的內臟、祭神宰殺牲畜留下的髒亂，臭味撲鼻而來，最後我們得用盡意志力，才能克制住想要掩住鼻子遮擋臭味的衝動。他們把即將進行殺生的地方搞得又髒又臭，毫無莊嚴的氣息，士兵漫無目的地四處遊走，牲畜被宰殺後的屍體與內臟丟得滿地都是。

或許是看到這個場面，加上我輕而易舉就騙得他們相信我能下詛咒召喚神明，我的思緒變得更加清晰。在走向殺生地點之際，我第一次發現，我確定，十分確定，我完全不相信神力。我不禁納悶是不是只有我不信，我不禁懷疑阿迦門農和他身邊的人是否真的敬畏神明，他們是否真的相信有一股他們無力對抗的神祕力量，對軍隊施放了凡人無法施放的魔咒。

他們當然是真的相信；他們當然確信自己的信仰是真的，所以才要舉行這個祭典。

我們走到阿迦門農身旁，他在女兒耳邊低語：「人們會永遠記住妳的名字。」

他轉向我，低聲說話，語氣不僅嚴肅，而且妄自尊大：「人們會永遠記住她的名字。」

此時我看到跟我們一起來的一名士兵走到阿迦門農身邊，在他耳邊私語。阿迦門農仔細聽完後，對身邊五、六個人說話，音量微弱，但是語氣堅決。

有人開始吟誦，呼求神明，誦詞反覆，充滿奇怪的倒裝句。我閉上眼聆聽。我聞到牲畜的血開始發出酸臭味，天空中有禿鷹盤旋，現場瀰漫死亡的氣息。一個吟誦聲先響起，那些最虔誠信奉神明的人跟著覆誦，聲音飄揚。接著數千人齊聲吟誦，巨大的聲響轟然傳向天空。

我看著伊妃姬尼亞，她獨自站著，她那美麗的禮服、蒼白的臉龐、烏黑的頭髮、黑色的眼線，還有她的沉默不動，散發出一股神祕的力量。

就在那一刻，有兩個女人拿出刀子，走向伊妃姬尼亞，拿掉她的髮簪，鬆開頭髮。把她的頭往下壓，草率又粗魯地割斷頭髮。其中一個女人劃破了頭皮，伊妃姬尼亞痛得哭喊出聲，那個哭聲來自一個女孩，不是一個獻祭的受害者，是一個害怕、脆弱的少女。剎那間，祭神的魔咒被打破了，我看出這群人有多麼脆弱。眾人開始喊叫，阿迦門農驚慌地環顧四周，我看著他，赫然發現原來他掌控這群人的力量竟然是如此薄弱。

伊妃姬尼亞掙脫後開始說話，一開始沒人聽得到她說的話，她只得放聲大叫，現場才靜下來。顯然，她準備要詛咒她父王，此時，有個人從後面衝向她，拿一塊白色舊布，縛住她的嘴巴，把她拖到獻祭臺，她雙腳猛踢，雙肘狂揮。到獻祭臺後，那個人旋即綑綁她的手腳。

我毫不猶豫，立刻伸出雙臂，拉高音量，開始唸出我先前警告過他們的詛咒。我詛咒他們所有人，我前面有一些人開始驚恐逃跑，但是有個人從我後頭出現，拿一塊破布，不顧我奮力掙扎，也用破布緊緊綁住我的嘴巴。我也被拖走，不過是被拖往反方向，拖離獻祭臺。

我被拖到沒人看得見、聽得到的地方，遭到拳打腳踢。在軍營邊緣，我看見他們搬起一塊石頭，要三四個人才搬得動。那些把我拖到這裡的人，將我推進石頭下面事先挖好的地洞。

在那個地洞裡能坐著，但是沒辦法站立或平躺。他們把我推進洞裡之後，旋即把石頭搬回去，封住洞口。我的手沒有被綁住，可以扯掉嘴巴上的布，但是石頭實在太重，我推不動，逃不出去。我被困在洞裡，就連我焦急試圖脫困時發出的聲響，似乎也被困在洞裡。

我被活埋在地底下之際，女兒孤獨死去。我始終沒見到她的遺體。我當時沒有聽到她的叫聲，也沒有呼叫她。不過有人跟我描述過她的叫聲，此時我相信，她最後發出的那幾聲大叫，徹底流露出無助與恐懼，變得尖銳，刺穿了聚集群眾的耳朵，大家將會永遠記得。大家只會永遠記住那個聲音。

六

很快地，我開始感到疼痛，被關在狹小的地洞裡，背開始發痛。手腳也很快從麻木變成疼痛。脊柱底部也痛了起來，感覺彷彿著了火。只要能伸展身子，放鬆四肢，站直動一動，要我做什麼都願意。一開始我滿腦子只想要活動筋骨。

沒多久我開始感到口渴，恐懼似乎也加強了口渴的感覺。此時我滿腦子想的都是水，即便是一小滴水也好。我回想以前那些一壺壺垂手可得的清涼飲水，想像著地底下的泉水和深井，不禁後悔以前沒有多喝點水。後來出現的飢餓感跟這種口渴的折磨相比，根本微不足道。

儘管洞裡惡臭難聞，身邊爬滿螞蟻和蜘蛛，儘管背部和手腳痛得厲害，儘管愈來愈餓，儘管害怕無法活著離開這裡，但是真正讓我後悔、讓我改變想法的，是口渴。

我這才發現自己鑄下大錯，我不應該向陪同我們到死亡之地的那些人威脅要下詛咒，我應該讓他們順著自己的意思去做，任由他們走在我們前面，或者旁邊，把伊妃姬尼亞當囚犯看待。我確定，到阿迦門農耳邊私語的那名士兵是在警告他，讓他能有所防備。此時，被困這地洞裡，我不禁自責。我確信，阿迦門農是因為我魯莽說出的那些話，才會命令部下，如果我或女兒試圖下詛咒，就立刻用布堵住我們的嘴，讓我們無法出聲。

倘若他當時沒有防備，我猜伊妃姬尼亞開始詛咒時，大家應該會嚇得潰散；我猜伊妃姬尼亞應該會威脅眾人放了她，否則就要繼續唸詛咒，把那串咒語唸完，要讓他們的腸胃萎縮。如果是這樣，我認為她就能夠獲救。

一切都是我的錯。被囚禁在地洞裡的那段時間，為了分散注意力，不去想口渴，我下定決心，如果這次能夠逃過死劫，以後說每句話、作每個決定之前，都要深思熟慮，以後，再小的舉動，都要審慎權衡。

由於上方的石頭放得草率，我可以看見一道光從隙縫透進來，那道光消失後，我什麼都看不見，就知道是晚上了。夜裡，我從頭一一省思。我們根本不應該被騙到這裡；而且，清楚確定阿迦門農的意圖後，我們就應該設法逃跑。想到這些事，我不禁覺得口渴得更加厲害，那股口渴的感覺存在我身體裡，彷彿永遠無法緩解。

翌日早晨，有人把一壺水扔進地洞，我聽到笑聲。我拚命想要喝淋到我衣服上的水，但是水幾乎一滴不剩，全淋到我身上和地上。這也讓我知道，我沒有被遺忘；只是我也不曉得我到底需不需要知道。接下來兩天，他們繼續不時扔水進來，水跟我的排泄物混在一起，發出活像屍體腐爛的惡臭，我以為那股臭味永遠不會從我身上消失。

一直纏住我的，不只有那股臭味，還有一個想法。那個想法並非一開始就存在，我單純是因為身體非常不舒服，口非常渴，脾氣變得暴躁，才會出現那個想法，但是那個想法漸趨強烈，最後不禁覺得十分有道理。我不禁納悶，如果神明沒有在照看我們，那我們該如何知道要做什麼呢？還有誰能告訴我們要做什麼呢？接著我頓然領悟，沒有誰會告訴我們，根本沒有誰，沒誰會告訴我以後應該做什麼，或不應該做什麼，以後，決定要做什麼的是我，不是神明。

就在那個時候，我決定殺掉阿迦門農，報復他的所作所為。我不會求教於傳神諭者或祭司，也不會祈求神明指引，我要悄悄獨自謀劃，準備周全。阿迦門農和他身邊的人絕對料想不到這一著，因為他們一心認為凡事都必須等待神諭。

六

第三天早晨，曙光快要出現之際，他們搬開石頭，但是我渾身僵硬，無法動彈。他們抓住我的手臂，想要把我拉出去，但是我卡在這個窄小的地洞裡，他們必須慢慢挪動我，拉住我的腋下把我往上拉，因為我無法站立，雙腿無力。我認為此刻講話一點用處也沒有。在清晨陽光的照射下，洞裡飄出惡臭，熏得他們緊緊掩住鼻子，不過看到這一幕，我並沒有露出稱心快意的笑容。

他們把我交給等待中的侍女。那天早上，侍女們先是幫我清洗身子，換上乾淨的衣裳，花了幾個小時，接著拿東西給我吃，拿水給我喝。沒有人講話，我看得出來，她們怕我問起女兒臨死前的情況，還有她的遺體被如何處置。

正當我要侍女們離開，好好睡一覺之際，我們聽到奔跑和說話的聲音，一個跟我們一起到死亡之地的士兵氣喘吁吁地跑進帳篷。

「風向改變了！」他說道。

「奧瑞斯特斯在哪？」我問他。

他只是聳聳肩，便又跑出去，回到人群裡。一個下達指示與命令的聲音響起。不久後，兩名士兵進入帳篷，在入口附近站崗；國王隨即跟在他們後面進入，他得彎下腰才能擠到我們跟前，因為他把奧瑞斯特斯扛在肩頭上。奧瑞斯特斯手上拿著小劍，他父王假裝要讓他從肩頭上摔下來，逗得他哈哈大笑。

「他會成為厲害的戰士喔！」阿迦門農說道，「奧瑞斯特斯會成為眾人的統率。」

阿迦門農笑嘻嘻地把他放下來。

「今晚月落時，我軍就要出航。王后帶著奧瑞斯特斯和侍女回宮等我，我會派四個人一路護送你們回去。」

「不用派四個人給我。」我說道。

「你們需要護衛。」

阿迦門農往後退開，奧瑞斯特斯才猛然發現自己要留下來跟我們在一起，於是哭了起來，他父王把他抱起來交給我。

「你們倆等我。我完成任務就回去。」

他昂首闊步走出帳篷後，有四個人馬上進入帳篷，我曾經威脅要詛咒他們。他們說希望我們在傍晚之前啟程，我說我們得花些時間準備，他們看起來很怕我。我叫他們站在帳篷外頭等候，準備好了我就會叫他們進來。

年紀最輕的那名護衛最溫柔，回宮的途中，那名護衛看顧奧瑞斯特斯，陪他玩遊戲，說故事給他聽，轉移他的心思。奧瑞斯特斯精力充沛，劍不離手，滔滔不絕地談論著戰士與戰爭，還有說自己要是遭遇敵人，一定會窮追不捨。只有到睡前，他才會嗚嗚咽咽來到我身邊，尋求溫暖與慰藉，接著又把我推開，哭了起來。有幾天晚上，他說了夢話，把我們吵醒。他說要找父王、姊姊和跟他結為朋友的那些士兵。他也說要找我，但是我抱住他，輕聲安撫他時，他卻害怕得縮身。就這樣，旅途中，不論白天或黑夜，我們都把心思放在奧瑞斯特斯身上，根本無暇思考回到宮中時要說什麼。

其他人一定都跟我一樣，猜想著伊蕾特拉，或者留下來輔佐她的長老們，是否得知了伊妃姬尼亞的死訊。旅途的最後一晚，滿天星斗高掛空中，我全力安撫奧瑞斯特斯，同時開始思索接下來該怎麼辦，該如何過活，能相信誰。

最後我認為誰都不能信。我誰都不能相信，這是對我最有幫助的原則，我得謹記在心。

六

我們離開王宮的那幾個星期，伊蕾特拉耳聞傳言，傳言讓她變得老成，也把她的聲音變得尖銳，或者應該說比我記憶中還要尖銳。她跑過來向我打探消息。我現在才知道，當時沒有專心聽她說話，是我對她做的第一件錯事。獨自留在宮裡等候，似乎使她有些心神不定，難以靜心聆聽。或許我當初應該徹夜不眠，把祕密告訴她，把我們的遭遇一五一十告訴她，請她抱住我，安慰我。但是當時我腿還在痛，行走困難；仍舊飢腸轆轆，好想吃東西，喝再多的水都沒辦法止渴；也好想睡覺。

然而，當初我實在不應該對她置若罔聞，這點我現在確信無疑。當時我心裡只想要好好洗個澡，換上乾淨的衣裳，飽餐一頓，喝一壺從宮裡的井裡打上來的甘甜井水，最後躺到我的床上；還有想著至少在阿迦門農回來之前，要如何維持和平，心裡盤算著計策。我讓別人向她解釋她姊姊是怎麼死的，我像個餓鬼一樣，走過宮裡的殿堂廳室，拋下她，拋下她的聲音。從今而後，她的聲音將會緊緊跟著我，糾纏不去。

六

第一天早上睡醒後，我赫然發現自己成了階下囚，那四個人原來是被派來看守我，監視伊蕾特拉和奧瑞斯特斯，並且確保長老們對阿迦門農忠心不變。只要我待在寢宮裡，只要我除了食物飲水、睡覺、到花園散步、療養雙腿，別無所求，他們就開心滿意。我一離開寢宮，他們就會有兩個人跟著我。除了照顧我的侍女，他們不讓任何人見我，而且每天晚上都會詢問那些侍女我說了什麼話、做了什麼事。

我這才發現，我必須找一天晚上，一舉殺了他們四個人，否則我什麼事也辦不成。我沒有在睡覺的時候，都在盤算怎麼把他們一網打盡最好。

雖然侍女會帶消息給我，但是我還是不相信她們，我誰都不能信。

伊蕾特拉繼續在宮裡東奔西跑，使得氣氛紛擾不安。她反覆對我說同樣的話，提出相同的指控，漸漸習以為常。「是母后害姊姊被抓去祭神。妳竟然自己回來，沒有帶她回來。」我呢，則繼續對她置若罔聞。她仍舊相信她父王是個勇敢的人，其實我當初應該讓她明白真相並非如此，她父王其實是個奸詐狡猾的騙子；我當初應該讓她明白，是她父王的懦弱害死她姊姊。

我應該拉攏她跟我同仇敵愾，反而任由她獨自氣忿，現在她把大部分的怒氣都指向我。她來到我的寢宮時，我經常裝睡，或別過臉，不看她。她跟長老們以及她父王派來的那四個人說了許多事，我看得出來，他們也愈來愈覺得她煩人了。

不過有一天，她似乎比平常更加焦躁，於是我才仔細聽她說話。

「艾吉瑟斯，」她說道，「晚上會在宮裡的廊道上遊走，他現在跑到我的寢宮裡。有幾天晚上我醒來，看見他就站在床尾對著我笑，然後馬上又退到暗處。」

艾吉瑟斯被扣押當人質，關在地牢裡，有人看守著，根據夫君的說法，他已經被關超過五年了。大家同意，讓他吃得好，不能傷害他，因為他是十分重要的人質；聽說他聰明英俊，但是殘酷無情，在窮鄉僻壤有許多追隨者。

我軍剛攻占艾吉瑟斯家的大本營時，沒人想得透，每天早上國王的兩名守衛怎麼都會躺在自己的血泊之中。有人認為那是詛咒。於是國王加派密探去監視守衛，負責監視的密探躲在暗處，徹夜監視，但是每天早上曙光出現，兩名守衛仍舊被發現臉朝下躺在血泊之中。大家認定凶手是艾吉瑟斯，他被抓來當人質後，這點旋即獲得證實，因為從此再也沒有發現守衛被殺死。他的追隨者表示願意付錢將他贖回，但是國王認為，艾吉瑟斯聲望極高，用鐐銬把他鎖住，囚禁在宮裡，比派軍鎮壓逃到高地的追隨者更加有效。

跟智囊開會時，國王經常打趣地問，我國攻占的那些領地上，是否有出現難以控制的局勢，聽到智囊稟報一切平和後，他就會笑嘻嘻說道：「只要我們把艾吉瑟斯關在這兒，一切自然就會平和。一定要確保他的鐐銬鎖得牢牢的，要每天去查看他。」

年復一年過去，人們漸漸談論起這名囚犯，談論他的翩翩風度和俊美容貌，有些服侍我的侍女說，鳥兒會從高處的那扇窗子飛進牢房裡，他能夠馴服鳥兒。一名侍女還竊竊私語說，艾吉瑟斯不僅善於把年輕侍女引誘到他的牢房裡，還有年輕男僕。有一天，我問侍女為什麼壓低聲音偷笑，她們最後解釋說，她們其中一人聽見艾吉瑟斯的牢房裡傳出鎖鏈叮叮噹噹的聲響，於是跑到牢房外頭偷聽，最後有一名男童僕走出牢房，一臉鬼祟羞怯，趕緊溜回廚房工作。

還有一件事，是母親在我結婚時告訴我的。她說，據說我公公曾經盛怒之下，下令殺掉艾吉瑟斯的兩個同父異母兄弟，把香料塞進屍體，拿去烹煮，辦了宴席，把煮熟的屍體拿給他們的父親吃。每當想到艾吉瑟斯，我就會想到這件事。艾吉瑟斯如果有機會，一定會想要報復國王，不過他或許有自己的理由。

伊蕾特拉再度提到自己曾經在寢宮裡看到那名囚犯時，我說她是在做夢，但是她堅稱那不是夢。

「我在睡覺，他把我吵醒，低聲說著我聽不見的話。我還沒來得及叫守衛，他就消失了。守衛來了後，都發誓趕來途中沒有發現任何人，但是他們肯定是失察了，艾吉瑟斯夜裡真的會在宮裡遊走。如果母后不相信我，問問妳的侍女吧。」

我告訴她我不想再聽到這件事。

「每發生一次，母后就會聽到一次。」她頂撞道。

「聽妳的口氣，妳好像很希望他出現。」我說道。

「我希望父王回來。」她說道，「父王回來，我才會覺得安全。」

我本來想告訴她，別那麼相信她父王會關心女兒們的安全，最後還是作罷，繼續追問艾吉瑟斯的事。我叫她描述艾吉瑟斯的模樣。

「他身材不高。我醒來後，他抬起臉，露出笑容，好像認識我似的。他不只臉像男孩，身材也像男孩。」

「他被囚禁好幾年了，他是殺人凶手。」我說道。

「我看到的身形，」她答道，「跟看過他被關在牢房裡的侍女所描述的一模一樣。」

我開始早睡，好在天色仍舊昏暗的時候醒來。醒來後，我注意到周遭寂靜無聲，房門外的守衛在睡覺。有時候，我會趁晚上練習屏住呼吸，赤腳遊走於各個廳殿，走得並不遠。我唯一聽到的聲音，是遠處一個廂房傳來有人在打呼，我很喜歡那個打呼聲，因為那表示我發出的聲響微乎其微，別人不容易聽到。

我在此時策劃了一個計謀，要執行這個計謀，得找艾吉瑟斯幫忙才行。

超過一個星期之後，我冒險走到王宮深處，心裡打好算盤，倘若有人發現我，我就假裝在夢遊。然而，我無法確定艾吉瑟斯到底被關在哪裡，是在廚房和庫房下面的那層地牢，還是在宮外的某個地牢。

我開始經常在夜深人靜時出沒於廊道上，有一天深夜，我終於面對面見到那名人質。正如伊蕾特拉所描述，他很年輕，看起來像個男孩子，完全看不出來被關在地牢好幾年了。

「終於找到你了。」我低聲道。

他沒有受到驚嚇，也沒打算轉身逃跑，反而從容地打量我。

「妳就是女兒被抓去祭神的那個王后。」他說道，「妳曾經被關在地洞裡。最近妳經常在宮裡的廊道遊走，我可是一直在監視妳。」

「如果你膽敢洩漏我的祕密，」我答道，「守衛會發現你死在牢裡。」

「王后想幹什麼，就直說吧。」他說道，「如果妳不利用我，別人或許會喔。」

「我會在牢房的門口加派守衛，徹夜看守你。」

「守衛？」他笑嘻嘻問道，「我知道哪些人重要，什麼事都逃不過我的法眼。說吧，妳到底要幹什麼？」

我有一秒鐘可以作決定，但是我說話的當兒，就知道我早就作了決定。我已經準備好了。

「跟我們從軍營回到宮裡的那四個人。」我說道，「我要你殺了他們。我可以帶你去他們就寢的地方。他們的門口有守衛，但是晚上守衛會偷偷打瞌睡。」

「要在同一夜把那四個人全殺了？」他問道。

「對。」

「那妳要怎麼回報我呢？」

「你要什麼都行。」我說道，一根手指輕放在嘴脣上，悄然走回我的寢宮。

結果什麼事都沒有發生。我這才明白，或許我冒的風險太大，但是我也知道，如果想要有任何結果，我得再冒更大的風險。我留意那四名護衛，我留意國王出征時留在宮裡的長老們，我仔細偷聽侍女們的竊竊私語和閒言閒語。我經常拿奧瑞斯特斯當藉口，溜出寢宮。我會在一旁觀看他跟一名守衛以及那名守衛的年輕兒子鬥劍，那名守衛的兒子經常跟在守衛身邊。我知道，在這個非常時期，我軍大捷的消息傳來，要特別注意事物的移動或變動，有人會傳達對我有利的訊號，甚至有可能是不經意傳達出來，讓我在接獲正式消息之前，就能知道阿迦門農即將凱旋歸國。

每夜，我都會悄然無聲地遊走於廊道上，再回寢宮睡覺，經常睡到黎明過後奧瑞斯特斯來到我身邊；他仍舊充滿活力，開口閉口都是他父王、士兵和劍。有一天晚上，我陷入沉睡，先是窗子上有一隻貓頭鷹嗚嗚叫，接著又出現其他聲響，把我吵醒。我躺在床上聽，聽見門外有腳步聲、講話聲、喊叫聲，有人命令守衛死也要把我保護好。

我走到房門，守衛不讓我離開寢宮，也不讓任何人進入。出現音量更大的聲音，有人大聲咆哮下達命令，有人奔跑，還有伊蕾特拉的尖銳聲音。之後兩名守衛急忙把奧瑞斯特斯帶進我的寢宮。

「發生什麼事了？」我問道。

「跟王后回宮的那四個人死在血泊之中，被他們的守衛殺了。」其中一名守衛說道。

「他們的守衛？」

「王后別擔心，那些守衛已經被殺了。」

我走到外頭，看見有人抬著屍體走在廊道上。接著我回到房裡，輕聲跟奧瑞斯特斯說話，想分散他的注意力。伊蕾特拉來了，我打暗號，要她別在弟弟面前談論發生了什麼事。不久後，她厭煩被迫噤聲，悻悻然離去，讓我和兒子得以清靜。她回來後，輕聲在我耳邊說，她跟長老們談過了，他們向她保證，這樁血案是守衛和那四個人打牌或玩骰子爭吵造成的，他們都喝了酒。

「守衛滿臉是血。」她說道，「他們的匕首上也是。他們肯定喝醉了。這下他們不只沒辦法再喝酒，也不會再殺人了。」

伊蕾特拉還說，這樁血案單純只是當事人爭吵釀成的，她父王回來後應該會認為沒什麼好大驚小怪。她用我的名義發了一道命令，禁止玩骰子和紙牌。她說她父王回宮之前，也要全面禁止喝酒。

我帶著奧瑞斯特斯到戶外。我們要去找個能夠繼續教他劍術的士兵，一路上我都柔聲跟他說話。

我認為夜裡在廊道上走得太遠實在很危險，因此，深夜時，我都會待在房門旁邊小心查看，仔細聽有沒有任何聲響。

有一天晚上，艾吉瑟斯出現了，我早就料到他會出現，活像一隻追蹤獵物的狐狸。他示意我到一間沒有人的廂房。

「我手下有人可以使喚。」他低聲說道，「我們準備好了，要幹什麼都行。」

「去找國王留下來治理國事的那些長老，到每個長老的宅邸，」我低聲說道，「抓走一個孩子，他們的兒子或孫子都行。叫你的手下一定要跟他們講清楚，是我下令抓人，如果他們想要回孩子，就來求我。把孩子們帶到遠處藏起來，別傷害他們，要確保他們安全無恙。」

他微微一笑。

「王后確定？」他問道。

「確定。」我說完旋即默默離開，回到我的寢宮。

過了幾天，什麼事也沒發生。又有傳言出現，說阿迦門農打勝仗，取得許多戰利品，即將運回宮裡。等到確定阿迦門農再控制住一些領土就要回國，長老們便前來與我商議。

「我們必須籌備慶典迎接陛下。」他們說道。我欠了欠身，點點頭，請他們准許我傳喚奧瑞斯特斯和伊蕾特拉進來議事廳，好讓他們聽聽父王的光榮事跡，這樣他們也能準備迎接父王凱旋歸國。奧瑞斯特斯莊重地走進來，劍放在身邊，像大人一樣認真聆聽，臉上沒有笑容，模仿大人的姿態。伊蕾特拉要求先於我和長老們問候她父王，因為我離宮後，是她留在宮裡幫她父王治理國事。這點大家同意，我也欠了欠身表示答應。

過了幾日，黎明過後，幾名侍女前來我的寢宮，說長老們求見，曙光初現之後，他們就一個個聚集，看似焦躁不安。有幾名長老甚至想要闖入寢宮找我，侍女告訴他們，我在睡覺，不能打擾我。我派一名侍女去找奧瑞斯特斯，以防他來找我，我吩咐那名侍女陪他到花園。我慢慢地仔細梳妝打扮，我認為最好讓那些人等等。

他們劈頭就問我那些被擄走的孩子在哪裡，我立刻反問：「什麼孩子？你們說擄走是什麼意思啊？」他們這才驚覺自己說得太倉皇。

「你們來這裡做什麼？」我問他們。

他們爭先恐後打斷別人說話，解釋說有一群人，全都是生面孔，在夜裡闖入他們的宅邸，擄走一個男孩，不是他們的兒子，就是他們的孫子，每一群綁匪都說是聽從我的命令行事。

「我沒下令呀。」我說道。

「王后知道這件事嗎？」其中一人問道。

「我只知道我剛剛在睡覺，侍女叫醒我，告知你們的到來。」

此時他們有些人緊張地往後退。

「你們去找過那些孩子了嗎？」我問道，「我相信，如果國王在，會希望你們那樣做。你們愈快去找愈好。」

「綁匪說去找只是徒勞啊。」其中一人說道。

「你信了？」我問道。

他們開始彼此交談，直到伊蕾特拉到來，他們才離去。那天白天我獨自待在寢宮，或跟奧瑞斯特斯待在花園。我注意到守衛們變得更加心神不寧，更加小心戒備，因此我決定今晚，還有最近這幾晚，都不離開寢宮。再過不久，我就可以在光天化日之下，想去哪就去哪。

那天稍晚，威望最高、最聰明睿智的長老狄奧多圖斯前來求見。他說被抓走的那個孫子，是他獨子僅有的孩子，家族對這個名叫李安德的男孩寄予厚望，冀望他能成為偉大的領袖。我專注聽他訴說，努力裝出十分同情的模樣。最後他問我是否真的無能為力，是否真的一無所知，我不禁遲疑了一下。我跟他走在廊道上，臨別前，我說道：「很快就會有消息的。狄奧多圖斯大人，可否請你傳話給其他人嗎？請告訴他們，國王回來之前，如果有人試圖跟國王聯絡，或傳訊向國王稟報此事，或在國王回宮之後向國王稟報，是有害無益的。那樣做是絕對不會有好處。你和他們應該保持緘默，聽從我的指示，這才是睿智的做法。你能幫我把這些話轉達給他們嗎？」

我告訴他，過一會兒再來找我，或許屆時就有消息了。我確信，他今天就會告訴其他人，說他認為我知道是誰抓走那些孩子，而且從我說的話來判斷，我很可能就是綁架孩子的主謀。

到了那天晚上，我發現大家的態度不一樣了，連守衛也是，他們似乎變得比較恭敬，幾乎到了懼怕的程度。唯一沒有變的人是伊蕾特拉，她告訴我，大家正到處尋找被綁架的孩子，她跟長老們都認為，綁架事件是有歹徒在幕後主使，國王再過不久就要回宮，我們必須加強警戒。她說起話來宛如指揮官。

兩日後，又有捷報傳來，說我軍戰勝，俘虜大批奴隸。我獨自在宮裡走動，前往廚房與庫房，詢問艾吉瑟斯被關在哪。起初，沒有人肯告訴我，直到我說如果不帶我去他被關的地方，我就不離開，才有幾個人帶我到一間庫房，打開庫房裡的地板門。

「他被關在下面的地牢。」其中一個人說道。

「去拿火把。」我說道。

我們走下階梯，前往下面的樓層。

「艾吉瑟斯在哪？」我看見三扇窄門時問道。

他們仍舊不願說，直到我挑明了說，我不只鐵了心要見艾吉瑟斯，而且已經沒有耐心了，他們才打開一扇門。門打開之後，我終於看見我要找的人，坐在角落，開心地逗一隻鳥。牢房裡有傢俱，連床也有，有一道光線從一扇小窗子透進來，照亮牢房。

「放了隔壁牢房裡的囚犯，我才會跟妳走。」他說道。

「有幾個人？」

「兩個。」他說道。

我要求要到其他兩個牢房看看，守衛聽到後變得更加緊張。

「我們沒有權力打開那兩間牢房。」其中一名守衛說道。

「我有權力。」我答道，「從現在起，你們就聽我的。打開牢房。」

中間那間牢房裡完全沒有亮光，牢門打開之後，我沒有看見任何人，以為裡頭沒有人。最後一間牢房裡，有一個年輕男子，他看起來很怕我們，說要見艾吉瑟斯。我告訴他說，我們會把鎖鏈解開，讓他自己走出去，到隔壁的牢房找艾吉瑟斯。但是他卻搖搖頭，說要先跟艾吉瑟斯說話，否則不會離開自己的牢房。就在此時，中間的牢房傳來一個低沉的聲音，很像人發出的聲音，不過不是在說話。我拿起火把走進去，發現角落有一個老人。我慢慢離開牢房，回去找艾吉瑟斯。

「這兩個人是誰？」

「這個老頭在這裡關多久了，沒有人記得，沒人知道他是誰，或他為什麼被關。我現在必須跟另一個人講話。」

「他是誰？」

「我不能說。」

艾吉瑟斯走出自己的牢房，走進那名年輕男子的牢房。他關起牢門，沒有人聽得到他們說話。他們兩人一起走出牢房之後，艾吉瑟斯就開始下達命令，我往後站，驚訝地看著他。

「解開他的鎖鏈。給他乾淨的衣服和食物。」他說道，「找地方讓他躲到入夜，到時候他就會離開。還有，把那老頭的鎖鏈也解開，讓他的牢門開著，拿東西給他吃，接著一樣放他走。」

他遲疑了一下才露出笑容。

「還有，拿食物給鳥吃。」他補充道，「牠們習慣有人餵了。」

跟著我們進來這間陰冷牢房的那幾名守衛，先是詫異地打量艾吉瑟斯，接著看著我。幾分鐘前，這個人還是囚犯呢。

「照他的話做。」我命令道。

我們一起走在宮裡，走進我的寢宮，結果遇到伊蕾特拉。

「這個人，這個艾吉瑟斯，」她說道，「既是囚犯，也是人質。必須把他關回牢裡。快叫守衛把他押回牢裡。」

「他現在是我的保鏢。」我說道，「他會隨時待在我身邊，直到妳父王回來。」

「我們有自己的守衛啊。」她說道。

「宮裡的守衛喝醉酒後殺了四個人啊。」我說道，「艾吉瑟斯留在這裡當我的貼身護衛。想求見我或有事向我稟報的人，都會知道他在一旁戒護。」

「父王一定很想知道——」她開口說道。

「你父王一定很想知道，」我打斷她說話，「他派來的那四個人發生了什麼事，那四個人可是他的親信啊。他一定也想知道被綁架的孩子發生了什麼事。現在情況危險萬分，我建議妳也採取防備措施。」

「沒人敢碰我。」她說道。

「既然如此，那就別採取任何防備措施吧。」我說道。

不久後，多位長老前來求見，我命令艾吉瑟斯陪我一同去接見，但是必須走在我後面，不准講話，從頭到尾保持沉默。

他答應得好像這是一場有趣的遊戲似的。

我向長老們解釋，說國王回國前的這幾日，我們人人都必須小心，必須加強警戒，不能再出事，否則國王會認為我們不夠小心謹慎；正因如此，我才會加派貼身保鏢。

「艾吉瑟斯可是囚犯啊！」一名長老說道，「他是殺人凶手啊！」

「那很好呀。」我說道，「那表示他會殺掉未經允許擅自接近我寢宮的人。國王回國後，就會決斷大小事，屆時我們都會比較安全。但是在那之前，我必須保護自己，我建議各位學學我吧。」

「艾吉瑟斯知道我們的兒子或孫子在哪裡嗎？」一名長老問道，「他有手下呀。」

「手下？」我問道，「他只知道我告訴他的事，其餘的事，他一概不知情。我只有告訴他，宮裡的安定遭到嚴重破壞，他必須保護我、王子、公主，直到國王回宮。你們不只讓自己的孩子被綁走，還讓國王的親信被守衛殺害，國王回來後，一定會好好跟你們算帳。」

有位長老欲言又止，我看得出來他們心裡害怕。

我請狄奧多圖斯單獨跟我見面，他似乎迫不及待，心裡猜想著是不是有他孫子的消息了。

「再過一、兩日，國王回來後，我們必須跟他稟報此事，但是你跟我一樣瞭解國王。聽到有人疏忽大意，他肯定會大怒。等到一切風波平息，等到他充分歇息後，我們再向他稟明此事。只能這樣做了，否則國王會遷怒於我們。」

「是的，王后英明。」他說道。

會談結束後，一直在旁邊默默聆聽的艾吉瑟斯跟在我身後，我們一起走回我的寢宮後，看見奧瑞斯特斯跟幾名侍女在一起。我看見他滿腹狐疑地打量艾吉瑟斯，他不曉得這個陌生人是負責陪他玩耍的守衛，或者艾吉瑟斯的官階高於守衛，他不能命令艾吉瑟斯陪他鬥劍。他還沒搞清楚，我就命令侍女帶奧瑞斯特斯去找個守衛玩鬥劍遊戲，玩到累為止。

我命令艾吉瑟斯去通知手下前往各個高地，準備點燃烽火，向我們通報阿迦門農的位置，以及他和隨行人員還有多久會抵達。他消失了一會兒，回來後，說已經派人警戒，而且還會再加派，高地上的警戒人員會適時點燃烽火通報。

「你剛剛去哪裡？」我問他。

「去附近找我的手下。」他答道。

「在宮裡？」我問道。

「是的，就在附近。」他又說了一遍。

那天晚上我獨自在餐桌前用膳，晚膳跟平常一樣，由侍女端上桌。她們把艾吉瑟斯的晚膳放在門附近的一張小桌子上。

奧瑞斯特斯睡著後，我命令褓母把他抱走，跟平常一樣，抱回他自己的寢宮。

艾吉瑟斯坐在暗影中，沒有說話，房裡只有我們兩人。我策劃所有計劃時，從來沒考慮到可能會發生什麼事。我完全沒想到會跟他如此私密獨處，然而，我確定，我不想要他離開。即便我猜他身上有武器，小心戒備著，但是我認為，我只要一聲令下，就能把他關回牢裡。

我得在阿迦門農回來之前，摸清他的意圖，此時我還摸不清。他打算徹夜坐著監視我嗎？我怎麼知道他會不會趁我睡著之後離開，或者傷害我？

我發現，他有選擇的餘地，他可以選擇逃命，或留下來等著看能不能有更多斬獲。畢竟，我答應過，他要什麼都行。他怎麼解讀我那句話的意思呢？連我自己都不確定那是什麼意思了，我想他也不可能明白。

他打量我，笑容愈來愈靦腆，愈來愈難以捉摸。就在我們倆沉默之時，我赫然想到前幾日我一直不准自己去想的事；我很清楚，從第一次耳聞這名被監禁的囚犯起，我就不准自己去想什麼事。我想要他到我的床上。我知道他看出我的渴望，但是他仍舊文風不動，我完全看不出來，如果我命令他走過來，他會怎麼做。

他盯著我瞧了一會兒，接著低下頭。他看起來就像個男孩，我知道他是在估量自己該怎麼辦，於是我就等他決定。

不曉得過了多久時間，我點燃一根火光微弱的火把，脫掉衣服，準備就寢，艾吉瑟斯從頭到尾盯著我看。準備好後，我旋即吹熄火把，我們倆瞬間陷入黑暗中。我突然想到，我黎明醒來時，他可能依舊盯著我看；也隨時有機會離開，消失。倘若他消失的話，被綁架的孩子就不會被釋放回來，或者他會勒索贖金才肯放人。我心裡暗忖，我冒的風險太大，但是我別無選擇，至少我認為自己別無選擇。我不禁想起，如果當初跟狄奧多圖斯合作，會不會比較好，他似乎有祕密想要告訴我。就在我思索著是不是我做了什麼舉動，讓狄奧多圖斯覺得可以信任我之際，艾吉瑟斯走過來，刻意發出聲響，讓我知道他走向我的床。我聽見他脫衣服的聲音。

他身材薄瘦，臉蛋摸起來小小的，觸感光滑，簡直就像女人的臉。我先是發現他的胸口有稀疏的毛，接著又發現他雙腿之間有粗硬的毛。一直到張開小嘴，把舌頭緩緩伸進我的嘴巴，他才亢奮激動起來。

我們徹夜沒睡。黎明時，我看著他，他面帶笑容，從那笑容看來，他似乎滿足了，或者是快要滿足了。我後來才知道，要完陰險的詭計、幹下殘酷的暴行之後，他臉上也會露出那樣的笑容。

不過，我把我的盤算告訴他之後，他臉上的笑容就不見了。一得知我打算在國王打完仗回來後殺夫，艾吉瑟斯變得嚴肅。他得知我要他協助殺夫後，用銳利的眼神看著我，接著下床走向窗戶，背對我獨自站著。他轉回頭後，臉上的表情幾近凶惡。

「這就是王后需要我的原因？」他說道。

「我會自己動手殺他。」我說道，「不需要你動手。」

「但是王后要我幫忙？這就是我在這裡的原因？」

「對。」

「還有誰知道？」他問道。

「沒有。」

「都沒人知道？」他問道，直視著我，一根手指指向天空，彷彿在問我是否有求神明准許我殺夫。「沒有跟任何人商量過？」

「沒有。」

當時他臉上出現的表情令我不寒而慄。

「時機到的時候，我自然會幫妳。」他說道，「王后放心，我一定會幫妳。」

不久後，他就找到那個擅長織毒線的老婦，把她帶進宮，接著又把她孫女也抓來。在那段日子，我天天到伊蕾特拉的寢宮，跟她商討我們要如何舉辦慶典，迎接她父王凱旋歸來，艾吉瑟斯會像一條忠心耿耿的狗，在外頭等候。我們研議得鉅細靡遺，毫無遺漏。我告訴伊蕾特拉說，由奧瑞斯特斯率先恭迎父王。他舞劍的功夫已經練得嫻熟，我們決定讓他跟阿迦門農表演一小段鬥劍，叫阿迦門農的侍從在一旁喝彩。接著換伊蕾特拉恭迎父王，向父王稟告國家安和，百姓守法，對國王忠心耿耿，跟五年前國王離國出征之時一樣。

伊蕾特拉問能不能在致辭時提到伊妃姬尼亞的名字，我說不行，因為久經征戰，國王很容易鬱悶不樂，她或任何人都不應該說會破壞慶典與惹怒國王的話。

「我們的任務是要讓國王感到自在。」我說道，「他好不容易才回到他疼愛的人身邊呀。打從離開我們的那一刻起，他就一直期盼著這次光榮歸國。」

阿迦門農回宮前的那幾日，高地上烽火燃起，警告我們他即將抵達，我注意到四周氛圍緊張。我每天一定會去見伊蕾特拉。她問我艾吉瑟斯是否會跟著眾人一起去見她父王，我說不會，艾吉瑟斯不會出現在典禮上。我說，過一段時日，我才會向阿迦門農解釋，這段期間我覺得很不安全，因此幫奧瑞斯特斯找了個保鏢。她默然點頭，彷彿認同。最後我熱情擁抱她。

我跟每位長老談論過，想知道他們要說什麼話來恭迎國王。他們竟然那麼快就習慣艾吉瑟斯靜靜待在一旁，這令我不禁覺得有趣。由於流言在宮裡流傳得很快，他們一定知道，他每天晚上都跟我同床共枕；他們一定很想知道，阿迦門農回宮後，艾吉瑟斯，乃至於我，會有什麼下場。

艾吉瑟斯和我經常一一仔細研議別人可能會怎麼搗亂或使詐，詳細討論國王回來當天可能會發生什麼事。最後我們倆達成共識，阿迦門農準備進宮之時，就把伊蕾特拉引開，關押在某處，直到一切結束；還有，也要把奧瑞斯特斯帶到安全的地方，以免他目睹發生什麼事。

艾吉瑟斯告訴我，他有五百名手下等候他差遣，每個都對他忠心不二，誓死聽從命令。

我將艾吉瑟斯擁入懷中，仍舊擔心國王剛回來的那段時間會出亂子，使得他心生疑竇。我認為慶典必須公開舉辦，必須辦得熱熱鬧鬧；艾吉瑟斯和他的手下全都不能現身。因此，我得想辦法讓這個凱旋歸國的戰將覺得萬事安好。

精心謀劃好慶典和盛宴之後，我們激情地翻雲覆雨；我們很清楚必須承擔什麼風險，也明白如果成功，能夠獲得什麼，取得什麼戰利品。

我們看得見雙輪戰車在遠處行駛，閃閃發亮。我們派護衛出宮，跑過去迎接他們，此時，我們每個人都在排練自己的角色。奧瑞斯特斯配戴劍率先出場，接下來是他的姊姊伊蕾特拉，再來是長老們一一輪番上陣，每人都準備了不同的恭迎或讚頌之詞。我會居高臨下，笑看這一切。等到最後，我才會走向表演完後既興奮又緊張的奧瑞斯特斯，緊接著再走到國王身旁，向他保證伊蕾特拉所言屬實，國家安和，百姓忠誠，等待他的統領，跟他離國出征時一樣。在宮裡，艾吉瑟斯和幾名手下會在我們寢宮下方的那個樓層等候，不會發出任何聲音，連低聲私語也不會。不過他會在主廊道上留幾名護衛，護衛們會準備就緒，一聽到我們的命令就馬上展開行動。

阿迦門農昂首挺胸站在雙輪戰車上，體型似乎變得更加魁梧，神氣活現地看著我們恭候他歸來。看到他注意到我，我刻意先裝出驕傲的神情，再轉為謙卑。即便看到雙輪戰車上有個漂亮的年輕女子站在他身旁，我仍舊從遠處就對他們兩人露出燦爛的笑容，並讓笑容轉為溫柔而熱情。奧瑞斯特斯走過去，阿迦門農歡欣地笑，拿出自己的劍，跟兒子比劃起來，大聲吆喝侍從過來幫他打敗這個厲害的戰士。

我們交代過奧瑞斯特斯，表演完鬥劍就退下，回到宮裡，在我的寢宮裡等候。他以為父王很快就會去那裡找他。接著伊蕾特拉走向前，神態嚴肅，動作浮誇，向父王以及旁邊那名女子欠身鞠躬，說出我們事先說好的那些話後，旋即再次欠身，讓父王一一問候長老們。不久後，一群長老便聚集到雙輪戰車周圍，聽阿迦門農大談打勝仗的英勇事跡，詳述致勝的高明戰略。

我向侍女打手勢，侍女們旋即搬來地毯，從阿迦門農要下車的地方鋪設到宮門。他牽起身旁那名年輕女子的手，那名女子神態驕傲，撥開披風，一件極其華麗的紅色禮袍露出來。她任由頭髮披垂，跟阿迦門農一起踏上地毯；她環顧四周，彷彿她一直以來夢想擁有這樣的國家，如今夢想成真，只為了讓她得償所願。

「這位是卡珊德拉。」國王說道，「她原本是俘虜，現在可以說是送上門的禮物或戰利品。」

卡珊德拉揚起美麗的臉龐，高傲地看著我的眼睛，彷彿我來到這世上是要服侍她似的；接著她看向伊蕾特拉，伊蕾特拉一臉疑惑地盯著她瞧。此時許多輛雙輪馬車駛過，有些載著金銀財寶，有些滿載雙手被反綁的奴隸。卡珊德拉挪動身子，遠離奴隸，同時睥睨地瞥了被帶走的奴隸一眼。我走向她，邀請她入宮，作勢要伊蕾特拉跟我們一起來。

阿迦門農留在宮外繼續說故事，得意洋洋地手舞足蹈，還把一些奴隸分給手下。我們一到宮裡，卡珊德拉不安了起來，詢問是否能回去找國王，我說不行，我們女人必須待在宮裡。

就在此時，整個計劃差點毀於一旦，她竟然驚恐地說她看到危險的網布，看到陷阱和危險的織物。她講到謀殺時，壓低了聲音。她說她看得見謀殺的畫面，聞得到謀殺的氣息。伊蕾特拉出現時，由於父王回宮，令她興奮不已，沒聽到卡珊德拉說的話。我趕緊讓伊蕾特拉去查看宴席的桌子準備得如何。我知道艾吉瑟斯的手下正等著她，我也知道奧瑞斯特斯會被兩名守衛帶出宮。

卡珊德拉繼續滔滔不絕，語氣愈來愈強硬，要求我讓她回去國王身邊。我命令守衛把她帶到裡頭的一間廂房，吩咐其中一名守衛，倘若國王問起，就說卡珊德拉想找個地方歇息，所以我找了一間最舒適的客房給她歇息，她似乎很開心。

我獨自站在宮門等候，一排排雙輪戰車駛來，歡呼聲此起彼落，國王把一個講過的故事，再說一遍給大臣們聽，他們渴望見到他的勝利笑容，獲得他的親密觸碰，聽到他的生動語調。

此時我把我懂的招數都用上了。我不發一語，紋絲不動，沒有皺眉蹙眼，也沒有滿臉堆笑。我看著阿迦門農，彷彿他是神，而我太卑微，連站在他身邊的資格都沒有。我的任務就是等候。只要有人提出一句警告，就足以毀了一切。我盯著他們看，我看得出來他們根本沒有機會說話，阿迦門農誇談著虎口逃生的事跡，沒人敢打斷他吹牛。

然而，他跟他們在一起愈久，他們就變得愈自在，局勢也因此變得愈危險。我擔心如果他不快點離開他們，遲早會有人偷偷警告他，毀掉我的計劃。他的護衛全都在他身邊，各個有說有笑，炫耀著自己的奴隸。只要一句話，整個計劃就會毀了。

我冷靜地觀看，阿迦門農筆直朝我走來，滿面風霜，但是心情開朗，態度親切溫柔，看到這一幕，我就知道我成功了。

「卡珊德拉說要沐浴。」我說道，「然後小睡片刻，再去參加今晚的盛宴。伊蕾特拉陪她去，有幾名侍女在服侍她。」

「好，很好。」

他臉上浮現陰鬱的神情，片刻後又放鬆下來。

「我一直在等這一天。」他說道。

「一切都幫陛下準備好了。」我說道，「廚師們正在廚房準備宴席。隨我去寢宮吧。我讓人幫你蓄滿浴池的水，我也幫你準備好乾淨的衣服了，晚點你出席盛宴後，這次勝利就算圓滿了。」

「卡珊德拉的寢宮必須在我的寢宮附近。」他說道。

「這個我會安排。」

「多虧她給了我警告，我後來征戰才能打得更加勇猛。」他說道，「要是沒有她，我們就無法獲勝，最後幾場戰役能贏，她功不可沒。」

他講話講得非常專注，根本沒注意到我們要去哪裡。一樣，要是冒出一句警告的喊叫、一個古怪的聲響或畫面，他就會停下來。幸好，什麼都沒出現，只有他自己的聲音，他滔滔講述戰役的細節，告訴我有哪些戰利品仍在運送途中。

我們進入澡堂，浴池蓄滿水，我知道不能抱他或碰他，親熱的時間已過。我現在是他的侍女，幫他脫掉袍子，幫他測試水溫。說也奇怪，看到他赤身裸體站在澡堂裡，從頭到尾講個不停，我竟然感覺性慾微微漲起。他曾經是那麼俊美。我忽然渴望像往日那樣溫存，正是這股渴望，或是心境出現這樣的改變，我才變得更加堅決，更加清楚明白，如果我的心境會改變，那麼他的情緒也很可能會波動。這提醒了我，他隨時都可能會起疑。一旦他起疑，他就會發現自己竟然如此盲目地被帶到這裡，還有在這間澡堂裡，沒有任何守衛，他很容易遭到襲擊。

我本來打算等到他沐浴完，找浴巾擦乾身子的時候再下手，但是我知道此刻不能猶豫了。我在等待他轉過身背對我的那一刻。我已經預先把網子織成的浴袍掛在牆上的鉤子。他一隻腳踩進浴池的時候，我迅即走到他身後，拉下網織浴袍罩住他，將浴袍拉緊，看起來就像是要保護他。刀子藏在我的袍子裡。

我看見他拚命想要掙脫，大聲呼救。不過浴袍的毒性發作，他無法逃脫，別人也聽不見他的聲音。我抓住他的頭髮，把他的頭往後扯，亮出刀子給他看，先把刀子指向他的眼睛，嚇得他畏縮，再從耳朵下方附近刺進脖子。我挪動身子，躲開噴出來的血，接著，把刀刃插得更深入，緩緩切過喉嚨，刀子割得很深，血流如注，隨著他發出的一陣陣咯咯聲，往下流到胸口，最後流入浴池的水裡。他倒下。任務完成。

我靜靜沿著廊道走到下面那個樓層，在我們約定的地方找到艾吉瑟斯。

「我下手了。」我低聲說道，「他死了。」

然後我回到寢宮，吩咐兩名守衛，除了艾吉瑟斯，誰都不准來打擾我。

片刻後，艾吉瑟斯前來向我保證，奧瑞斯特斯和伊蕾特拉都被護送到安全的地方。

「卡珊德拉呢？」我問道。

「王后想要怎麼處置她？」

這下輪到我微笑。

「要我動手嗎？」他問道。

「好呀，你來動手。」

她來的時候風風光光，如今卻狼狽地在宮裡跑來跑去，尋找阿迦門農；她推測阿迦門農已經遭逢劫數。艾吉瑟斯慢步跟著她。我看見她之後，冷靜地帶她進澡堂，她看到國王彎著身子，全身赤裸，頭浸在血水中。她一尖叫，我就把用來殺阿迦門農的那把刀子遞給艾吉瑟斯，暗示這項任務就交給他了。

我回到寢宮，換上乾淨的衣服，準備參加我們籌劃好的宴席。

艾吉瑟斯還有其他工作要做，他信守承諾，從山區派來五百名手下。一入夜，他會帶領他們直接來到王宮。他們會包圍長老們的宅邸，防止他們參加餐宴之前私自會面。他還會派人圍捕所有奴隸，保護戰利品。

跟國王一起回來的將士會在齊鳴的號角聲中獲得接待，進入宮裡的宴客大殿參加盛大的慶宴，享用佳餚美酒。隨著夜晚一時一刻過去，他們會愈喝愈醉，顧著享受盛宴款待，不會注意廳殿的門鎖上。艾吉瑟斯的手下會先埋伏，等候他們。

一開始他們會以為門是不小心上鎖，大聲呼叫，請人幫忙開門。門打開後，他們跑到夜裡的戶外，鬆了一口氣，確認自己是否安然無恙之際，就會被一網成擒。輕而易舉就能把他們一一綁起來，帶到關押奴隸的地方。曙光初現，奴隸和將士就會由艾吉瑟斯的手下戒護押走。

艾吉瑟斯說，山後頭的岩石地必須清一清，好種植葡萄藤和果樹，得耗費幾年時間。我們一致認同，讓大部分的奴隸和將士待在那裡，派人看守，不過一旦找出阿迦門農親信的將士，就得馬上送回宮。我們要找出知道軍情的將士，包括我國掌控哪些新領地，以及阿迦門農把哪些人留下來掌管新領地。這些將士最清楚如何鞏固與治理戰爭中取得的新領地，他們必須改為我們效力，受到我們直接保護與監視。

艾吉瑟斯也會派人待在宮裡，把打完仗陸續風塵僕僕回來的軍隊扣押起來，押送到拘禁其他軍士的地方。他們會把能沒收的戰利品都沒收，維持秩序，白天防止發生意外，晚上防止有人祕密會面或搞小陰謀。他們會像守護自己的性命一樣守護王宮。其中十個人，最為忠誠勇猛，會被派來當我的貼身護衛，受命時時刻刻隨侍我身邊。

六

那天晚上宮裡的慶宴開始時，那十個人早已來到我的寢宮外，艾吉瑟斯的其他手下也入宮了，分頭忙碌各自的工作。幾年來，他把手下訓練得敏捷機靈，處變不驚，就算成功完成任務，他們也不會高聲歡呼，慶祝勝利，只會默然警戒，繼續認真執行任務。

我穿上我在伊妃姬尼亞被押去祭神時穿的那套禮服，那套衣服是幾年前製作的，本來我是要在她婚禮上穿的。我梳著一樣的髮型，一樣把臉塗白，畫上一樣的黑色眼線。

侍女把菜餚端上桌，彷彿沒有怪事發生，不過賓客和侍女一定都知道澡堂室裡躺著兩具屍體，遍地鮮血。眾人用完餐後，我對著聚集的眾人說話。

「那些男孩，也就是諸位的兒子和孫子，會被釋放，趁諸位晚上不注意的時候他們會被送回府上。倘若有人想跟我作對，即便只是竊竊私語或三五人偷偷會面，都將遭到停職，同時陷入極度危險的處境。此外，孩子們回家後，諸位必須警告他們，絕對不可以向任何人透露自己去了哪裡，甚至不能提到自己曾經被擄走。」

眾人點點頭，連看別人都不敢。我命令他們留在餐桌前再等候一陣子，同時指示艾吉瑟斯的手下把國王和卡珊德拉那女人的屍體陳列在殿外，用火把照亮，讓所有人看清楚，屍體會徹夜陣放在那裡，放到隔天，甚至更久。

我站在門口，一一向賓客道晚安，同時看著他們走過阿迦門農和卡珊德拉的屍體；阿迦門農赤身裸體，卡珊德拉穿著一身紅，兩人的喉嚨都被割斷了。眾人走過去，絲毫不敢停下腳步，不敢說話。

六

我準備叫人把屍體埋起來，所有俘虜也都被送走，除了蒼蠅的嗡嗡聲，王宮裡一片寂靜。我告訴艾吉瑟斯我想見伊蕾特拉和奧瑞斯特斯。現在仇報了，我想要他們回到我身邊。

幾個小時後，我第二次命令艾吉瑟斯把姊弟倆帶回來，他臉上露出不快的表情。

「我可以立刻放了公主。」他說道。

「你說放了她是什麼意思？」我問道，「她在哪裡？」

「她在地牢裡。」他說道。

「誰准你把她關在地牢？」我問道。

「是我擅自決定把她關到地牢。」他說道。

「馬上放了她！」我命令道，「還有把奧瑞斯特斯也送回我身邊。」

「王子不在宮裡。」他說道。

「艾吉瑟斯，奧瑞斯特斯在哪？」

「我們說好的，要把王子送到安全的地方啊。」

「他在哪？」

「王子很安全，跟那些被綁走的男童在一起，不然就是還在途中，即將被送到拘禁他們的地方。」

「立刻把他送回來！」

「恕難從命。」

「你立刻派人去接他回來！」

「現在在外頭走動太危險了。」

「我命令你把他送回來！」

艾吉瑟斯沉默了半晌，我看得出來，把我搞得擔驚受怕，他可樂了。

「我來決定他什麼時候可以回來。」他說道，「這個由我來決定。」

他看著我，一副稱心快意的模樣。

「王子安全得很。」他說道。

我曾經發誓絕不再犯錯，如今卻發現自己完全任由他擺布。

「我要怎麼做，」我問道，「你才肯立刻把他送回來？」

「這事或許我們可以商量商量。」他說道，「不過現在呀，王后就別擔心他了，他被照顧得好好的。」

「你到底要我怎麼做？」我問道。

「實現妳的承諾呀。」他答道。

「我要他回到我身邊。」我說道。

「王子會回來。」他說道，「王后就別多慮了。」

他欠身鞠躬後，旋即離開寢宮。

六

接下來的日子，王宮裡風平浪靜，新的守衛不會在夜裡偷偷睡覺，全神警戒，謹從艾吉瑟斯的命令。我發現他們很怕他，這表示他們不敢胡亂吹牛或長舌多話。晚上，他會來我的寢宮，但是我知道他也去過廚房，或是宮裡侍女聚集的某個地方，我也知道他玩弄過一兩個侍女或僮僕。

他會把匕首握在手中睡覺。

有一次伊蕾特拉前來見我，站在門口瞪視我片刻後，不發一語就轉身離去。

王宮裡仍舊有許多陰暗處，似乎仍舊有人能夠在夜裡遊蕩，不會被任何人阻攔。有一天早上，我心神不寧地在曙光中醒來，看見一個少女站在床尾看著我。

「伊妃姬尼亞！」我大聲驚呼，「伊妃姬尼亞！」

「我不是。」她輕聲說道。

「那妳是誰？」

「織毒線的那個人是我奶奶。」她說道。

我這才驚覺，自從阿迦門農死後，這些日子我們忙於處理大小事，把這個少女和她祖母給忘得一乾二淨了。

艾吉瑟斯也完全清醒了。他爽快地說，他很快就會派人送她們回藍色山脈裡的那座村莊。我們就是從那座村莊把她們抓來的。

我下床走到少女跟前，她不怕我。

我牽起她的手，走到廚房，吩咐僕人給她和她祖母準備早膳。金黃色的晨曦色調柔和，只有鳥鳴聲打破寂靜。

我心想，我很快就能想到辦法求艾吉瑟斯派人把奧瑞斯特斯送回我身邊。既然不能威脅他，我也不會跟他作對，我會跟他合作。

我心裡還想，等到奧瑞斯特斯回來，我跟他還有跟他姊姊說話時，會好言好語，因為現在一切風波都平息了，我希望能跟他們兩人一起和樂生活。我幻想著奧瑞斯特斯長大成人，向我和艾吉瑟斯學習如何收放自如地運用權力，適時收緊權力，完美掌控權力。我甚至幻想伊蕾特拉變得乖巧溫順，寬容大肚，我好想跟她一起在花園裡散步。

牽著這個小女孩的手，我突然覺得我們的未來是有可能沒有腥風血雨，倘若艾吉瑟斯能夠信任我，這樣的想法或許就不是痴人說夢。或許雨過就要天晴了，再過不久，一切就會變得順遂；再過不久，我就能讓艾吉瑟斯相信，他能獲得他想要的一切。

奧瑞斯特斯

奧瑞斯特斯注意到王宮裡異常空虛寂靜，他心想侍女們肯定也找到方法，出宮去恭迎父王凱旋歸來。母后命他到寢宮，前往途中，他感覺自己既渺小又孤獨。

他好希望母后派人陪他去，最好是找個精通鬥劍或假人劍擊練習的高手，幫他精進劍術，好讓他能再表演給父王看。

他進入母后的寢宮後，找了個地方坐下來，把劍擺在地上等候。他專心聆聽一會兒後，站起身，走回廊道上，等在那裡，往兩端張望，發現廊道上空無一人。奧瑞斯特斯決定走回宮門找母后，詢問是否能待在她或伊蕾特拉身邊。

奧瑞斯特斯走著走著，聽到說話聲。有一間廂房傳出說話聲，守衛就在那間廂房附近睡覺。他認識房裡的幾名守衛，其中一名守衛很喜歡鬥劍，邀他到王宮後面的花園裡鬥一場。奧瑞斯特斯不確定此時適不適合鬥劍，擔心母后會來找自己，但是那名守衛一副興致勃勃的模樣，一臉笑嘻嘻，讓他不禁感到安心，欣然答應。房裡的另外三名守衛看起來就嚴肅冷淡得多。

「你去稟告我母后，我去花園。」他吩咐其中一名守衛。

聽到那名守衛回答遵旨，他更加安心，跟著邀他鬥劍的守衛前往花園。

他們鬥劍鬥了一會兒，另外兩名奧瑞斯特斯認識的守衛出現了。其中一個態度親切，直呼他的名字，另外一個比較冷淡，一副若有所思的樣子。奧瑞斯特斯不禁心想，如果他們兩人之中有人懂劍術，甚至是他們兩人都懂，就可以在這個守衛玩累了以後，陪他繼續玩。結果態度冷淡的那名守衛立刻走過來打斷鬥劍。

「王后命令我們帶殿下走小徑前往主道。」他說道，「慶宴要在那裡舉辦。」

「我母后什麼時候叫你來的？」

「剛剛。」

「我父王知道嗎？」

「當然知道呀。」

「我父王也會參加慶宴嗎？」

「當然會呀。」

「那伊蕾特拉公主呢？」

「會呀。」

「那艾吉瑟斯呢？」

「我們是受命來帶殿下過去那裡的。」

「或許慶宴開始之前，我們還有時間鬥劍呀。」親切的那名守衛說道。

「我覺得我應該等我母后過來。」奧瑞斯特斯說道。

「王后已經出發了。」另一名守衛說道。

「去哪裡？」

「去我們要去的地方。」

奧瑞斯特斯考慮片刻。兩名守衛都走到他身旁，各把一隻手搭在他的一邊肩膀上，帶著他走出王宮。

「我們得加快腳步，才能在天黑之前趕到。」一名守衛說道。

「那其他人怎麼去呢？」

「他們搭雙輪戰車。」

「我們不能搭雙輪戰車嗎？」

「雙輪戰車是給戰勝歸國的將士搭的。」

「請殿下把劍給我。」態度冷淡的那名守衛說道，「到那裡後，我會還給殿下。」

奧瑞斯特斯把劍交給他。

那兩個人不再說話，只會請奧瑞斯特斯走快一點，他漸漸認為事有蹊蹺，認為自己不應該跟他們走。有幾次，他轉頭往回看，他比較不喜歡的那個守衛都會作勢要他繼續走。每當他問還要走多久才能跟其他人會合，兩名守衛都不回答。最後他終於說想要回宮，兩名守衛便抓住他的衣服，強拉他走。

他注意到夜幕開始落下，終於明白自己是被強行擄走，否則就是有人對這兩個守衛下達錯誤的命令。然而，他心想，一旦宮裡有人發現他失蹤，就會派其他守衛出宮來找他。由於途中經過幾戶人家，被居民看見，因此出來找他的守衛應該能問出他們往哪個方向去。他想像母后發現他失蹤之後，會有多麼氣憤，他認為應該向那兩名守衛警告這一點，但是他們聽了之後，反而愈加沉默，愈加堅持繼續走。他心想這兩個守衛要大禍臨頭了。

入夜後，他們找了個地方歇息，守衛帶了一些食物，分奧瑞斯特斯一起吃，他們仍舊不說話。他說想要回宮，兩人都置若罔聞；他接著說他母后會派人出來找他，他們仍舊保持沉默。

他站起身，要求拿回劍，他們卻叫他去睡覺，說等到早上睡醒，一切都會沒事。

直到想起綁架事件，他才哭了起來。伊蕾特拉跟他說過有男童被綁架，警告他要待在宮裡。他認識幾個失蹤的男童。現在，他赫然驚覺，自己也失蹤了。或許那些男童就是這樣被擄走的吧；或許他們也是這樣被拐走的吧。

到了早上，那名親切的守衛過來找他，坐下來，把手臂搭在他肩上，問他是否一切安好。

「一切都會沒事的。」守衛說道，「王后知道殿下在哪裡。我們在這裡照顧殿下。」

「你們明明說我們是要去參加慶宴啊。」奧瑞斯特斯說道，「我現在就要回宮。」

他又哭了起來，那名守衛什麼也沒再說了。他站起身，想要逃跑，兩名守衛粗暴地抓住他，押他坐在他們兩人之間。

一會兒過後，遠處傳來說話聲。兩名守衛警覺地互看一眼後，旋即趕緊押著他一起躲到矮樹叢裡。奧瑞斯特斯打定主意，等到漸漸走近的那些人走到咫尺之近時，要大聲呼救，這樣那些人才容易找到他。說話聲愈來愈大聲，他看得出來那兩個守衛很害怕。

就在他準備呼救之際，守衛走出矮樹叢，跟領著一列列俘虜的那幾個人互相擁抱。奧瑞斯特斯看見每個俘虜都跟另一個俘虜綁在一塊，三四個人綁成一組，有些俘虜臉上有擦傷和瘀青。俘虜垂著頭慢慢走過去，押送俘虜的那些守衛和擄拐奧瑞斯特斯的那兩個守衛趕緊交頭接耳，迅速交換消息。

有幾次，他哭了起來，或坐下不肯再走，或者向守衛抗議，但是每次，他喜歡的那個守衛都會過來把手臂搭在他肩上，告訴他沒有事，只是計劃改變而已，他很快就會見到王后和國王。奧瑞斯特斯問他，他們到底要去哪裡，以及何時才能夠見到他母后和父王，那名守衛告訴他別擔心，只要跟著走，盡量走快點就對了。

他們走了一整天，讓往相同方向移動的一列列俘虜走在前面。奧瑞斯特斯走累了，要求休息一下，兩名守衛猶豫不決地看著彼此半晌。

「我們得繼續走。」其中一名守衛說道。

途中他們遇到往王宮走的人，那些人似乎都認識那兩個守衛。每次遇到往王宮走的人，就會留下一名守衛待在奧瑞斯特斯身邊，另一名去找他們，隱密地交頭接耳，交換最新消息，接著像朋友一樣熱情道別。

沿途從頭到尾，奧瑞斯特斯都注意到高大的樹木上或濃密的矮樹叢裡有禿鷹盤旋徘徊，若非互相激烈爭鬥，便是在空中振翅高飛，虎視眈眈。

第二天，下午近晚時，奧瑞斯特斯先是發現煙霧，接著便看見一棟房子和一棟穀倉失火。他們走到那兩棟建築附近，一列列的俘虜則隔著一段距離等候。俘虜全被綁在一起，愁眉苦臉地站著。有幾名守衛在殺豬宰雞，還有幾名守衛把一群羊趕到一起。一個男子和兩個男童站著觀看。

突然間，一個身板細瘦的女子從穀倉跑過來，尖聲大叫，起先只是哭喊，後來開始說話，也朝守衛厲聲叫罵。她伸出雙臂跑向男子和兩個男童，一名守衛拿起一根竿子，雙手握住，揮向女子，不偏不倚打在她臉上。奧瑞斯特斯心想，那一擊肯定把臉骨打裂了、把牙齒打斷了。現場瞬間陷入死寂，一、兩秒後，女子才彎腰倒地，蜷縮身子。

那兩名守衛催促奧瑞斯特斯繼續走，他渾身發抖，哭了起來，肚子也餓了。

接下來幾天，他大多走在那兩名守衛之間，他們既沒有出言恐嚇，也沒有對他粗聲粗氣。他們大多沉默寡言，有幾次，他問起父王和母后的事，他們完全不回答。不過他偷聽到他們晚上談話，得知被綁在一起、被迫走路的那些人裡頭，有許多是跟父王一起回國的將士，剩下的是父王擄獲的奴隸。

從兩人的閒聊中，他還得知他們接獲的命令，是要帶他到某個地方，接著加入要返回王宮的大批人馬。他們公開在他面前談話時，會談論他不曉得的人和地方。他比較不喜歡的那個守衛再三告誡另一個守衛別再說了，還說等到完成任務，就可以暢所欲言。

有一天，奧瑞斯特斯問守衛是誰給他們下達命令的，他們差點笑了出來。他又問到底要去哪裡，他們只說等時候到了，他自然就會知道。他打量守衛的臉，保持沉默，偷聽他們有沒有提到他父王和母后。但是他們只是告訴他，他們講話講得愈少，路就能走得愈遠。

有一天晚上，他離守衛很近，又偷聽到他們竊竊私語。他們提到艾吉瑟斯這個名字，講得若無其事，而且一語帶過；這次沒有提到他父王或母后。儘管此時他因為走了一整天的路而疲憊不堪，昏昏欲睡，仍舊拚命保持清醒，偷聽守衛說話，結果他們居然聊起一塊地，說那塊地有好幾公頃大，上頭有橄欖樹和果園，附近有一條溪流，而且很隱蔽。其中一名守衛說想要蓋一棟房子，現在是蓋房子的好時機，因為有那些奴隸和軍士可以搬石頭。

他看得出來，沿途村莊和民宅裡的居民很害怕，偶爾會有民宅被燒毀或破壞的跡象。每當他們要求居民提供食物，居民馬上就會給；每當他們要求居民提供歇息的地方，居民也會在穀倉或庫房裡找地方讓他們睡覺，不過他們比較不常提出要求借宿。然而，他們走得愈遠，村莊之間的距離就變得愈遠，而且路過的許多屋子都被洗劫過。他們能拿走多少食物，就拿多少，不過屋子經常早就被洗劫一空了。

有一天晚上，他們走了一整天，都沒吃東西，奧瑞斯特斯不喜歡的那個守衛說要離開他們和其他人走的那條路線，去找看看有沒有農舍或農場。他說天黑前就會回來，並且囑咐奧瑞斯特斯和另一名守衛留在樹林裡的一塊空地等，說這樣他回來之後，比較容易找到他們。

奧瑞斯特斯睡了一會兒，睡醒後，飢腸轆轆。天色快要黑了，那名守衛仍然沒回來。月亮升起，他發現另一名守衛看著他。他本來想要閉上眼睛繼續睡，或者裝睡，卻又忽然想到，現在或許是絕佳的時機，可以起來跟那名守衛攀談，引誘他說出他們要去哪裡，還有當初為什麼要離開王宮。那名守衛保持沉默，奧瑞斯特斯思索著該如何開口。

「他能在黑暗中找到我們嗎？」他最後問道。

「我想可以吧。」守衛說道，「月亮夠圓呢。」

接下來兩人都不再說話，沉默片刻，但是奧瑞斯特斯感覺得出來，沉默令守衛很不自在。他認為那名守衛一定什麼都知道，卻想不出該怎麼問，才能引誘他吐露真相。

「還很遠嗎？」他輕聲問道。

「什麼？」

「我們要去的地方啊。」

「我想還要再走幾天吧。」守衛說道。

他們別過臉，不看對方，彷彿害怕似的。他心裡很清楚接下來該問什麼。他應該問他們到底要去哪裡，他又猛然想到，如果問得直截了當，守衛是不會告訴他的。倘若守衛拒絕回答一個問題，可能就很難再問下去了。他得想想該怎麼問，才能讓守衛不假思索地回答，至少能暗示目的地在哪裡。

「我比較喜歡你，比較不喜歡另外那個守衛。」他說道。

「他人其實不錯。乖乖聽他的話做就好了。」

「是他在作主的嗎？」

「我們倆一起作主。」

「那是誰對你們下達命令？」

他知道他問的這個問題，答案可能很重要，不論守衛回答什麼，都可能會讓他知道現在是什麼情況。守衛嘆了一口氣。

「現在日子很難過哪。」守衛說道。

「每個人都難過嗎？」他問道。

「我想是吧。」守衛說道。

奧瑞斯特斯想不通守衛這樣說是什麼意思。他覺得應該徹底拋開戒心，直接問跟「他父王」有關的問題。

「我父王知道我在這裡嗎？」他問道。

守衛一開始沒有回答。奧瑞斯特斯嚇得幾乎不敢呼吸。此時不只沒有風，遠處也沒有傳來狗或其他動物發出的聲音，只有兩人之間的沉默，奧瑞斯特斯知道最好別再打破沉默了。

「我們會照顧殿下。」守衛說道。

「有男童被綁架了。」奧瑞斯特斯說道，「我母后和姊姊會擔心我是不是被綁架了。我父王也會擔心。」

「殿下沒有被綁架。」

「我想要回我的劍。」他說道。

「沒問題。」守衛答道。

「你確定我不是被綁架？」他問道。

「不，不，真的不是。」守衛說道，「別擔心啦。跟我們走，殿下就會沒事的。」

「我為什麼不能回宮？」

「因為國王要殿下跟我們一起走。」

「那我父王在哪呢？」

「我們很快就會見到國王。」

「會見到我母后嗎？」

「會見到所有人。」

「我們為什麼要用走的？」

「別再問了，快睡吧。我們很快就會見到所有人。」

後來奧瑞斯特斯就睡著了，但是又被他們的聲音吵醒，他們壓低聲音講話，語帶憂慮。他保持不動，專心聆聽。去找食物的那名守衛說找不到食物，什麼都沒找到；每棟屋子都空無一人，完全沒有人居住的跡象，庫房裡空無一物，田野上沒有動物。但是他說還有更糟的事。有人在井水裡下毒。他遇到了一名士兵，那名士兵的兩個同伴中毒了。他們警告他，千萬別喝井裡的水，因此他不只沒帶食物回來，連水也沒有帶。

「是誰在井水裡下毒？」另一名守衛問道。

「他們認為是農民幹的，那些農民現在躲在山裡，但是他們一個也沒找到，他們沒時間找。」

其中一名守衛搖了搖裝睡的奧瑞斯特斯。

「我們得出發了。」他說道，「雖然沒有食物和水，但是還是得出發。我們會在途中找到的。」

他們動身出發前，奧瑞斯特斯就開始覺得口渴，心想，哪怕是一滴水也能夠稍微解渴。他試著預先想像當天的路程，把它劃分成一步步。他一天要走多少步？為了分散心思，他想像只要再走十步，就可以停下來喝水休息。走完那十步，他又想像只要再走十步就行了。

經過約莫一個小時之後，他聞到有東西腐爛的味道。他看著兩名守衛，兩名守衛都掩著鼻子。那股味道愈來愈強烈，突然間，他看到前方路面上有兩具彼此距離很近的屍體，蒼蠅在屍體附近嗡嗡飛來飛去，禿鷹大快朵頤地吃肉。從衣服判斷，他推測那兩具屍體是要前往王宮的那批人馬的成員，就是會停下來跟那兩名守衛分享消息的那些人，那些人有時候看起來一副放鬆自信的模樣。他們走到屍體旁邊，發現惡臭難當，於是趕緊走過。但是奧瑞斯特斯已經瞥見那兩具男屍的臉了，雙眼睜得老大，嘴巴扭曲，彷彿兩人是在尖叫吶喊時死去的。走過這一幕之後，他們沒人敢再轉回頭看。

奧瑞斯特斯感覺得出來，那兩個守衛比之前更加堅決要繼續走。民宅愈來愈稀少，土地愈來愈荒蕪，看來完全沒有地方可以停下來歇息。

為了不去想飢渴交迫，或者在軟弱的時候，認為再也走不動的時候，他就會懊悔，為什麼以前從來沒有好好珍惜在宮裡自由閒逛的日子。他好希望母后在身邊，或者在附近，這樣他就能去找她，依偎在她身旁。

他們走到精疲力竭，停了下來，守衛看似不願意再繼續走了。他們坐在地上，表情嚴肅地凝視前方。除了蟋蟀的叫聲，還有蜥蜴在石頭下面跑來跑去，躲躲藏藏，附近一片寂靜。

那天稍晚，影子變長的時候，他們終於發現遠處有一棟屋子。此時，奧瑞斯特斯渾身發抖，好像很冷似的，緊緊抓住兩名守衛，三人一起緩慢前行。他感覺舌頭開始腫起來。他忍不住一直把嘴巴裡殘存的口水吞下去，吞得一滴口水都不剩，嘴巴完全乾巴巴的，吞嚥得喉嚨都發痛了。

他們小心翼翼往那棟屋子走，沿著一條長長的泥土小徑走，小徑兩側都有橄欖樹。完全沒有動物發出的聲響，他們每走一步，更加覺得要去的那棟屋子棄置已久。

奧瑞斯特斯坐在陰涼處，兩名守衛在屋子四周繞，一名守衛看到屋子旁邊有一口井之後，馬上大聲呼叫。奧瑞斯特斯覺得這棟屋子看起來狀況良好。兩名守衛推開門，走進去。

突然間，屋裡傳出聲響，重擊木頭的聲音，接著又傳來一名婦女的哭聲和一名男子大聲說話的聲音，守衛大聲喝令裡頭的人馬上出來，站在屋子前面。一對男女走出屋子，衣衫不整，驚恐害怕，兩人同時對著兩名守衛說話，奧瑞斯特斯看到後旋即站起身。一名守衛喝令那對男女閉嘴，另一名守衛進入屋內，出來時拿著一個裝著水的大陶罐和一個杯子。守衛把杯子遞給男子，叫他把陶罐裡的水倒到杯子喝掉。

看到男子把水喝下去，奧瑞斯特斯覺得好噁心，胃痙攣了起來。他一開始強忍著，待在原地不動，後來實在忍不住，跑到矮樹叢裡嘔吐。回來後，他滿腦子只想喝水。他走過去準備喝陶罐裡的水，一名守衛警告他等一下，粗聲粗氣地說，如果水裡有毒，毒性可能要一段時間之後才會發作。他們必須等一下，如果過了一段時間之後，那個男子沒事，他們每個人就都能喝陶罐裡的水，但是在沒有確定水裡沒有毒之前，誰都不能喝。

那對男女站著，都盯著地上看，兩名守衛走到陰涼處，監視著他們。奧瑞斯特斯坐在門口。即便沒有人說話，奧瑞斯特斯也能清楚看出，守衛在屋裡發現的那對男女驚恐萬分，男的跟女的一樣心驚膽顫。他推測男子喝下去的水有毒，等等就會有中毒的跡象出現。

最後，男子竟然沒有中毒，於是那兩名守衛便貪婪地一杯又一杯地喝起水，奧瑞斯特斯看得不禁想問他們是不是把他給忘了。現在有水可以喝，他反倒擔心起能不能喝個夠。一名守衛打手勢叫他過去喝水，他馬上走向水罐。他們留了夠斟滿兩杯的水給他，他倒第二杯的時候，把水罐倒得一滴不剩。

喝完後，他查看四周，發現一名守衛正往井裡看。那名守衛揮手叫男子過去，命令他再從井裡打水上來。奧瑞斯特斯不禁心想，說不定能帶些水走，或者在這棟屋子裡度過今夜，甚至可以待個一兩天。他心想，無論如何，他們需要更多水。男子站在井邊，用繩子綁住罐子，把罐子往下放，其他人在一旁觀看。奧瑞斯特斯注意到，女子變得比之前更加緊張，手擺在身子兩側，目光先是在兩名守衛身上游移，接著看向屋子。

罐子從井裡出現後，奧瑞斯特斯不喜歡的那名守衛把杯子遞給男子，命令他喝一些水。男子傲慢地瞥了那名守衛一眼，彷彿他才是掌控局勢的人。他沒有說話，看向妻子。就在那一刻，所有人都全神貫注看著男子和罐子，幾個小孩聽到母親放聲大叫，叫他們快點跑，於是趕緊從屋子的前門逃跑。一共有四個小孩，三個男孩，一個女孩。兩個男孩和女孩順利逃走，守衛來不及追上，但是年紀最小的那個男孩——奧瑞斯特斯猜測他只有四五歲——被一名守衛逮住，拖了回來，拉到母親身旁。男孩號啕大哭，說著奧瑞斯特斯聽不懂的話，那名守衛走回井邊。

奧瑞斯特斯也哭了起來，心想自己是不是也應該逃跑，跟著那幾個孩子，看看他們要逃到哪裡。他心想，或許可以向他們解釋自己是誰、從哪來。

「把水喝下去。」他聽見那個守衛對男子說。

他在一旁觀看。男子猶豫不決，看著妻子。

「你們其中一個人得把水喝下去。」那名守衛說完便走過去抓住男童。

「如果你不敢喝，就讓這孩子來喝吧。」他繼續說道。

母親哭得淚眼汪汪，跑過去把男童拉離水井。

「喝啊！」守衛喝道，「我要親眼看你喝光那杯水。馬上把杯子倒滿喝光。」

男子依舊不肯把水倒進手中的杯子。他看向遠方，彷彿會有救援到來，或奇蹟出現。他昂首挺立，臉上的表情變得更加緊繃嚴肅。他和妻子看著彼此，妻子彎腰抱起孩子，往上抱到懷裡。

「如果你不喝，」守衛說道，「我就再把你兒子抓過來，把一杯水強灌進他的喉嚨。」

男子看起來像是陷入沉思，連男童也安靜下來了。男子臉上露出莊嚴的表情，把杯子倒滿水，拿在手中，嘆了一口氣後，一口把水喝光。把水喝下去後，他走向妻子和兒子，一手撫摸兒子的頭髮和妻子的臉龐，一手握住妻子的手。

慢慢地，男子退離妻兒，開始咳嗽，咳嗽聲音一開始和緩，但是很快就變得劇烈，男子雙手掐住喉嚨，好像噎著似的。接著他看似愈來愈痛苦，跪了下來，劇烈喘氣，扯開嗓門大聲說話。他的妻子仍把兒子抱在懷裡，唱起歌來。奧瑞斯特斯以前從來沒有聽過像她那樣的歌聲。在王宮裡，侍女唱歌，總是唱快樂的曲調，就算在其他時候，他聽見歌聲，也總是一群人在唱歌，從來沒有聽過單獨一個女人唱歌。

歌聲漸漸變大，流露出懇求的音調。奧瑞斯特斯知道那是在向神明祈求。

男子開始痛苦尖叫，躺在地上渾身顫動，雙手掐住脖子，彷彿想要把毒從喉嚨底部往上推到嘴巴吐出來。

他拚命想站起身，嘴裡吐出黑色的血，滴到塵土裡；眼珠子往上翻白，疼痛似乎從喉嚨轉移到胃。他抱著肚子，痛苦哀號一陣子，奧瑞斯特斯看得怵目驚心。接著他嘴裡咯咯流出白色唾沫，緩緩爬向妻子。他的妻子仍舊抱著兒子，繼續唱歌；他兒子仍舊平靜地依偎在他妻子懷裡。男子變得比較平靜，翻過身子，仰躺在地上，雙臂往外伸，雙手緊緊抓住妻子的腳踝。

兩名守衛都目瞪口呆地看著眼前這個畫面。男子眼睛仍舊睜著，嘴巴也是開著，但是他不再發出聲音，他的妻子也不再唱歌，歌曲結束了，奧瑞斯特斯很清楚男子死了。一名守衛做勢要他進屋子。主廳裡有一面木頭作的假牆，牆後頭有幾張床和一張桌子。

他們把能帶走的食物都帶走，有麵包、乳酪和一些醃漬肉。他們還發現了另一罐水，不過那名守衛搖搖頭，即便奧瑞斯特斯覺得現在口渴得比之前走路的時候更厲害，也沒有碰那罐水。就這樣，他們離開屋子，沿著崎嶇不平的小徑走向主要路徑，女子站在原地，把兒子抱在懷裡，死去的男子躺在她腳邊。

他們走了幾哩路後停下來，靜靜地坐著，解開布包的綁結，拿出食物。即便飢腸轆轆，奧瑞斯特斯卻不覺得餓，反而覺得噁心。沒有任何東西可以喝，他們從屋子裡拿的食物看起來不只不新鮮，而且乾巴巴的。他看著兩名守衛各拿起一塊麵包，試著吃下肚，沒人碰乳酪或醃漬肉。最後，他們把食物包好，繼續趕路，直到在幾棵樹之間找到隱蔽的地方，才停下來歇息過夜。

翌日，他們走到一條水深而且湍急的溪流，仔細察看溪水，猶豫著要不要喝溪水，最後一名守衛說，如果不喝溪水，就會渴死。三人喝過溪水後，兩名守衛接著到溪裡洗澡。他們勸奧瑞斯特斯也到溪裡洗個澡，但是他不想要在他們面前寬衣。他在一旁看著他們開心戲水，心裡尋思附近有沒有地方可以逃去躲藏，但是他發覺他們始終不讓他離開他們的視線範圍，而且他確定，他如果試圖逃跑，他們一定能抓到他。

此時他比以前更加堅決，要在回宮之後，把這兩個人幹的好事稟告父王，如果他們逃跑，他也會請求父王，就算找遍天涯海角，也要捉拿他們，五花大綁帶到王宮，打入地牢，關進伸手不見五指的牢房。

他們又走了兩日，途中雖然有發現井，仍舊不喝任何一口井裡的水，奧瑞斯特斯知道不論目的地在哪，距離不遠了。此時他確信不疑，他會在這裡，不是母后或父王命令這兩名守衛帶他來見他們的，他是被綁架，只要這兩名守衛看守他，他就沒辦法逃跑。

他們似乎變得比較友善，現在離目的地那麼近了，他猜想他們或許會講出到底要去哪裡，他卻決定不問了。他認為反正很快就會知道答案。

最後一段路程，他們必須爬山，路徑漸漸消失，最後守衛只能猜測要往哪個方向走，有幾次走錯路，還得折返。他們途中發現幾隻山羊在攀爬岩石，這是多日來第一次看見。他們爬到比較高的地方之後，奧瑞斯特斯看見下方遠處的平原上有一群綿羊。

岩地上有一個巨大的裂口，他們沿著一條路徑走，看起來像傾斜的廊道，接著轉入一道人工砌造的階梯，階梯繼續往下延伸，最後盤繞著一棟建築的外側。他暗自心驚，在這座山中堡壘，沒人找得到他們。他們走到一扇門前面，沒有敲門，一名男子沒有看他們，沒有說話，就默默幫他們開門。

不過，還有一個男子原本坐在第二扇門外頭，看到他們，立即站起身，熱情擁抱那兩名守衛。他看到他們出現，還帶王子一起來，不禁面露喜色，哈哈大笑。

「嫌我們這裡小孩子不夠多嗎？」他興高采烈說道，「希望這小鬼比裡頭的幾個懂規矩呀。有看到我這拳頭嗎？我常常得揍他們，教他們守規矩，要是揍沒有用，我就讓他們嚐嚐這根。」

兩名守衛哈哈笑起來，男子拿起身旁的一根棍子，揮打空氣。

「裡頭的小鬼也很餓。這小子餓嗎？」

「他像馬一樣能吃。」一名守衛說道。

「我們會教他的。」男子說道。

他打開門，一個長型的房間，房裡擺滿床鋪，有幾扇長窗，從窗子透進來的陰影比光線還多。奧瑞斯特斯看了一會兒才看清楚，原來房裡至少有十個男孩，其中許多男孩跟他年齡相近。他一看到他們，立刻明白，這些都是被綁架的男童。奇怪的是，他認為他們一定聽到開門的聲音，甚至在開門前就聽到門外的說話聲，此時更是一定知道有新人到來，但是卻沒有人抬頭看。後來儘管有幾個男孩抬起頭，卻面不改色，或好像什麼都沒看到似的。

他走過床鋪之間，沒有人說話，慢慢地，他認出幾個男孩，第一個認出來的是名叫李安德的男孩，狄奧多圖斯的孫子，他認識李安德。

門關起來了。守衛沒有跟他一起進來，他獨自跟這一群沉默不語、面色蒼白的男孩被關在房裡。他跟一名男孩四目交鎖，發現對方凝視的眼神從空洞變成惱怒與怨恨。他走向李安德的床鋪，有事請教，李安德卻轉過身不理會他。最後，他走到一排床鋪的終端，坐到地上，環顧這個房間，心裡納悶著什麼時候才會有人說話，或有食物可以吃，或有事情發生。只有一個男孩的咳嗽聲打破寂靜，從那刺耳的咳嗽聲聽來，那名男孩的病情似乎完全無法獲得緩解。

什麼事都沒發生，直到下面樓層傳來烹煮的味道，幾名男孩才在床上坐起身子，仍舊沒人說話。奧瑞斯特斯走回門口，所有男孩又轉過身背對他。他心裡納悶，他們是真的不認得他，還是以為他是綁匪的黨羽。

門終於打開了，男孩排成一列，走到下面的樓層，每個人都低著頭，只有李安德從奧瑞斯特斯面前走過時有抬起頭。李安德看了他一眼，聳聳肩。隊伍通過之後，奧瑞斯特斯旋即加入隊伍尾端，走下狹窄的階梯，走進一間狹小的餐廳。大部分的男孩坐在一張長桌前，還有一張比較小的桌子擺在一扇窗戶旁邊，有兩名男孩坐到那張小桌前，其中一名男孩咳個不停，那咳嗽聲和他在樓上聽到的一模一樣；他不認識那個男孩，但是他看得出那個男孩哀傷難過，咳得很痛苦，咳得餐廳裡的氣氛都緊繃起來。

奧瑞斯特斯看著通往廚房的門，無人出現。最後，終於有兩名男孩把食物端到桌上，大家旋即沿著桌子傳遞食物。奧瑞斯特斯坐在長桌末端，看見咳個不停的那個男孩和另一個男孩坐在小桌前，沒人拿食物給他們兩人。其他人靜靜用餐，他專注地一一看著坐在對面的男孩，希望至少能夠有個人暗示認出他，但是注意到他的男孩，卻都只是死氣沉沉地瞥了他一眼。

他們吃完後，起身排成一列，魚貫走回寢室，奧瑞斯特斯也跟著隊伍回去。

他沒有床，在地上找了個地方躺下。夜裡他數度被咳嗽聲吵醒，最後，到了早上，他又被周遭的男孩吵醒。他問一個男孩，要去哪裡方便，那個男孩沒有回答，附近的男孩都緩緩走開，一副擔心他靠近的樣子。

他走向房門，發現門是開著的，他前一天遇到的那名守衛坐在門外。

「你。」他說道，「有兩件事要做。第一，今天早上要去洗澡。你臭得像老母山羊一樣。跟其他人一樣，換上新衣服，把舊衣服留在浴室。第二，去領一塊石板，隨時把石板擺在床鋪旁邊。」

「石板是幹什麼用的。」奧瑞斯特斯問道。

「你很快就會知道。」男子笑道，「好啦，你現在就去洗澡，馬上去。」

「浴室在哪裡？」奧瑞斯特斯問道。

「走下這道階梯，再走下下一道階梯就到了。把身上那股臭味洗掉，你和大家都比較好受。」

走下兩道階梯後，他看到已經有四名男孩在浴室裡了。一道光線從牆邊縫隙斜斜射進，他看見兩個男孩互相耳語，另外兩個男孩用力潑水，把耳語聲蓋過去。他靜靜脫掉衣服，一開始他們沒注意到他。他進入浴室，走到他們旁邊時，原本在耳語的那兩個男孩旋即分開。四個男孩全都看著正前方。他本來想告訴他們，他不會向守衛告密他們竊竊私語；旋即又想，他開口說話，只會讓他們更加敵視他。不久後，四名男孩都離開浴室，到角落擦乾身子。

他在浴室洗完澡，用別人留下的一條毛巾擦乾身子後，就上樓去找守衛，守衛拿給他一些衣物、一塊石板和一根粉筆。

守衛陪他走過寢室，找了個空位給他，接著派兩名男孩幫他去下面樓層搬一張他可以用的床鋪上來。奧瑞斯特斯穿著新衣服站在床鋪旁邊，手裡拿著石板，幾個男孩終於注意到他，仔細端詳他。但是他向其中一個男孩點頭，那個男孩卻立即撇過頭。

日子過得很慢，大多在沉默中度過。他們每天三次拖著腳步走到樓下的餐廳。他們每星期可以使用一次浴室，在浴室裡，有兩個男孩會潑水製造水聲，讓另外兩個男孩能夠竊竊私語，以防被聽見。就他所知，男孩們就只有在那個時候交談。有時候，夜裡，他會聽見男孩在睡夢中大哭大叫；有時候，咳嗽的那個男孩會發出刺耳的咳嗽聲，費勁地大聲喘氣。就算在寢室門外徹夜看守的守衛進來搖晃那個男孩，或打他耳光，咳嗽聲仍舊持續出現。

接著來談談那塊石板。每個男孩必須時時刻刻把石板擺在自己的床鋪旁邊，讓別人能夠清楚看見石板。只要違反規定，石板就會被畫上記號，只有同樣被綁架的男孩才能夠畫記號，畫記號的男孩也必須再畫個符號，表明自己是誰。奧瑞斯特斯花了幾個星期才徹底搞清楚這套規矩，因為他從來沒看過有男孩在別人的石板上頭畫記號。他恍然大悟，大家肯定是在晚上畫的，不過就算晚上他醒著的時候，也沒有親眼看過有人去畫記號。

奧瑞斯特斯第一次見到的那名守衛，不時會帶著一、兩名守衛來檢查。他們會檢查石板，把石板上有記號的男孩找出來，帶到寢室外面或樓下的餐廳或浴室懲罰，有時候會直接在門外懲罰。責打的嚴厲程度跟石板上的記號數目沒有關係，主要還是取決於守衛的心情。但是，石板上有很多記號的人，還是比沒有記號或是很少記號的人，更可能被帶到外頭處罰。

奧瑞斯特斯發現，原來咳嗽的那個男孩叫米特羅思。他還注意到，米特羅思不管記號再怎麼少，總是會被帶到外頭。米特羅思回來後，總是會躺在床上哭，接著開始咳嗽，直到哭聲和咳嗽聲混在一塊。

奧瑞斯特斯的石板上，記號逐漸增加，但是他想不透記號旁邊的符號是誰的，記號都是同一個人在晚上畫的。最後，有一天早上，他仔細研究那個符號時，發現李安德盯著他看。奧瑞斯特斯鎖緊眉頭，往上一瞥，彷彿是在問那個符號是不是他的，李安德點點頭。後來奧瑞斯特斯又數次試圖引起李安德注意，但是李安德並沒有再理會他。

守衛們似乎很喜歡看奧瑞斯特斯的石板，而且會把記號拿給彼此看，評論一番。前幾個星期，守衛只是傳閱石板，沒有處罰他，他到第四個星期才被叫到外頭罰站。

他站在渾身發抖的米特羅思身旁。到目前為止，他都以為沒有人敢碰他，認為他在這個地方的地位跟其他男孩不同。他甚至沒想過萬一被抓去懲罰，該作何反應。他被粗暴地推過餐廳門口，看見守衛手裡拿著棍子。

「如果你敢碰我，」他說道，「只要動我一根寒毛，我父王就會知道。」

「你父王？」守衛問道。

「我父王會知道你打我。」

「喉嚨被割斷的那個人是你父王嗎？」守衛問道。

奧瑞斯特斯愣了半晌，看著守衛臉上嘲諷的表情，環顧餐廳。要是附近有刀子，他絕對會拿起刀子刺向守衛，但是他只看見小桌子旁邊有一張快要散掉的椅子。他輕鬆就扯下一根椅腳，握著椅腳弓步衝向守衛。

「碰我試試看啊！」他說道，揮舞椅腳。

守衛看著他哈哈笑了起來。

就在那一瞬間，一名已經偷偷溜到奧瑞斯特斯身後的守衛，制伏了他。那名守衛把他的雙臂壓制在背後，另一名守衛開始使勁用手背摑他耳光。手臂被放開後，他跌到地上，兩名守衛一起用腳踹他，接著帶他到餐廳的那名守衛在他耳邊低聲說道：「你父王現在完全幫不了你，對吧？不准再提你父王，懂嗎？」

他們把他丟在餐廳。後來，他一跛一跛地走回寢室；他一跛一跛走過其他男孩，走向自己的床鋪之際，注意到大家都默默緊盯著他看。接下來兩天，除了取水，他都沒有到餐廳，只待在床上，卻無法入睡，拚命想釐清父王到底發生什麼事。

他腦海裡突然出現母后和艾吉瑟斯的畫面。他無法確定自己是在什麼時候看見那個畫面，不過篤定是在早上；那天早上他比平常還早到母后的寢宮，褓母在門口急忙把他往後拉，但是來不及了，他已經瞥見母后和艾吉瑟斯，看到他們赤身裸體，發出彷彿野獸般的聲音。此時那個畫面一直停留在他的腦海中，跟父王回宮時歡欣喜悅的表情一樣，歷歷在目；他也清楚記得父王的聲音，還有四面八方響起的歡呼聲，還有馬的味道和眾人的汗味，還有看見父王回宮時心中湧現的喜悅之情。

接下來的那個星期，他剛好跟李安德一起去浴室，洗澡時，他慢慢從李安德身旁走開，跟另一名男孩開始潑水，好讓李安德和第四個洗澡的男孩能竊竊私語，不會被聽到。但是李安德卻把他拉向浴室角落的陰暗處，讓另外兩個男孩掩護他們。

「我想逃跑。」李安德低聲說道，「我還需要幫助米特羅思逃出去，不然他們早晚會殺了他。我沒辦法自己帶著他逃跑，我需要殿下幫我。」

「你為什麼要在我的石板上畫記號？」奧瑞斯特斯問道。

「有些男孩討厭殿下，因為殿下是王室的人，是他們叫我畫的。」

「他們為什麼討厭我？」

「我不知道。我不確定。不過我倒是想看看他們處罰你的時候，你會怎麼做。殿下很勇敢，因此我相信你不會怕。」

「我們要怎麼逃跑？」

「我會找一天晚上叫醒你，你要準備好。米特羅思咳嗽就是開始執行逃跑計劃的暗號。千萬不要跟別人說。還有，別再一直看我了。」

「我沒看你呀。」

「你有，別再看了，別再盯著我看了。你太常東張西望。從現在起，其他男孩怎麼做，你就怎麼做。要融入大家。」

「我們什麼時候要逃跑？」

「別再說了。快走開。」

接下來幾日，李安德繼續在奧瑞斯特斯的石板上畫記號，但是沒有畫太多。奧瑞斯特斯試著聽從李安德的勸告，別再看他。他發現很難做到，不去看李安德，他會覺得好孤獨、好害怕。他開始擔心逃跑的事，擔心要逃到哪裡，擔心李安德有什麼計劃，擔心萬一被逮到，會有什麼下場。不論黑夜或白天，醒著的時候，他總會想，或許待在這裡等待救援才是最好的做法。於是他開始想，有沒有安全的辦法能讓李安德知道，自己不想跟他們兩人一起逃跑，但是除了洗澡時，沒有人敢說話，而且下一次他去洗澡的時候，李安德並沒有跟他一起去。

有一天晚上，趁著米特羅思的咳嗽加劇，李安德過來輕拍奧瑞斯特斯的肩膀。奧瑞斯特斯睜開眼睛，只能勉強認出李安德的身形。就在米特羅思開始發出刺耳的咳嗽聲之際，李安德對他低語道：「把衣服穿上，跟我到門口。」他原本想回答，但是李安德用手牢牢摀住他的嘴巴，阻止他說話。其實奧瑞斯特斯好想繼續睡覺，因為他知道，倘若他們不逃跑，眼前的日子雖然難過，至少他感受到的恐懼都是熟悉而且可以預料的。他緊張不安地等待著，最後李安德把他拉下床，站在他身邊等他穿好衣服。

趁著米特羅思的咳嗽聲變大，變得比平常更加刺耳，更加令人驚慌，他們走到寢室門口等待。李安德和奧瑞斯特斯聽到門開啟時，旋即溜到門邊。守衛走進寢室。李安德帶著奧瑞斯特斯溜到門外的廊道上，他們在守衛白天躺的那張床附近尋找可以用的東西，李安德找到一把刀子，交給奧瑞斯特斯，自己則拿起一塊扁平的木板。兩人等待著。在寢室裡，守衛用手摀住米特羅思的嘴，似乎是用某種方式把他弄疼，他發出低悶的哀號。寢室裡的其他男孩被吵醒，大哭了起來。

奧瑞斯特斯先是聽到守衛弄出聲響，威嚇米特羅思；接著聽到守衛朝門口走來的腳步聲。他全力屏住呼吸。奧瑞斯特斯不曉得李安德的計劃到底是什麼，但是認為自己應該設法攻擊守衛，用刀子刺他，讓他沒辦法大聲呼救。

他們讓守衛把門關上。等到守衛躺到床上，打了呵欠，看似又睡著了，奧瑞斯特斯才慢慢往前走，緊緊握住刀子，使盡全力刺向他的脖子，李安德則拿木板猛力砸他的頭。守衛大叫一聲，奧瑞斯特斯迅即抓住他的頭髮，再次把刀子用力刺進他的脖子，接著再拔出刀子，使盡全力刺進他的胸口，直到無法把刀子拔出骨頭。李安德則用木板打守衛的臉。最後兩人都停手。奧瑞斯特斯專注聆聽，李安德一手抓著奧瑞斯特斯的肩膀。除了寢室裡傳來幾聲咳嗽聲之外，現場寂靜無聲。李安德用雙手把奧瑞斯特斯按到牆上，要他站好別動，自己則回到寢室。

李安德離開後，奧瑞斯特斯在這個狹小的空間裡，利用樓梯井透過來的暗淡光線，稍微可以看出物體的形狀。他看著通往外頭的那扇門，心裡猜想鑰匙可能放在哪裡。

他翻搜守衛的東西，想找出鑰匙，就在此時，李安德和米特羅思出現了。李安德在一處壁架上找到鑰匙，迅速前去開門，低聲催促奧瑞斯特斯快點走。

他們一到外面，李安德立刻把門鎖起來，帶著兩人在月光下逃跑。月光照亮一切，先是岩石之間的通道，接著是階梯，當他們走到曠野，景物一片遼闊。他們站著聆聽，沒有聽到後頭有人追趕的聲音。

「我們順著風吹的方向走。」李安德說道。

米特羅思又咳了起來，李安德扶著他，把一隻手掌放在他的胸口，另一隻手掌放在他的背上。米特羅思彎下腰，吐了起來。

「我們離開這裡之後，你的病情就會好轉了。」李安德說道。

「不，不可能。」米特羅思低聲說道，「你們別管我了，我沒辦法走得跟你們一樣快。」

「我們會背你。」李安德說道，「我們是為了救你才逃跑，我們不能丟下你。」

他們往下走向平原，奧瑞斯特斯不時往後看，因為他知道，在明亮的月光下，只要從上方的山丘上就能看到他們，追趕過來。米特羅思沒辦法跑，他心想，找個地方躲幾天會不會比較好，但是李安德繼續趕路，義無反顧，堅決如鐵，奧瑞斯特斯知道李安德絕對不會想要改變計劃。因此，奧瑞斯特斯和米特羅思跟著他，米特羅思垂著頭，彷彿已經被打敗。

太陽升起時，奧瑞斯特斯發現他們正朝著日落的方向前進。他以為李安德和米特羅思都想要馬上回到家人身邊，卻認為他們走的路線，並非回家的路。

等到夜晚，米特羅思睡著後，他才問李安德有什麼盤算。

「我們不能回去。」李安德說道，「我們全都不能回去，要是回去，一定又會被綁走，至少我和米特羅思都會。」

「我母后還活著嗎？」奧瑞斯特斯問道。

李安德猶豫了一下，伸出手摸摸他的肩膀。

「還活著。」

「你怎麼知道？」

「我偷聽到守衛說的。」

「那伊蕾特拉呢？」

「活著，公主也還活著。」

「但是我父王死了？」

「是的。」

「他怎麼死的？」

李安德數度欲言又止，最後沉默不語，不敢抬起頭往上看。

「你知道他是怎麼死的嗎？」奧瑞斯特斯問道。

李安德又猶豫起來，挪動了一下位置。

「不知道。」他低聲說道，但是仍舊不敢看奧瑞斯特斯。

「你確定我母后還活著？」

「是的。」

「那她為什麼沒有派人來找我？」

「我不知道。或許她有呀。」

「艾吉瑟斯還活著嗎？」

「艾吉瑟斯？」李安德似乎突然警戒了起來。他直視奧瑞斯特斯，彷彿搞不懂他怎麼會問這種問題。

「是的，他還活著。」李安德最後低聲說道，「他還活著。」

就像之前想從守衛口中套話一樣，奧瑞斯特斯認為，只要能想到一個合適的問題，就能問出想要知道的事。他認為問得直截了當絕對行不通，卻又想不出該怎麼拐彎抹角地問。

「是艾吉瑟斯殺害我父王的嗎？」他問得魯莽，幾乎馬上後悔這樣問。

「我不知道。」李安德旋即答道。

奧瑞斯特斯嘆了一口氣。

到了早上，李安德向他們說明應該怎麼做。

「我只知道一件事，那就是我們絕對不能再殺人了，不論如何都不能再殺人。這是第一條原則。一旦我們殺了人，就會有人來追我們。我們必須找個能待的地方，就算遭到攻擊，我們也不能殺人。」

米特羅思點頭表示認同。奧瑞斯特斯看著米特羅思，本來想要說米特羅思也沒有體力殺人，再說，他們也沒有武器，他把刀子留在守衛的胸口上。

「我們必須帶些小石頭在身上，拿來丟壞人，把壞人打傷嚇退就好。我們還需要食物和水，可以派米特羅思到民宅乞討，不要攜帶武器，單純用討的就好。沒有人會覺得他是危險人物。我們必須仔細察看每棟民宅，如果覺得屋子裡的居民有敵意，就別過去。」

「井水可能被下毒。」奧瑞斯特斯說道。

李安德若有所思地點點頭。

「我們可以告訴居民我們願意幫忙工作，」李安德說道，「以換取食物和避難處。不過我們不能待在這附近。待在這附近，一定會被找到。我們得走快點，讓他們追不上。希望米特羅思的身體會好轉，如果沒有，那我們兩個就得堅強一點，要背他，或者至少要扶他走部分的路程。每天我們一醒來就得趕路，直到天黑看不見路，如果不這樣趕路，綁匪會抓到我們。」

聽到他說話的語調，奧瑞斯特斯不禁想起父王有一次跟屬下在軍營裡，他想要父王陪他玩，或把他扛在肩膀上，但是父王太忙了，沒辦法陪他。倘若跟其他男孩留在寢室裡，他應該會比較安全，他甚至甘願待在那裡，這個念頭一浮現，他不禁顫抖了起來。要是待在寢室，他就會有更多時間可以想事情，回想跟父王鬥劍；或回想早晨去找母后，發現母后已然等候他；或回想坐在伊蕾特拉和伊妃姬尼亞之間，聽她們說話；或回想悠哉地在侍女與守衛身邊閒逛。

他們發現一口井，奧瑞斯特斯心想自己應不應該去檢測水有沒有毒。如果井水有毒，他可不想站在一旁看米特羅思嘔吐窒息，慢慢死去。一直以來，都是李安德帶領他們往前走，看起來無比堅強能幹，要是他中毒，奧瑞斯特斯無法想像他們該怎麼辦。他心想，或許他們三個人應該一起喝，旋即又覺得，如果他自願喝，李安德會很欽佩他，認為他很勇敢。

兩人把米特羅思留在路邊之後，走到水井旁邊，李安德把手掌彎成杯狀，舀起井水聞一聞，接著站起身，環顧四周。

「讓我來喝吧。」奧瑞斯特斯說道。

「我們其中一個人得喝。」李安德說道。

李安德再次把兩隻手掌伸進水裡，盡量舀起多一點水，喝了下去，並示意奧瑞斯特斯也依樣畫葫蘆。奧瑞斯特斯不禁想像起他們三個人全都中毒，痛苦地在地上打滾。然而，他喝下水後，立刻覺得水沒有毒。他們等待片刻後，便反覆伸手舀水起來喝，接著奧瑞斯特斯才去告訴米特羅思，他認為水裡沒有毒。

那天稍後，他們遇到一名男子趕著一群山羊。

「一定要讓他能看見我們的手。」李安德低聲說道。

李安德注意到男子緊張地遠離他們，於是叫奧瑞斯特斯和米特羅思待在原地等，說他要獨自去找那名男子。兩人看著他慢慢朝男子走去，擺動雙臂，走過山羊身旁時，還溫柔地輕拍山羊的頭。

「每個人都信任他。」米特羅思說道，「起初綁匪綁架我們之後，打算把我丟在路邊，因為我有病，是他阻止綁匪那樣做。因此綁匪特別留意他。」

「你被綁架之前就認識他嗎？」

「是的，他祖父以前經常到我家。他祖父不論到哪，都會帶著他。長輩說話時，會讓他在一旁聽，長輩都把他當同輩對待。」

「我記得他。」奧瑞斯特斯說道，「我小時候，我們曾經一起玩耍，但是我不記得你了。」

「我身子虛弱，老是生病，沒辦法玩耍，總是待在家裡，但是我聽過殿下的名字，我知道殿下的名字。」

兩人看著李安德和趕山羊的男子聊得熱絡，奧瑞斯特斯想要坐下來，但是認為他們兩個人都站著比較好，這樣男子才能清楚看見他們。

「你覺得綁匪在追蹤我們嗎？」他問米特羅思。

「我家人會付錢把我贖回去，李安德的家人更是願意付出一切贖回他，綁匪肯定知道這一點。我們逃跑，綁匪一定感覺像一筆橫財被偷了，因為現在他們沒辦法拿我們勒索贖金。」

「你怎麼知道綁匪打算拿你們勒索贖金呢？」奧瑞斯特斯問道。

「如果不是要錢，綁匪早就把我們殺了呀。」米特羅思說道。

「竟然如此，我們為什麼不留下來等呢？」

「李安德認為我撐不了太久，另一方面也擔心，萬一守衛發現我們家人派來救援的人已經找到附近，可能會把我們全殺了。」

「為什麼他們沒有派人來救我們？」

「因為現在是艾吉瑟斯在當家作主。至少李安德是這樣說的。他是從一名守衛口中偷聽到的。」

「作什麼主？」

「大小事都由他作主啊。」

「是他下令綁架我們的嗎？」

米特羅思猶豫片刻，望向李安德和男子，似乎假裝沒有聽見問題。奧瑞斯特斯決定低聲再問一次，看看米特羅思會怎麼回應。

「是他下令綁架我們的嗎？」

「我不知道。」米特羅思低聲答道，「或許是吧。殿下去問李安德吧。」

「李安德說有些男孩討厭我，因為我是王室的人。」

米特羅思點點頭，但是什麼都沒說。

他們看著李安德待在山羊附近，男子則走到他們兩人面前。

「你們兩個願意工作嗎？」男子問道。

他們兩人都點頭，奧瑞斯特斯甚至刻意裝出熱切的樣子。

「我有羊舍需要清掃。」男子說道。他先後仔細打量奧瑞斯特斯和米特羅思。

「你們幫我工作，我就供你們吃住。工作完成後，你們就得離開。」

奧瑞斯特斯點點頭。

「有人在追你們嗎？」男子問道。

奧瑞斯特斯知道自己只有一秒鐘可以決定要怎麼回答，他擔心自己說的話會跟李安德說的話互相矛盾。

「米特羅思身子不好。」他柔聲說道，「所以大部分的工作由李安德和我來做。」

男子瞇起眼睛，瞥了李安德一眼。

「如果有人找上門，我們會把你們藏得很隱密的。」男子說道。

他們三人跟著男子和羊群一直走到日落，才抵達一棟小屋和幾間羊舍，附近有一些樹木。李安德始終沒有離開過男子身邊，一直跟他講話，奧瑞斯特斯和米特羅思則走在後頭。奧瑞斯特斯心裡納悶著，還要過多久男子才會拿食物給他們，哪怕是幾塊麵包也好；還是他們得先做一些工作；還是得等到男子要用餐，才會分他們吃。

他們走向屋子，男子的妻子站在門口，看到他們三人，似乎十分擔憂。她走進屋內，不理會他們，她的丈夫跟著進去。男子回到屋外後，命令三隻大狗和幾隻小狗將他們團團圍住。男子把山羊領進一間羊舍，似乎不急著回來。米特羅思伸手撫摸一隻狗，跟牠玩耍，但是其他的狗就沒那麼友善了，作勢要咬他們的腳踝。奧瑞斯特斯這才發現，男子只要叫這些狗守著，就能輕鬆把他、李安德和米特羅思困在這裡，等追他們的人趕過來。因此，他想要搞清楚男子是不是猜到他們值錢。

「你怎麼跟他說我們的事？」奧瑞斯特斯問李安德。

「我告訴他真相。」李安德說道，「沒辦法騙他。他看見我衣服上的血跡。我告訴他，我們跟人打架；但是沒提我們殺了一名守衛，也沒說我們的家人願意付多少錢贖回我們。他不曉得我們是誰。」

「他還是可能會把我們賣了呀。」米特羅思說道，「就算他認為賺不了多少錢，把我們賣了，還是比保護我們，更有利可圖呀。」

「如果沒有食物吃，我們會餓死。」李安德說道，「方圓數哩內，沒有別的屋舍了。他說要再走超過一天，才能走到下一棟屋舍。再繼續走的話，就到海邊了。這裡什麼都沒有，我們可能走錯路了。」

他出神想著事情。

「他的妻子不喜歡我們。」米特羅思說道。

他們看見男子回來了，男子對著狗大聲喝令，狗旋即更加凶惡地把男孩們團住，其中一隻狗還大聲吠叫。米特羅思想伸手去撫摸剛剛很友善的那隻狗，但是那隻狗卻跑去坐在屋子前面，搖著尾巴。男子走進屋內，關上前門。

他們三人等候著，不敢輕舉妄動，時間就這樣一分一秒過去。在最後半小時的光線中，他們看著燕子在空中狂亂飛舞，發出巨大的嘈雜聲，他們幾乎聽不到別的聲音。

隨著時間過去，那些狗似乎愈來愈警戒。奧瑞斯特斯雖然想要去解手，但是他知道，只要稍有動作，那些狗就會攻擊。入夜之後，他看見天空中出現星星，月亮還沒露臉。

「我沒叫你們做的事，千萬別去做。」李安德低聲說道，「看著我。瞭解嗎？」

奧瑞斯特斯用手壓了一下李安德的手，表示瞭解。不久後，周遭陷入一片寂靜，米特羅思咳了起來，導致狗叫得更大聲。奧瑞斯特斯和李安德扶著他，防止他痛得彎下腰。

「別動就好了。」李安德說道，「狗會漸漸習慣咳嗽聲。」

月亮出現了，男子從屋子裡走出來，大聲喝令幾句話，叫狗安靜下來。

「你們現在可以離開了。」他說道，「你們三個全都離開吧。我們決定不讓你們留在這裡，太危險了。」

「我們沒有食物啊。」李安德說道。

「如果你們不走的話，狗會攻擊你們喔。」男子說道，「還有，如果你們敢再回到這附近，那些狗會咬斷你們的喉嚨。」

「不能給一些麵包嗎？」李安德問道。

「我們什麼都沒有啦。」

「往哪個方向走最好？」

「哪個方向都不好，最好走回你們來的那片山區，其餘的方向都是通往海邊。」

「下一棟屋子的屋主是誰？」

「那棟屋子也有狗在看守，那些狗不會叫。牠們聞到血腥味，可是會把你們大解八塊。」

「這裡有島嶼嗎？」

「這裡沒有船。我們的船都被徵收去打仗了。」

「這裡有水可以喝嗎？」

「沒有。」

「沒有泉或井嗎？也沒有溪流嗎？」

「都沒有。」

「下一棟屋子裡住著誰？」

「那不重要。是個老婦人，不過你們絕對見不到她。她的狗像狼一樣凶惡，你們頂多只能看見她的狗。」

「可以給我們水嗎？我們拿了水就走。」

「沒水啦。」

男子用小到幾乎聽不到的聲音在狗耳邊說了一些話。

「排成一排慢慢走開。」他拉高音量對他們三個人說道，「別往回走。」

奧瑞斯特斯注意到男子的妻子出現在門口，站在陰影中，米特羅思撫摸的那隻狗就在她身旁，仍舊搖著尾巴。

「我朋友的咳嗽——」李安德開口說道。

「那些狗會跟著你們走一哩路。」男子打斷他說話，「如果你們敢往回走或交談，牠們就會攻擊。如果你朋友又咳了起來，牠們可不會分辨那是什麼聲音，會直接攻擊他。」

「我沒辦法……」米特羅思說道。

「全力集中精神。」李安德低聲對他說道。

「馬上給我離開。」男子說完便向狗大聲喝令，狗旋即慢慢跟在他們後頭。他們一直走到狗調頭回去才停下來回頭看，接著仍舊繼續走，沒有再往回看。不久後，他們走到一處有灌木叢遮蔽的地方，就坐了下來。米特羅思第一個睡著。李安德說自己會保持清醒，叫奧瑞斯特斯去睡覺，晚一點會叫醒他，換他警戒。

黎明時，奧瑞斯特斯注意到有海鳥，海鳥飛過他和在睡覺的兩個同伴正上方時，他感覺海鳥叫得更大聲，聽得令人更加驚恐。他心想，這樣在追捕他們的人，就會知道他們在哪裡；還有，在他們前方的人，也會知道他們即將到來。海鷗的叫聲格外刺耳。奧瑞斯特斯抬頭仰望天空，在暗淡的晨光中，看見老鷹在高空盤旋。方圓數哩內的人，現在一定都知道有人闖入這片土地了。

他們繼續趕路之際，聞到海上吹來的鹹味，有幾次，他們攀爬小山丘時，奧瑞斯特斯瞥見藍色的海洋。他知道他們愈走，就離食物愈遠，離可以喝的水也愈遠。男子說的那棟屋子，那棟有狗看守的屋子，是他們取得食物和水的最後機會。奧瑞斯特斯以為李安德正在想辦法，誰知道李安德其實比米特羅思更沮喪，而奧瑞斯特斯也不敢問他在想什麼。

他們在一片散布著岩石的野地上停下來休息，口渴得氣喘吁吁。米特羅思躺在地上，閉上眼睛。李安德尋找能一手拿穩的石頭和岩塊。

慢慢地，李安德把岩石收集成一堆。他脫掉上衣，想作個投石器，能裝載愈多岩石愈好；他仔細測試重量，太重了，就丟掉一些岩石。奧瑞斯特斯完全沒有提問，見樣學樣；他注意到李安德的臉色又變得容光煥發，散發著決心，還有一種近似自信的神采。

兩人叫醒米特羅思，他睜開雙眼，站起身，跟在兩人後面繼續趕路。此時他們用比較慢的速度前進，仔細聆聽有沒有任何聲響。李安德把一棵矮小的樹木作成一根棍子，後來又停下來幫奧瑞斯特斯和米特羅思各製作了一根棍子。

奧瑞斯特斯一想到食物和水，就覺得自己一步都走不動了。他試著想像目的地，卻想到王宮，想像母后正在大門等他，伊蕾特拉和伊妃姬尼亞也在宮裡等他。

想到這裡，他身子突然一震，擔心起伊蕾特拉不知道在哪裡，是不是也被綁走，還是跟伊妃姬尼亞一樣被抓走，在自己的尖叫聲與牲畜的嗥叫聲中被殺掉。霎時間，他好想找個地方躲起來，不讓別人看見。然而，就在此時，李安德催促他快點往前走。

他們朝逐漸落下的太陽走了幾個小時，奧瑞斯特斯帶著石塊走得好累，米特羅思也走得愈來愈辛苦。由於他們兩人都攜帶沉重的石頭，沒辦法扶米特羅思，即便爬山時，米特羅思喘得上氣不接下氣，李安德能做的，也只是柔聲哄騙他。

白天有一段時間，上方高空連一隻鳥都沒有，但是此時，他們的影子變長，海鳥也回來了，愈飛愈低，向下俯衝，彷彿很生氣似的。

李安德站在奧瑞斯特斯後面，他們仔細察看前方景物，奧瑞斯特斯掃視每一寸土地，但就是看不出來有任何屋宅。奧瑞斯特斯不禁懷疑，男子說這裡有一棟屋子，是不是騙他們的。他看得出來李安德憂心忡忡，不過他知道，最好先別問李安德在想什麼，因為米特羅思就在坐在他們旁邊。米特羅思緩緩躺到地上，閉上雙眼。

李安德柔聲跟米特羅思聊天，說再過不久，他就有床可以睡，有食物可以吃，有水可以喝，他一定要跟著他們走完這最後一段路。此時奧瑞斯特斯可以在兩側看到海了，他們正走向陸地的盡頭。倘若這裡沒有屋子，沒有井水或泉水，他知道他們就完蛋了，必須往回走。

前方植被變得更加濃密，他不禁猜想應該有水源，而且很可能會有屋宅隱藏在灌木叢和松樹林裡。他們動身繼續走，原本一直跟著他們的海鳥似乎漸漸飛離，只剩下麻雀和其他小型鳥的聲音。不久後，狗的吠叫聲打破了鳥鳴，李安德立即打手勢，要兩人跑進去小徑一邊的灌木叢裡躲起來，他自己則跑向另一邊，躲到一棵樹幹細瘦的松樹後頭。他們躲好後，他就吹起口哨。

第一隻狗惡狠狠地沿著小徑疾奔，李安德拿石頭丟牠，把牠打得停下來哀嚎。奧瑞斯特斯瞄準那隻狗的頭，用一顆尖凸的石頭就把那隻狗打得側倒在地。李安德從樹後頭跑出去，用棍子猛打那隻狗的頭，接著又回去拿一顆堅硬的石頭，猛力砸向狗頭。就在他動手之際，第二隻狗沿著小徑衝過來，一轉眼，就用牙齒咬住李安德的手臂，咬得李安德痛得在地上打滾，大聲尖叫。奧瑞斯特斯大聲叫米特羅思到石頭堆裡找一顆重一點的石頭，自己則操起棍子開始打那隻狗。

米特羅思用石頭扔那隻狗，奧瑞斯特斯也使勁拚命丟，最後狗終於倒下，嘴裡流出鮮血。李安德氣喘吁吁，趕緊用手掌壓住手臂止血。他們三個人全都看著前方，奧瑞斯特斯知道，要是還有狗成群衝過來，他們肯定對付不了了。米特羅思扶著李安德，查看他手臂上的傷勢。就在此時，奧瑞斯特斯又聽到狗吠聲。他趕緊拿了幾顆石頭，便看到一隻大黑狗朝他們奔來，露出牙齒。他全神貫注地瞄準，把一顆石頭扔向狗張開的嘴巴，狗立刻被石頭噎住，倒地仰翻，痛苦哀嚎。

此時只剩下狗的哀嗥聲，第一隻狗還活著，就算腦袋瓜都裂開一半，仍舊想要站起來。奧瑞斯特斯迅速跑向牠，用一顆石頭猛力砸到牠身上；接著跑到小徑的另一邊，跪在李安德身旁，查看他手臂上的大片撕裂傷。

「扶他坐起來。」奧瑞斯特斯說道。

李安德緩慢費力地坐了起來，痛得大叫。李安德睜大眼睛，奧瑞斯特斯發現他查看著四周，幾乎又跟受傷前一樣警覺。李安德站起身，左手掌按壓住右手臂。

「可能還有狗。」他說得好像沒發生什麼大事似的。

他們坐在陰影中，光線漸漸暗淡，鳥叫聲愈來愈大。奧瑞斯特斯覺得好累，心裡不禁想，就算躺在樹之間的柔軟草地上，也能夠睡著。他猜想李安德和米特羅思應該也這樣覺得吧。

就在他微微打瞌睡之際，他聽到一個女人的聲音。透過樹枝之間的縫隙，他看見那個女人蹲在其中一隻狗旁邊，哭喊狗的名字。女人年紀老邁，身體虛弱。她看到其他的狗之後，放聲尖叫，一隻接一隻走去查看那些狗，叫喚每隻狗的名字，最後把其中一隻狗的頭抱在懷裡，悲痛地喃喃自語。奧瑞斯特斯定睛看著，老婦站起身，環顧四周；突然間，奧瑞斯特斯發現，老婦只要仔細看，就能看見他。然而，奧瑞斯特斯從老婦瞇著眼睛的樣子，看得出來她的視力並不好。她離開了，往她出現的地方走回去，仍舊一邊大哭，喃喃自語，叫著狗的名字，大聲叫喚著，好像想要把死掉的狗喚醒似的。

他們等到夜幕落下。奧瑞斯特斯認為，如果老婦還有狗，那麼失去那些狗，她應該不會這麼難過。儘管如此，他仍舊仔細聽還有沒有狗吠聲，結果聽到別的動物發出的聲音，他聽見了山羊、綿羊和雞的叫聲，但是沒有聽見狗發出的聲響。米特羅思突然吐了起來，奧瑞斯特斯也覺得好想吐。李安德提醒他們小聲一點。奧瑞斯特斯筋疲力竭，在米特羅思附近躺下，米特羅思伸手握了握他的手。奧瑞斯特斯不曉得米特羅思握那一下手，是要表達自己很累，還是又餓又渴，還是很害怕。李安德坐在與他們相隔一段距離的地方，好像在生氣。月亮出現時，他站起身來。

「你們兩個待在這裡，別發出聲音。」他說道，「我去跟她談談。」

等待李安德回來之際，奧瑞斯特斯聽到很多聲音，好像是腳步聲，好像有人往這裡走過來。最後他才明白，原來附近的樹叢裡到處都有東西在動，那些聲音是小動物移動發出的嚓嚓聲。還有一個聲音，他一開始聽不出來那是什麼聲音，很像人發出的聲音，好像有人在呼吸。他專注聽著，同時示意米特羅思也仔細聽。那個聲音來來去去，好像有個比他們還要大的人正在靜靜地睡覺，和緩地呼吸著。奧瑞斯特斯一度篤定附近有人，那個人很快就會醒來，到時候他們就得對付他了。片刻後，米特羅思輕聲對他說：「是海。」他這才恍然大悟，原來是海浪湧向陸地碎成浪花後，又退回去，發出短暫低沉的呼吸聲。他不知道海浪的聲音原來可以這麼響亮。在父王的軍營時，他曾經看過海，當時他肯定也是睡在海的附近，卻從來沒聽過這樣的海浪聲。他也確定，稍早並沒有這個呼吸聲。他心想，或許是風向改變，或者這個聲音只有晚上才會出現。

他們等待之際，感覺自己像在船上，被海浪拍打著，海水的節奏非常規律。奧瑞斯特斯覺得，如果他專注聽著海的聲音，忘掉一切，那麼至少他不用再去想任何事情。不過時間一分一秒過去，李安德還沒回來，他不禁擔心自己最後會不會必須得負責照顧米特羅思，他不曉得自己到底應該要跟李安德一樣，前去屋子裡找老婦，還是帶米特羅思沿著來路走回去，如果往回走，萬一又被狗攻擊，或被追捕他們的守衛找到，沒有人可以保護他們。

李安德走近時，必須叫喚他們的名字，因為他沒辦法立刻找到他們的位置。他幾乎是用喊的，奧瑞斯特斯從這點猜測，李安德確信安全了，才敢這樣大喊。兩人聽到他的叫喚聲之後，馬上站起身。

「婆婆說我們可以待在這兒。」他說道，「我向她保證，她要我們走的時候，我們就會走，不會死賴著。她不只有食物，還有一口井。她很怕我們，而且哭個不停，因為我們把她的狗打死了。」

他們走向屋子，蝙蝠朝他們俯衝，米特羅思嚇得掩住頭。李安德吩咐他們跟著他慢慢走，留意每一步，因為屋子就在陡峭的懸崖附近。米特羅思被蝙蝠嚇破膽，躲在兩人中間，尋求保護。

老婦在門口，站在一盞油燈投射出來的影子裡，看起來很凶惡，甚至是危險。她站在門口旁讓他們走進，接著跟在他們後頭走進去。奧瑞斯特斯環顧屋內，心花怒放地看著一個裝水的陶罐和旁邊的一個杯子。他猜想李安德去找他們之前，應該有用那個杯子喝過水。他跟李安德都把上衣拿去作投射石頭的投石器，因此赤裸著上身，在屋裡的狹小空間，他覺得格外不自在。老婦開始檢查李安德手臂上的傷，不理會奧瑞斯特斯和米特羅思，她稍早已經在傷口上敷了白色的藥膏。

奧瑞斯特斯盯著杯子直瞧，他想喝水，也想要倒些水給米特羅思喝，但是心裡納悶，要是貿然開口問能不能倒水，會發生什麼事。

「儘管喝。」李安德說道，「不用問。外頭就有一口井。婆婆跟我保證過，水沒有被下毒。」

米特羅思幾乎是用跑的，跑過廳室要拿水喝，老婦趕緊讓路，靠著牆壁站著看他們。

「我剛剛本來想要叫狗來保護我，馬上又想到沒辦法叫。」她低聲說道，「因為沒有狗可以叫了。我沒有狗可以保護我了。」

「我們會保護妳呀。」李安德說道。

「你們吃飽喝足就會離開，還會告訴別人，我在這裡沒有任何保護。」

「我們不會離開。」李安德說道，「婆婆不用怕我們。我們比狗還有用呢。」

米特羅思喝完一杯水後，把杯子遞給奧瑞斯特斯，奧瑞斯特斯用杯子斟滿水後，旋即喝掉。老婦清掉李安德手臂上的藥膏，改在傷口上塗抹一種濃稠的白色液體，李安德痛得大叫。

「必須隨時有人警戒。」李安德說道，「如果綁匪還在追我們，肯定會找到這裡來。那個農夫會告訴他們怎麼到這裡。」

「他們會把我的房子燒掉啊。」老婦說道，「他們一定會那樣做。」

「我們不會讓他們靠近屋子。」李安德說道。他站起身，他的影子在牆上變大。

「今晚我來警戒。」奧瑞斯特斯說道。

「吃的準備好之後，我們會送去給你。」李安德說道。

「還要多久才有東西可以吃？」他問道。

「這裡有麵包，你可以先帶著。」李安德說道。

奧瑞斯特斯離開屋子時，老婦大聲說了一些他聽不懂的話，接著又回去跟李安德說話，好像只有李安德聽得懂她說的話似的。

「他不能走太遠，這裡有斷崖。只有動物知道哪裡安全，他應該帶一隻山羊同行，跟著山羊走。」

「這些山羊是婆婆的嗎？」奧瑞斯特斯問道。

「是呀，不然還能是誰的？」

老婦離開廳室片刻，回來時，拿著一件厚厚的短袖束腰外衣，遞給奧瑞斯特斯。

李安德帶著奧瑞斯特斯走到屋外的黑暗中，陪他站了一會兒，等到他們能在星光的照射下看清楚物體的外形。李安德輕拍老婦喚來的一隻山羊。

「你能保持清醒嗎？」他問道。

「可以。」奧瑞斯特斯說道，「而且我看得到，我會小心。」

「聽到任何奇怪的聲響，馬上回來叫醒我。婆婆還有其他的山羊，離這裡一段距離的牧場上，還有綿羊，所以你可能會聽到遠處有羊的聲音。還有，天一亮，雞就會啼。可能還會有別的聲音，像是鳥叫聲。不過如果你認為聽見有狗在很近的地方吠叫，或聽見人的聲音，就趕快回來叫醒我。我們可以想辦法自我防衛。到了早上，我們可以把這間屋子弄得安全，或者是安全一點。」

「我們要在這裡待多久？」

李安德嘆了一口氣。

「我們不離開了。」

「什麼？」

「至少……」他吞吞吐吐說道，「至少要待到婆婆去世，或者待到她要我們離開。這是我向她保證的。」

「說不定我們可以找一些狗給她呀。」

「我們要待在這兒。」李安德說道，「別去想離開的事。」

李安德離開之後，奧瑞斯特斯就跟著一隻山羊慢慢走，從海浪發出的聲音來判斷懸崖在哪裡。屋子周圍長著許多樹，微風吹得樹葉窸窣作響，他試著想像，要是有人入侵，可能會出現什麼不一樣的聲音。他希望李安德很快就會送食物來給他，他身上雖然帶著麵包，但是心裡希望還能吃吃別的食物。

最後食物送來了，他吃得狼吞虎嚥，吃完還想要再吃，心裡不禁後悔自己沒有在餐桌前跟大家一起吃，這樣他就能知道還有沒有食物。吃完後，他獨自待在外頭，周遭只有海的聲音、樹葉的窸窣聲，還有一隻貓頭鷹斷斷續續的鳴叫聲，除此之外，就再也沒有別的聲音。

黎明前的那一個小時，他打起瞌睡，醒來後看到光線嚇了一跳。他心想，黎明肯定是偷偷到來，不然應該會喚醒他。他醒來時，周遭一切事物都變得明亮，新的聲音也出現，像是鳥叫聲和雞啼聲。他坐起身子，仔細聽有沒有其他聲響。幸好沒有。他不會把自己睡著的事告訴李安德。

接下來兩天，米特羅思不是待在床上，就是待在老婦附近。奧瑞斯特斯和李安德去採集大岩石和小石頭，接著敲碎大岩石，好讓每顆都能扔得很遠。他們偶爾會練習用石塊扔標靶。後來又在通往屋子的那條小徑兩側，堆放一堆堆的石頭，藏在矮樹叢裡。

他們也開始探索屋子附近的地方，李安德發現果樹最近才被修剪過，分隔牧場的石牆似乎維護得很好，牲畜也被照顧得好好的。他也仔細觀察屋子本身、屋外的附屬建築，以及存放醃製肉類、穀物、柴火的貯藏室。

「這些不可能是婆婆一個人自己弄的。」李安德說道。

入夜後，大家用餐時，米特羅思主動說要去外頭警戒。晚一點，輪到李安德去警戒，在最高的地方坐一整夜。他們開了一條小徑，通往那個最高處，並且用石塊把小徑標示出來。老婦端食物給他們時，李安德問老婦是不是一直都獨自住在這裡。

「這間屋子裡本來住滿人，現在只剩我一個。」她說道，「其他人都走了。我現在都還會聽到他們說話的聲音，我能夠回答的時候，就會回答他們。但是我現在不用再幫他們煮飯，所以貯藏室裡才會堆滿東西。」

「他們現在在哪裡呢？」李安德問道。

「分散在不同地方。」她說道。

「他們是誰？」奧瑞斯特斯問道，「以前有誰住在這裡。」

「我的兩個兒子被抓去從軍，被抓去打仗，他們的船也被拿走了。」

「他們什麼時候被抓走？」奧瑞斯特斯問道。

「幾個月前。他們全都走了，不會回來了。他們把狗留給我，現在狗也死了。」

「以前這裡住幾個人？」李安德問道。

「我的兩個媳婦兒帶著孩子逃跑了，其中有個孫子跛腳，我最疼他。」她說道，不理會李安德的問題，「你穿的就是他的衣服。」

「那婆婆為什麼不一起走？」奧瑞斯特斯問道。

「沒人叫我走。」她說道，「只要她們任何一個人開口叫我一起走，我一定會走。無奈趁夜逃跑的時候，沒有人會想帶著老太婆。」

她嘆了一口氣。

「我們本來以為來那些不速之客來這裡，只是要搶綿羊、山羊和雞。」她說道，「結果他們要的竟然是年輕人和船。要是我們早點知道，就能把我兒子藏起來。才一下子的功夫，他們就把我兒子抓走，我們知道我兒子不會回來了。」

「婆婆的兒子現在在哪？」奧瑞斯特斯問道。

「他們在打仗。」

「打什麼仗？」

「就那場仗呀。」她說道，「還不就那場仗。」

「那其他人呢？」李安德問道。

「其他人不敢留下來，他們離開時，只有一個人回過頭來看我，就是那個瘸了腿的孫子。」

接著她沉默下來，他們默默吃飯，不再說話。他們吃完飯後，米特羅思回到屋內，老婦把他的飯菜端到桌上，對他露出微笑，嬉戲地摸摸他的頭髮，流露出疼惜之情。奧瑞斯特斯覺得米特羅思好像慢慢躲入自己的世界，對於李安德和奧瑞斯特斯是能躲就躲，跟老婦卻是形影不離。

翌日早上，奧瑞斯特斯和李安德一起坐在一堆石塊旁邊，沒有說話，默默凝望遠方，看到一隻狗搖著尾巴慢慢走近。那隻狗走過之際，他們躡手躡腳爬進矮樹叢裡，每個人手裡都拿著一顆石頭，奧瑞斯特斯確定有人要來了，繃緊神經，準備攻擊。他們專注盯著，等敵人出現，卻沒有發現任何人影。那隻狗似乎是獨自過來。最後，奧瑞斯特斯讓李安德留下來警戒，自己回到屋裡，回到屋子後，他看見狗把前腳擱到桌子上，米特羅思和老婦正撫摸著狗。

「這隻狗從那間屋子來，當時我跟牠在屋子外頭交上朋友。」米特羅思說道。

「哪間屋子？」

「就是我們被其他狗包圍的那間屋子呀。這隻狗沒有跟牠們一起包圍我們。牠當時只有在一旁搖尾巴。牠很友善。」

老婦拿一碗水給狗喝，狗馬上喝起水，喝得嘖嘖有聲，喝完後又跑回米特羅思身邊。

奧瑞斯特斯離開屋子去告訴李安德發生什麼事，李安德聽了微微一笑。

「每個人都喜歡米特羅思，只有守衛例外，守衛不喜歡他，還有其他那些狗也不喜歡他。不過婆婆喜歡他。」

李安德去休息之前，特別叮嚀奧瑞斯特斯要保持警覺，提防那個農夫來找他的狗。

「萬一他來的話，我該怎麼辦呢？」

「警告他前面有陷阱，如果他敢再走近屋子，陷阱會夾住他的腿。」

「萬一他不相信我，我該怎麼辦？」

「大聲叫，同時拿石頭丟他，用力丟他的腿，把他嚇跑。」

六

慢慢地，他們愈來愈習慣住在老婦的家裡，老婦教他們照顧動物、收割農作物、種植蔬菜、整理果樹。米特羅思幾乎都跟老婦待在廚房裡，只有在撿雞蛋或幫山羊擠奶的時候才會到屋外，那隻狗時時刻刻都跟在他身邊。奧瑞斯特斯和李安德輪流徹夜警戒，每個人連續警戒三個晚上。奧瑞斯特斯熟悉了夜晚的聲音，學會了怎樣才不會在黎明前的那個小時睡著，那段時間是他最累的時候。

有時候他會把李安德和米特羅思想像成兩個姊姊，伊蕾特拉和伊妃姬尼亞，或者幻想自己去找她們。他也會把老婦想像成母后。他心裡猜想著，李安德和米特羅思是不是也會像他這樣幻想；他們會不會幻想這間屋子就是他們真正的家，跟他們一起住在這間屋子裡的人就是家人。

有一天早上，奧瑞斯特斯跟米特羅思坐在廚房的餐桌前，李安德在樹叢裡警戒，老婦在照顧雞，狗在廳室裡，開始用腳掌扒著地，左顧右盼，好像在等什麼似的。米特羅思哈哈笑了起來，輕輕撫摸狗的頭，但是他愈摸，狗的腳掌就扒得愈是急切。奧瑞斯特斯早餐吃到一半停下動作，看著這個畫面。老婦進屋子，這兩個男孩甚至沒有抬頭看她，都專注地看著狗。老婦看見狗扒著地，立時放聲大叫，跑向門口。

奧瑞斯特斯和米特羅思跟著她跑過去，想要知道發生什麼事。

「你們看那隻狗！」她說道，「這表示有人要來了。快去叫李安德回來！」

奧瑞斯特斯以前從來沒聽過婆婆叫李安德的名字，在這之前，婆婆似乎只知道米特羅思的名字。奧瑞斯特斯跑去李安德警戒的地方，發現他坐在陰涼處，旁邊有一堆石塊。奧瑞斯特斯告訴李安德發生什麼事之後，李安德叫他到小徑的另一邊，躲在石堆附近，什麼都別做，等待李安德發出訊號，才扔石頭攻擊。

他們等候著，但是沒有人來。奧瑞斯特斯很後悔沒有問李安德，要等到什麼時候才能回屋子。他整晚都醒著，非常疲累。他望向小徑對面的樹叢，看不到李安德的身影，猜想李安德肯定還在那裡守候，躲起來警戒。又過了一段時間，他好想要叫李安德，隨即又想，如果李安德認為安全，自然會從對面大聲告訴他可以離開了。

有兩個人走近，奧瑞斯特斯沒看見，其中一人被李安德扔的石頭打到頭，大叫一聲，把奧瑞斯特斯嚇了一大跳。奧瑞斯特斯每隻手裡都隨時拿著一顆石頭，因此能馬上攻擊。他看見那兩個人停了下來，其中一個人雙手抱著頭，另一個人左顧右盼，納悶著石頭從哪兒來。奧瑞斯特斯認出他們就是把他從王宮拐走的那兩個守衛。

奧瑞斯特斯稍微往後退，躲好後，小心冷靜地瞄準，最後決定丟已經受傷的那個人，先用一顆石頭打他的頭，旋即再扔一顆石頭直接打他的臉。另一個人往屋子的方向跑，躲過李安德丟的兩顆石頭。奧瑞斯特斯再拿起一顆石頭扔向他，重重打在他的肩膀上，但是他並沒有因此停下腳步。

李安德早已脫掉上衣，用衣服包著石頭，趕緊跑去追那個人。就在李安德追過去的時候，奧瑞斯特斯注意到被打到的那個人還站著，於是又朝他扔了兩顆石頭，其中一顆比較小、比較尖銳，兩顆都打中，把那個人打得倒地。奧瑞斯特斯也脫掉上衣，包了幾顆石頭，跑到小徑，去追趕李安德。

奧瑞斯特斯看到李安德的時候，李安德獨自站著，把石頭扔在地上，驚慌地左顧右盼，焦急地想找出他追的那個人跑哪去了。突然間，那個人從躲藏的樹叢撲向李安德，一隻手掐住他的喉嚨。奧瑞斯特斯仍在一段距離之外，拿起一顆石頭，不過還來不及丟，那個人就把李安德絆倒了。他手裡握著東西，跟李安德在地上扭打，奧瑞斯特斯猜那是刀子。

奧瑞斯特斯趕緊跑近，看見那個人強壓住李安德，跨騎到他身上，壓制住他的一隻手臂。李安德抓住那個人的手腕，那個人使勁兒把刀子往下壓，想要刺他的脖子。

奧瑞斯特斯放下石頭，心裡明白，如果去思考應該怎麼辦，就會錯失偷襲這個不速之客的機會。他悄悄靠近，盡量避免發出聲響，雙手抓住那個人的頭，使盡全力把拇指戳進那個人的眼睛裡。在那短短幾秒鐘，他完全不去想該怎麼做，只有拇指拚命使勁。他屏住呼吸，直到感覺拇指戳進眼窩裡，就在此時，那個人發出一聲慘叫，丟下刀子，鬆開李安德的另一隻手掌。

李安德一個動作翻身跪著，拿起刀子，猛刺那個人的胸口和脖子，直到他不再發出聲音，他們才停手，任由他仰倒到地上。

「我們得去追另一個人。」李安德說道。奧瑞斯特斯本來想停下來向李安德解釋死掉的這個人是誰，還有他的同黨是誰——其實他的同黨就是比較和善、對奧瑞斯特斯比較沒有那麼凶惡的那個守衛。不過李安德已經往前跑，奧瑞斯特斯只得跟過去。

那個人不在小徑上，他們小心翼翼往前走，防範他躲在樹叢裡。他們走到一片空地後，看見他就在他們下方遠處，走得很慢，身子左搖右晃，手抱著頭。他往後看，看見了他們，趕緊拔腿逃跑。

「等我。」李安德說完旋即調頭跑回去拿一些石頭。

「我們追得上他。」他回來後說道，「你覺得能打中他的時候，就告訴我。」

拿了一些石頭之後，他們倆都卯足勁，全速向前跑。奧瑞斯特斯很清楚，那個人絕對跑不過他們，但是奧瑞斯特斯擔心那個人跟他的同黨一樣，身上有刀。如果那個人有刀，只有近身搏鬥，刀子才派得上用場。

李安德跑在奧瑞斯特斯前面，於是奧瑞斯特斯決定跑快一點，暗自祈禱加速奔跑時，石頭別掉出來，這樣才能搶在李安德追上那個人之前，停下來扔石頭。他覺得此時自己只要別多慮，什麼都別想，就什麼都辦得到，能夠瞄準目標，能夠判斷何時應該扔出石頭。那個人看起來拚了命要逃離他們，但是奧瑞斯特斯仍舊很清楚，他可能會突然調頭衝過來攻擊他們。

奧瑞斯特斯沒有去追李安德和那個人，而是跑向對角線上愈來愈高的空地。他把上衣緊緊抱在胸口，確保沒有石頭掉出來。他注意到那個人又往後看，立即加速跑得更快。奧瑞斯特斯心想，那個人應該是在盤算，如果李安德真那麼愚蠢，敢追得太近，那他應該在什麼時候停下來，用刀子攻擊李安德。

此時奧瑞斯特斯準備好了，挑了一顆石頭，瞄準後丟出去。不過那個人不是跑直線，因此石頭沒打中他，反而讓他發現奧瑞斯特斯在哪裡。此時奧瑞斯特斯別無選擇，只能拿起包著石頭的上衣，全速跑向那個逃跑的人。他不再擁有斜坡的優勢，不過他認為，如果用盡全力加速，或許能夠追近，從側邊再扔一顆石頭，儘管角度沒那麼好，也能夠打中。

他停下腳步，拿出另一顆石頭，深吸一口氣，就像在扔另一個人的時候，卯足全力，扔出石頭，結果打中那個人的肩膀。奧瑞斯特斯迅即又挑了一顆石頭，這顆打中那個人的頭，打得他往後摔倒。

奧瑞斯特斯追上李安德，什麼話也沒說，兩人都緊盯著躺在地上的那個人看。他們跑到他附近，聽到他在呻吟喘氣。奧瑞斯特斯放下石頭，跪了下來，從剩下的五六顆石頭裡拿一顆，跑向被他打傷的那個人，猛力扔中那個人的頭。

那個人仰躺在地上，眼睛睜得老大。奧瑞斯特斯看見躺在地上的那個人驚恐地盯著他，似乎認出他，開口說話，聽起來好像是在叫他的名字。奧瑞斯特斯猶豫片刻，旋即又扔出一顆石頭，把那個人打得腦殼迸裂。

李安德翻搜那個人的衣服，找到兩把匕首。奧瑞斯特斯走回去拿上衣後，旋即又走回李安德身邊，兩人一起把屍體拖向屋子，一人抓一隻腳掌拖著，任由頭撞擊地面。因為他很重，兩人途中停下來休息了幾次。他們把他拖到他同黨身旁，他同黨的屍體已經引來蒼蠅。他們把兩具屍體都滾到懸崖邊，推下懸崖。

「我發過誓不再殺人的。」李安德說道。

「我們如果不殺他們，他們會殺了我們呀。綁架我的就是這兩個人。」

「他們現在害不了人了。可惜的是，我沒有信守誓言。」

和李安德走回屋子的途中，奧瑞斯特斯好想說說自己是怎麼被那兩個人拐出王宮，隨即想到，李安德和米特羅思從來都沒有仔細談論他們是怎麼被抓走，這表示李安德也不會想聽他是怎麼被拐走的。這件事他只能放在心裡自己想明白。

回到屋子後，他們看見米特羅思跟婆婆坐在桌子前。他們進屋時，狗站了起來，伸伸懶腰，打打哈欠。

「牠停止扒地好一會兒了。」米特羅思說道，「我們猜闖進來的人走了。」

奧瑞斯特斯看向李安德，李安德站在陰暗處，沒有穿上衣。

「是啊，他們走了。」李安德說道。

「我們聽到有人大叫。」老婦說道，「我跟米特羅思說，如果那個人再叫，我們就出去，瞧瞧發生什麼事。不過後來我們沒有再聽到叫聲，決定待在屋子裡。」

李安德點點頭。

「我弄丟上衣了。」他說道。

「我這裡還有布料。」老婦說道，「我可以幫你作一件新的。說不定可以幫你們每個人都作一件新衣喔，這樣我就有事可以忙囉。」

奧瑞斯特斯瞄了李安德一眼，感覺他好像長大了，肩膀變得寬闊，臉蛋變得窄瘦；他獨自站在陰暗處，看起來也更高了。突然間，奧瑞斯特斯好想走過去摸李安德，用手觸摸他的臉龐和身軀，不過他忍住，站著沒動。

奧瑞斯特斯又餓又累，卻覺得好想再做點什麼事；如果現在還有壞人闖進來，他真的很樂意再去打跑那些不速之客。

李安德打赤膊在狹小的廳室裡走來走去，奧瑞斯特斯實在忍不住，一直盯著他瞧，跟他四目交望時，發現他也忐忑不安。要是婆婆開口說需要殺一隻綿羊、山羊或是雞，奧瑞斯特斯一定會拿著那把鋒利的刀子過去幫婆婆的忙。他很樂意幫婆婆做事，他知道李安德也會很樂意。

他們坐在桌子前，吃著婆婆料理的餐點，彷彿那只是生活中一個平凡無奇的夜晚。狗在屋子的角落看著他們，一如平常，仔細看著米特羅思吃下每一口食物，每次他一咳嗽，狗就會跑到他身邊。

既然現在知道，只要有人闖入，狗就會警告他們，夜裡奧瑞斯特斯和李安德就不用去警戒了。奧瑞斯特斯聽從李安德的建議，跟米特羅思睡同一張床，狗睡在他們兩人中間。李安德睡在隔壁房間，婆婆睡在屋子盡頭的那間房間。

白天，他們會一起吃婆婆和米特羅思煮的餐點，奧瑞斯特斯和李安德負責照顧牲畜、農作物、蔬菜、果樹，經常一起工作。四人一起吃飯時，總是熱熱鬧鬧的。他們會聊天氣或風勢改變；討論婆婆製作的新式山羊乳酪，討論某隻牲畜或某棵果樹發生的事；或開玩笑說米特羅思總是懶洋洋，還有早上很難叫奧瑞斯特斯下床，或李安德長得好高。他們會把麵包丟給狗，哈哈大笑地看著牠狼吞虎嚥。婆婆從來不談她那些離去的家人，因此男孩們也不談論自己的家鄉。奧瑞斯特斯心裡猜想，米特羅思是否有把他們的故事說給婆婆聽，或者是否曾經在跟婆婆聊天時，談到一些過去發生的事情。

有幾天，風勢變得強勁。婆婆總是知道風什麼時候要轉強，會提醒他們。如果夜裡風吹得颼颼響，或者白天風變得比平常還要溫暖，就表示風可能開始要變強，維持個兩三天，就又平靜下來。強風颼颼狂嘯時，米特羅思會待在狗身邊，因為狗會緊張，不停嗥叫，想要躲起來。在風勢極度強勁的夜晚，他們沒人睡得著，全都忐忑不安地待在廚房。婆婆會先拿出一瓶蒸餾果汁，倒一杯給自己喝，再拿許多水果和水給男孩們，接著說故事給他們聽，並且保證，如果有辦法的話，會說一整晚的故事。

「有個女孩。」有一天晚上她說起故事，「大家公認她是有史以來最美麗的女孩，關於她的出生，眾說紛紜，有人認為她父親是一位老神仙，假扮成天鵝來到凡間。雖然大家對於她父親是誰，意見分歧，但是對於她母親的名字，卻說法一致。」

婆婆停了下來，屋子周圍狂風依舊吹個不停。狗往角落深處躲，米特羅思坐在狗旁邊的地板上。

「她母親叫什麼名字？」奧瑞斯特斯問道，「她母親也是神仙嗎？」

「不是，她母親是凡人。」婆婆說完這句又停了下來，看似若有所思。

「當時是諸神統治的時代。」婆婆說道，「天鵝跟那個女人，也就是女孩的母親，生了孩子，不過有人說……」

「有人說什麼?」奧瑞斯特斯問道。

「有人說她母親跟化作天鵝的神仙生了兩個孩子,跟一個凡人也生了兩個孩子,各生一對兒女。其中一個女孩,也就是天鵝的女兒,傾國傾城,其他……」

她又停下來嘆了一口氣。

「兩個男孩已經死了。」她改用低聲細語繼續說,「他們死了,跟那個時代的所有男人一樣。他們為了保護妹妹而死,他們是為了保護妹妹才會死的。」

「他們為什麼要保護她呢?」李安德問道。

「所有的王子與國王都想要娶她。」婆婆說道,「所有追求者達成共識,就算最後沒娶到她,也必須保證會在她出事的時候,協助她的丈夫。於是戰爭就這樣爆發了,那場戰爭奪走了船和男人,導火線就是她的美貌。*」

婆婆就這樣說著故事,屋子周遭強風呼嘯,三個男孩陪她坐了一整晚,奧瑞斯特斯和李安德坐在椅子上,睡了又醒,醒了又睡,米特羅思待在狗身邊,狗被強風嚇得驚慌害怕。

六

李安德和奧瑞斯特斯學會吹口哨,這樣一來,就算他們分隔兩地,也能夠互通訊息。最重要的哨音是問候,讓彼此知道對方在哪裡;第二個哨音是通知對方回家吃飯的時間到了;第三個哨音是通知對方儘快找到彼此;最後一個哨音是警告對方有人闖入。他們也教米特羅思吹口哨，一種哨音是提醒他們太晚回來用餐，另一種哨音音量很大，音調非常尖銳，用來警告他們狗又在扒地了。

既然能夠在需要彼此的時候吹口哨通知對方，奧瑞斯特斯和李安德就能在不同的田野工作；也可以一個人待在屋子裡，另一個人去照顧牲畜。如此一來，奧瑞斯特斯就能夠安心沿著懸崖邊走，尋找通道，也就是向下通往大海的岩石小徑。他知道婆婆會擔心打得又高又強勁的海浪，因此他從來沒有告訴過婆婆，他經常在黃昏時分獨自到懸崖邊看海。

他終究發現一處凸出的崖壁。有時候，他會往下走到那裡，觀看海浪拍打懸崖，一波未平，一波又起，撞擊著下方的岩石。有時候，飛鳥會以古怪的隊形飛行於海上，有些飛得很高，有些飛得離海面很近。海面通常很平靜，不過在有風的日子，風會把海水吹得劇烈翻騰。

不久後，他說動了李安德跟他一起去，兩人一起坐在凸出的崖壁上，欣賞日光漸漸消逝。李安德在戶外工作時，很少穿上衣，身體曬成古銅色。他比奧瑞斯特斯高大魁梧許多。奧瑞斯特斯記得父王身邊的戰士，體格跟李安德很像，經常像有要事要稟報，進出父王的帳幕。

奧瑞斯特斯好想問李安德心裡有沒有計劃，有沒有計算過了多久時間；奧瑞斯特斯自己都會記下每次月圓月缺、羔羊出生季節、農作物生長狀況、果樹收成量，來計算經過多久時間了。他也想問李安德，是不是決定他們餘生都要待在這裡，就算婆婆去世之後，仍舊要繼續留

＊編按：婆婆故事中的戰爭即特洛伊戰爭。

在這裡。隨著時間過去，月圓又月缺，再也沒有人闖入，他們三個人看似被遺忘，他們似乎找到可以安全生活的地方，搬離這裡，似乎只會陷入險境。

有時候，奧瑞斯特斯會凝望著大海，尋找地平線上有沒有小艇或大船。他記得跟父王在軍營的時候，看過港口停滿等候出航的船艇。不過此時全然沒有船艇的蹤跡。

他們兩人一起坐在崖壁上，奧瑞斯特斯往後躺，頭靠在李安德的胸膛上，李安德雙臂環抱住他。奧瑞斯特斯知道這個時候就什麼話都不要說，什麼都不要想，只要等到太陽落入海裡，李安德就會鬆開雙臂，輕輕將奧瑞斯特斯推開，站起身子伸展筋骨，接著兩人就會一起走回屋子。

米特羅思跟婆婆獨處時，婆婆都會說故事給他聽。晚上他常常會把那些故事說給奧瑞斯特斯聽，輕聲地把婆婆說的故事再說一遍，努力回想每個字句，講到某些情節，也會學婆婆那樣停頓一下。

「有一個人，他好像是國王吧，」他說道，「他有四個孩子，一個女兒、三個兒子。他愛他的妻子和小孩，一家人很幸福。」

「他們是哪個時代的人？」奧瑞斯特斯問道。

「我不曉得耶。」米特羅思說道。

「後來他的妻子去世。」他繼續說道，「就是那四個孩子的母親。孩子們很傷心，最後他們的父親派人去找來母親的妹妹，娶了那個阿姨，他們才又變得開心。然而，這個繼母卻忌妒起那四個孩子，於是命令僕人殺掉孩子，但是僕人說那四個孩子太可愛，他下不了手……」

他停頓片刻，好像忘了接下來的情節。

「說不定那個國王會生氣呀。」奧瑞斯特斯說道。

「是啊，說不定會。不過後來她決定自己動手殺掉那些孩子。」

「趁他們睡覺的時候嗎？」

「或是趁他們玩耍的時候。但是真的要殺他們的時候，她卻下不了手，於是把他們變成天鵝。」

「那他們會飛嗎？」

「會啊。他們飛走了。他們被施了魔咒，必須飛到遙遠的地方。不過離開之前，他們提出一項請求，希望能用一條銀鏈把他們彼此鎖在一起，讓他們永遠不會分離。繼母作了銀鏈把他們鎖在一起之後，他們就飛走了。」

「後來他們怎麼了呢？」

「他們飛到一個又一個地方，就這樣過了許多年，有時候會遇到寒冷的天氣。」

「他們死了嗎？」

「他們飛了九百年。在那九百年之間，他們苦苦等候，天天說著想要回家，說銀鏈會永遠把他們鎖在一起，總有一天他們會找到故鄉。不過等到他們真的回到故鄉的時候，他們認識的人都死了，故鄉裡全是他們不認識的居民。天鵝們飛落到地面後，先是翅膀，再來是喙和羽毛，一一掉落，那些陌生的居民看到後全都害怕極了。他們又變回了人，但是他們不再是小孩了，全都老了，變成九百歲的老人，陌生的居民看到他們，全都嚇得逃跑了。」

「後來發生什麼事呢?」

「他們死了之後,逃離的居民就回來了,把他們埋葬起來。」

「那銀鏈呢?居民也把銀鏈埋了嗎?」

「沒有。居民把銀鏈留下來,後來好像賣掉了,還是用在別的地方。」

六

慢慢地,婆婆愈來愈衰弱。米特羅思幫她作了一張床,擺在廚房裡,因為她沒辦法再走路了。白天她還是會跟米特羅思聊天,用餐時間她雖然會吃東西,但是一定要米特羅思餵,她才肯吃。她不認得奧瑞斯特斯和李安德,他們兩人跟她說話,她都不會回應。有時候,她會講關於船和男人的故事或是一個女人和海浪的故事,卻沒辦法講完。有時候,她會說出聽起來跟任何事都沒有關聯的名字。他們總是在餐桌前默默用餐,任由她說了又停,停了又說,根本沒有在聽,因為她說的話,他們幾乎都聽不懂。

她經常一個句子沒講完就睡著,醒來就叫喚米特羅思。米特羅思聽到就會趕緊帶著狗坐到她身旁,餵她吃飯,另外兩個男孩則會回去工作,或到屋子裡的其他地方,或到岩石上方的崖壁觀看海浪。

有一天晚上,婆婆反覆說著同一句話,接著又說了幾個名字,才停下睡著。就在他們快要用完餐的時候,婆婆醒來,又開始喃喃低語。一開始他們聽不清楚她說什麼,後來才聽出來,原來她說了一串名字。奧瑞斯特斯站起身走向她。
「婆婆，妳可以再說一遍那些名字嗎？」他問道。
老婦完全不理會他。
「米特羅思，你可以請婆婆把那些名字再說一次嗎？」奧瑞斯特斯問道。
米特羅思走向老婦，跪在她面前。
「婆婆妳聽得見我說話嗎？」他輕聲說。
老婦停止說話，點點頭。
「妳可以把那些名字再說一次嗎？」他問道。
「名字？」
「是的。」
「這間屋子裡原本有許多名字，現在只剩米特羅思了。」
「還有奧瑞斯特斯和李安德呀。」米特羅思說道。
「他們跟其他人一樣，遲早會離開。」她說道。
「我們不會離開。」李安德提高音量說道。
老婦搖搖頭。
「以前家家戶戶都有好多名字。」她說道，「好多名字吶。這間屋子以前也……」
她垂下頭，不再說話。一會兒過後，奧瑞斯特斯發現她沒了呼吸，他們在她身邊待了一段時間，米特羅思握住她的手。

最後，奧瑞斯特斯對李安德低聲耳語：「我們應該怎麼辦？」
「婆婆死了。我們應該帶婆婆回房間，拿一盞燈，在她身旁待到早上。」李安德說道。
「你確定婆婆死了嗎？」米特羅思問道。
「確定。」李安德說道，「我們今晚守著婆婆的遺體。」
「然後埋葬婆婆嗎？」奧瑞斯特斯問道。
「對。」
「埋在哪裡？」
「米特羅思知道。」
他們小心翼翼把老婦的遺體抬到屋子盡頭的那間房間裡，那是她的臥室。米特羅思和狗跟在他們後面走進房間。老婦躺在房間裡，米特羅思咳了起來，一直瑟縮在角落，每隔一段時間就走過去撫摸她的臉和手，摸完又回到原位。然而，隨著夜晚慢慢過去，米特羅思愈咳愈厲害，最後不得不出去外頭呼吸新鮮空氣。
奧瑞斯特斯和李安德待在遺體旁邊，遺體變得冰冷僵硬，他們兩人都不敢說話。奧瑞斯特斯發現，這就是他們一直害怕的那個時刻，也就是必須作抉擇的時刻。他知道，他們在這間屋子裡住了五年，但是他現在才發現，他根本不曉得李安德想要做什麼，也不知道住在這裡這段期間，李安德到底都在想什麼。
奧瑞斯特斯不想要離開這裡，經過太久的時間了。米特羅思回到屋子裡之後，如果李安德說認為他們應該留在這裡，沒有打算要離開，米特羅思，還有奧瑞斯特斯，都會立刻同意。他們願意跟婆婆一樣，在這裡待到終老。

奧瑞斯特斯試著猜想他們之中誰會先死，誰又會在這裡獨自活到最後。他認為米特羅思身子最虛弱，應該會先死。他想像著自己跟李安德單獨住在這裡，李安德負責照顧牲畜和作物，自己則負責清掃廚房、料理餐點、撿拾雞蛋。他想像李安德在黃昏時分回到屋子裡，他已經幫李安德把晚餐準備好，接著兩人聊起天氣、作物、牲畜，或許最後還會聊到米特羅思、婆婆，甚至聊到老家以及在老家的家人。

到了早上，米特羅思帶他們到樹叢裡的一個地方，婆婆生前說過自己死後想要埋葬在那裡。他仍舊咳個不停，手貼在胸口上。另外兩人挖了一個洞，準備埋葬婆婆的遺體。遺體附近蒼蠅聚集，米特羅思一邊喘氣，一邊不停趕蒼蠅。

婆婆雙眼仍舊半開，即便遺體動也不動，毫無生氣，有時候奧瑞斯特斯卻仍舊覺得她真的動了一下，或者覺得她看得見也聽得到他們正在幫她挖墳。他們把洞挖好，準備把遺體放進去的時候，卻猶豫了起來，動也不動地盯著眼前的畫面看。

米特羅思蹲下來，握住婆婆的手。李安德坐在地上，凝視前方。狗爬到陰涼處。

突然間，奧瑞斯特斯想到自己能做什麼。他倏地直挺挺站起身，米特羅思和李安德都緊盯著他看。他看著婆婆的遺體，不禁想起看見丈夫被井水毒死的那名婦女唱的歌。他清了清喉嚨，唱了起來。他不確定歌詞對不對，但是他記得旋律。他也記得那名婦女對著天空吟唱時，唱得多麼激動。奧瑞斯特斯跟那名婦女一樣，仰望天空唱，忘記歌詞的時候，就重覆唱前面的歌詞，或自己即興編詞。他看見米特羅思對著李安德點頭，於是扯開嗓子拉高音量。米特羅思雙手抓住婆婆的腋下，李安德蹲下來，用雙臂抬起她的雙腿，慢慢地，兩人把她抬到墓穴旁，輕輕放進墓穴裡，最後把墓穴填起來。

完成後，三人一起走回屋子，狗跟在後頭。李安德問奧瑞斯特斯那首歌是在哪裡學的，奧瑞斯特斯不禁回想起當時的情景——臨死前在地上痛苦哀號的男子，無情冷眼旁觀的守衛，被婦女抱在懷裡的孩子，他們上方的天空。他感覺那好像是發生在前世的事，或者是別人所經歷的事。

「我不記得是在哪裡學到的。」他說道。

米特羅思跟狗待在廚房裡，李安德跑到田裡，奧瑞斯特斯跑到崖壁，希望李安德會來找他，這樣他就能夠問清楚李安德到底有什麼計劃，無奈李安德並沒有出現。

他望著海洋，聽著下方海浪的拍打聲，等了好久，終於不耐煩，走回屋子。回去後，他看見米特羅思在地板上咳得厲害，嘴裡都咳出血來了。他急忙跑到屋外，吹口哨叫李安德回來，又趕緊回到廚房，把米特羅思的頭擱在自己的大腿上。

那天晚上，他們坐在米特羅思的床旁邊，他睡一段時間就會咳嗽醒來，咳完又繼續睡。晚一點，他們送餐點來給他吃，確保他休息得舒適。狗拉長身子躺在他身邊。

「我們必須離開了。」李安德說道，「我們到目前為止都很幸運。不過總有一天，有人會再來這裡，到時候我們就沒辦法對付他們了。」

「我不能走。」米特羅思說道。

「我們會等到你好轉再走。」李安德說道，「等到你不咳了。」

「我不能走。」他又說了一遍。

「為什麼？」奧瑞斯特斯問道。

「婆婆告訴過我，我一離開這裡，很快就會死。」

「我們全部都會死嗎？」奧瑞斯特斯問道。

「沒有，只有我會死。」

「那我們呢？」奧瑞斯特斯問道。

「會發生什麼事，婆婆都告訴我了。」米特羅思說道。

「是壞事嗎？」奧瑞斯特斯問道。

米特羅思沒有回答，緊盯著奧瑞斯特斯的目光片刻，彷彿在思考該說什麼。

「告訴我們無妨。」李安德說道。

「不，我不能說。」他答道。

說完他閉上眼睛，一動也不動。奧瑞斯特斯和李安德起身離開，回到廚房，讓他睡覺。

他們又聽到大聲的咳嗽聲，立刻跑過來看他。他睜著雙眼，伸出手握住奧瑞斯特斯的手。

「你可以……」他趁著還沒又咳起來開口說道。

「別說話。」李安德說道，「好好休息。」

「我要坐起來。」

他們扶米特羅思坐起來，他從頭到尾都緊緊握住奧瑞斯特斯的手。

「你可以告訴他們嗎？」他問道。

「告訴他們什麼？」奧瑞斯特斯問道。

「告訴他們，我這幾年都跟你們在一起，還有婆婆和狗和這間屋子的故事。你可以把我們的故事，還有我們做的事情，告訴他們嗎？」

「告訴誰？」奧瑞斯特斯問道。

李安德一隻手搭到奧瑞斯特斯的肩膀上，把他往後拉。米特羅思鬆開了他的手。

「我們會告訴他們，你過得很開心。」李安德說道，「我們把你照顧得很好，我們愛你，關心你，你沒有遇到任何壞事，什麼壞事都沒遇到。我會告訴他們，奧瑞斯特斯也會告訴他們。我們一回到故鄉，就會立刻去告訴他們。」

「奧瑞斯特斯……」米特羅思開口說道。

「米特羅思，我在這兒。」

「婆婆說的事，或許不會真的發生。」米特羅思低聲說。

「婆婆到底說了什麼？」奧瑞斯特斯問道。

「答應我，告訴他們好嗎？」米特羅思提高音量問道，不理會奧瑞斯特斯的問題。

「好，我答應你。」

「要告訴他們每個人喔，我的父母親，我的兄弟，我的每個家人。說不定我還有從來沒有見過面的新弟弟妹妹呢。」

「我們會告訴他們每個人。」

米特羅思躺回床上，又睡著了。後來，奧瑞斯特斯去躺在李安德的床上，但是李安德沒有去跟他躺在一起；李安德在廚房和米特羅思睡覺的地方之間徘徊，奧瑞斯特斯整夜都仔細聽著李安德的動靜。

奧瑞斯特斯肯定是睡著了，因為早上李安德把手放到他的肩膀上，他才醒來。

「米特羅思不久前嚥氣了。」李安德輕聲說道。

「你有試著叫醒他嗎？」

「他不是在睡覺。」李安德說道，「他死了。」

他們在他的遺體旁邊守候到天空中的陽光變弱，才把他抬到他們埋葬婆婆的地方，狗急切地緊跟在後，耳朵豎起來，彷彿聽得到遠處傳來的某個聲音。他們在婆婆的墳墓旁邊挖好墓穴，準備把遺體放進墓穴時，李安德看著奧瑞斯特斯，用眼神問奧瑞斯特斯是否願意再唱一次那首歌。奧瑞斯特斯走到墓穴旁坐下，低聲唱起他記得的歌詞，不斷降低音量，最後幾乎像是輕聲耳語。

他們把墳墓填起來，那隻狗似乎焦躁不安。狗跟他們兩人在那裡待了一會兒，才緩步走回屋子，步履蹣跚地跟著他們，一邊低聲嗥叫。狗走到廚房，坐在平常坐的地方。奧瑞斯特斯拿食物和水給牠，輕撫牠的頭，柔聲對牠說話。

奧瑞斯特斯知道李安德打算要離開，他們沒有談論過這件事，但是他確定李安德是這樣盤算的。他不知道到時候狗該何去何從。

夜裡醒來，他離開自己的床，爬到李安德的床上，狗跟過去。他躺到李安德身旁，李安德騰出空間給他躺，抱住他。奧瑞斯特斯這才發現，他們兩人都在擔心離開後會發生什麼事。

從此之後，他不再回自己的床睡覺，都會等到李安德準備睡覺，才跟他一起去房裡睡，狗也都會跟著他。他開始期待夜晚到來，期待那段時間兩人之間發生的事，期待早晨醒來。

有一天晚上，李安德似乎無法入眠，在床上翻來覆去一會兒，奧瑞斯特斯朝他挪近，兩人在黑暗中相擁，兩人都十分清醒。

「如果我爺爺還活著，我想回去看看他。」李安德說道，「他有兩個兒子，其中一個去世了，後來我父親只生了我這個兒子。說不定我爺爺還在等我呢。我被抓走的時候，我妹妹伊安詩才十歲，現在長大成人了，也在等我。我爸媽也在等我，我叔叔、伯伯、姑姑、阿姨、外祖父母，全都在等我。」

「我不知道有誰在等我。」奧瑞斯特斯說道，「或許這就是米特羅思想要說的吧，根本沒有人在等我。」

「王后在等你呀。伊蕾特拉公主也在等你呀。」李安德說道。

「我父王沒有在等我嗎？」

「國王死了。」

「誰殺了他？」

李安德沒有回答，片刻後，把奧瑞斯特斯抱得更近些，輕聲耳語道：「知道他死就夠了。」

「我姊姊伊妃姬尼亞也死了。」奧瑞斯特斯說道。

「我知道。」

「我親眼看見她被殺死。」奧瑞斯特斯說道，「沒人知道我看見她被殺死，我聽見了她的聲音，聽見我母后大叫，也看見我母后被拖走。」

「你怎麼會看見？」

「我當時在軍營裡的一處高地上。他們把我丟在那裡跟士兵鬥劍，玩了一會兒，士兵就厭煩了。後來我獨自在一座軍帳裡睡著，被牲畜嗥叫的聲音吵醒，跑出軍帳，趴在地上，從高地往下偷看小母牛被帶到祭壇宰殺，聽見牠們發出的哀號，那驚恐的聲音是從牠們的肚子裡發出來的。接著我看到血噴濺出來。我父王在那裡，有幾個我認識的人也在那裡。內臟扔得到處都是，血流得滿地都是，我聞得到血腥味。我本來想跑下去找父王，或是找母后和伊妃姬尼亞，但是就在那時候，我看見她們了。她們走在一列隊伍裡，走在隊伍前端，伊妃姬尼亞和母后走在其他人前面，她們後面跟著一群人。她們出現時，現場一點聲音都沒有。我看見有人把我姊姊的頭髮剪掉，逼她跪下，她的手腳被綁住。接著我聽到她和我母后的聲音。有人用布纏綁她們的嘴巴，阻止她們大叫。有人把我母后拖走，而我姊姊想要去找我父王，但是被拖了回去。有人蒙住她的眼睛，接著一個原本站在我父王旁邊的人，手裡握著刀，慢慢走向她。她嘴巴上的布掉了，於是她開始大聲尖叫，那尖叫聲聽起來就像動物的嗥叫聲。最後她倒地死掉，屍體被抬走。」

「接下來發生什麼事呢？」

「接下來我回到軍帳，躺在床上等待。有幾個人來問我要不要鬥劍，我告訴他們我玩夠了。後來換我父王過來，他陪我玩耍，把我扛在他的肩膀上，在軍營裡走來走去。」

「那王后在哪裡呢？」

「我當時跟我父王的手下在一起。我一定是在父王的軍帳裡睡了幾個晚上，我記得我聽到大家在講話，還有後來風向改變，大家知道船艦終於可以航行，齊聲歡呼。風向一改變，到處都有人急急忙忙東奔西跑。大家幾乎都把我給忘了，直到阿基里斯看見我，才帶我去找我父王。我父王又把我扛到肩上，走去我母后待的地方。後來我們就啟程回宮了。」

「你有告訴王后你看到什麼嗎？」

「一開始我猜想我母后到底知不知道伊妃姬尼亞姊姊死了，或者我母后會不會問我或別人，她被拖走之後，發生了什麼事。她沒看見發生什麼事，而我什麼都看見了。母后沒看見，伊蕾特拉姊姊當時更是不在現場，因此，除了在場的那群人和我父王之外，就只有我目睹伊妃姬尼亞姊姊被殺害。」

「你想要回宮去找王后和伊蕾特拉公主嗎？」

「有時候我不想回去，不過我現在想了。」

「我們必須作決定。」

「我們回去吧。要帶狗一起走嗎？」

「我們得讓狗信任我們，這樣牠才會跟我們走。」李安德說道，「我們必須準備食物，帶在身上，有多少食物，全都帶上，水也是。」

奧瑞斯特斯伸出雙臂環抱李安德，清楚表明自己很害怕。李安德也抱住他。

夜晚一分一秒過去，最後曙光開始出現，奧瑞斯特斯知道李安德沒有睡著。他感覺得到李安德睜著眼睛，正在想事情。他好希望能夠回到以前婆婆和米特羅思還活著的時候，甚至回到更早以前，回到父王準備出征打仗的時候，母后、他自己，還有伊妃姬尼亞姊姊離宮去見父王，父王熱開心迎接他。但是他現在卻幾乎無法想像當時的情景。

李安德輾轉翻身，奧瑞斯特斯不禁猜想，以後自己還會不會記得像這樣的夜晚，跟李安德單獨在一起，互相耳語，狗睡在他們身旁，米特羅思和婆婆長眠在附近的墳墓裡。李安德起床後，奧瑞斯特斯躺在床上，看著他穿衣服，準備處理大小事。他也得起床了，開始準備離開，打包食物可有的他忙了。他開始在腦子裡列出旅行需要的東西。

要離開的那天早上，他們在廚房裡發現狗無精打采地趴著，舌頭垂在嘴巴外頭，好像想喝水。然而，他們拿水給牠喝，牠卻不喝。

「那隻狗快死了。」李安德說道，「牠不想跟我們走。」

他們抱起狗，狗並不抵抗。他們把狗抱到米特羅思和婆婆的墳墓，跟牠一起在那裡等。時間一分一秒過去，他們兩人輪流拿食物和水過來，狗卻不吃不喝，只會輕聲嗚嗚叫，不久之後，就連叫也不叫了。他們陪著牠等候，輕聲對牠、婆婆還有米特羅思說話，即便天黑了，仍舊繼續等。後來兩人都沉默不語，只有狗氣若游絲的呼吸聲打破寂靜。最後呼吸聲徹底消失了。

早上，太陽一升起，他們就又開始挖墳墓，把狗跟米特羅思和婆婆葬在一塊。埋葬好之後，他們馬上回屋子，收拾好為旅行所準備的東西。李安德說，應該儘快啟程，這樣第一天才能走遠一點。

伊蕾特拉

距離王宮不遠處，有一道彎曲的階梯，通往一處凹地，那裡本來是座花園。有些臺階破損了，一兩階甚至被時間或是棲息在石縫中的蜥蜴，幾乎完全破壞殆盡。下方，生長受阻的樹木跟胡亂生長的矮樹叢爭奪空間。姊姊在世時，如果我們有事要談，不想要被別人聽見，就會去那裡。隨著光線逐漸消逝，鳥叫聲愈來愈緊湊，最後簡直可以說是淒厲。或許鳥發出叫聲，是要威嚇臭鼬吧，此地臭鼬似乎橫行不已。當時我們確定，就算有人躲在暗處，也聽不到我們說話。

姊姊現在已經不在人世了，不會再來這座花園了。反倒是母后現在都會去那裡。她離開王宮時，兩三名護衛會保持一段距離跟著她。有時候，我會陪她去散步，但是我們不會多說話，而且，經常我要離開她的時候，她都只是點頭而已。

這座凹陷的花園，她以後會死在這裡。有人會在這裡謀殺她，她會死在長滿節瘤的矮樹叢裡，躺在自己的血泊之中。

她走下石階時，護衛會倚著石製欄杆小心盯著，深怕她走破碎的石階時跌倒，我在一旁看著，有時會不禁露出微笑。

有人可能會以為，母后和她的護衛不在宮裡的時候，艾吉瑟斯比較常一人獨處，要傷他比較容易，如果要殺他，就應該趁這個時候偷偷溜進他辦公的廳堂，快速衝向他，把刀子插入他的胸膛；或者慢慢走向他，假裝請他幫忙，然後出其不意地抓住他的頭髮，把頭往後拉，瞬間割斷喉嚨。

然而，如果認為那麼容易就能殺掉母后的情夫，那就大錯特錯了。他準備了許多計策，其中一計，或許也是最重要的一計，就是保命。他總是小心提防著，除此之外，還有一些人受他僱用，或聽他指使，也小心戒備著。

艾吉瑟斯就像一頭野獸，跑到屋子裡頭求個舒適與安全。他雖然已經學會用微笑取代咆哮，但是直覺仍舊十分敏銳，隨時準備用銳利的爪子和牙齒發動攻擊。他能夠察覺危險，先發制人。一旦察覺有人威脅到他，他就會拱起背，迅速撲擊。

怕他，並不是誤解他，我是真的有理由怕他。

六

打完仗回來的那一天，父王在宮外接見長老，母后命令艾吉瑟斯的兩名手下找我。他們不理會我大吼大叫、驚恐反抗，硬是把我拖離食堂。他們強拖硬拉，把我拖下彎曲的階梯，拖到下面的樓層，關進廚房下方的地牢，關了幾天幾夜，不給我東西吃，也不給我水喝。他們把我關在漆黑的囚室裡，最後放我出來時，就只是把門打開而已。他們要我爬過自己的排泄物，回到自己的寢宮，任由每個人在一旁觀看，好像我是一頭還沒被徹底馴服的可憐野獸。他們要我裝得好像沒發生過什麼可怕的事一樣，乖乖過日子。

我被放出地牢的那天，艾吉瑟斯來到我的寢宮。艾吉瑟斯站在門口，說我母后吃了很多苦，現在相當脆弱，吩咐我說話要小心，別惹得她難過，或讓她想起經歷過的磨難。艾吉瑟斯還命令我不能離開王宮的轄地，而且別讓他發現我跟侍女講話，或跟守衛交頭接耳。

他警告我別惹麻煩，他會阻止我惹事生非。

「我父王在哪裡？」我問他。

「國王被殺害了。」他說道。

「是誰殺他的？」

「國王手下的幾名軍士。不過凶手都遭到懲處了，殿下不會再聽到他們的消息了。」

「我弟弟在哪裡？」

「我找人把王子帶出宮了，以確保他的安全。他很快就會回來。」

「跟我之前一樣在地牢裡嗎？你把我關在地牢裡，就是為了確保我的安全？」

「殿下現在安全了，不是嗎？」他問道。

「你到底想幹嘛？」我問道。

「王后希望一切能恢復正常。我相信殿下也是這麼希望的。這件事我們需要殿下幫忙。」

他裝出恭敬的模樣，向我欠身鞠躬。

「我想殿下應該明白我的意思。」他說道。

「我弟弟什麼時候會回來？」我問道。

「他很快就會安全了。王后殷殷期盼的，正是那一刻呀。到時候王后就不會像現在這樣那麼煩躁，那麼擔心了。」

不久後，我查明父王是如何被殺害，以及為什麼母后不想要別人談論父王是怎麼死的。我當時才瞭解，為什麼母后要派艾吉瑟斯來威脅我。她不想要聽到我這個女兒指控她殺夫。宮裡無時無刻都有流言蜚語在私下四處傳播，有一幫老忠臣守護著這座王宮，母后和艾吉瑟斯都跟他們很熟，他們兩人一定知道，我不只很容易就能查出父王發生什麼事，而且很快就會得知是誰下令以及用什麼方法把弟弟誘拐出宮。

母后和她的情夫雖然能利用恐嚇來逼我噤聲，但是卻無法控制夜晚，還有流言的散播。夜晚不只屬於艾吉瑟斯，也屬於我。我也能夠無聲無息地遊走，我住在暗影之中，我跟寂靜關係親密，因此，我能準確判斷什麼時候能夠竊竊私語。

六

我確信艾吉瑟斯知道弟弟在哪裡，或者他遭遇了什麼劫難。不過，這些事他絕對不會告訴別人，他知道什麼是權力，他知道的祕密擾亂這座王宮裡的氛圍。

他準備用爪子抓住我們。他宰制了我們，就像老鷹抓到小鳥，把鳥的翅膀咬斷，讓鳥活著，要等到時機成熟，才會把鳥吃掉，好獲得豐富的營養。

他很清楚我對他十分感興趣。我跟他一樣，能聽見各種聲音，包括他跟他寵幸的那名守衛在這條廊道上的某間廂房裡享受雲雨之歡時發出的聲音，或是他敏捷鬼祟地溜去找侍女的聲音；他經常先溜到侍女的寢室，找個侍女滿足肉慾，再回到母后的床上，蜷縮身子，假裝哪裡都沒去，假裝沒有受到邪惡貪婪的慾望驅使，想要享受歡愉、操弄權力。

我看過艾吉瑟斯畏懼或露出驚恐之色，我看過他體內的那隻變色龍驚惶跑去躲起來，但是就只有一次。

有一天男童們獲釋的消息傳來，並且正在返家途中，我們聽到後，不禁期盼奧瑞斯特斯也在其中。當時母后和我跟艾吉瑟斯坐在一起，他一副心神不寧的樣子，臉上一點笑容都沒有。我們等著要迎接弟弟回宮。我們焦急等候著更明確的消息，想要知道他到底什麼時候會返抵，最後等到不耐煩，母后和我離開艾吉瑟斯，去查看奧瑞斯特斯的房間是否準備妥當。我們又到廚房，思忖他第一餐可能想要吃什麼。那是自從父王被謀殺之後，我們第一次熱切交談，討論著要派哪些幹練的侍女來服侍弟弟。我感覺得出來母后很開心，殷殷期盼弟弟回來。

我們回到母后的寢宮，發現艾吉瑟斯和一名陌生男子在裡頭，那一刻，我覺得我們好像是不速之客，打擾了這名男子和艾吉瑟斯談論重要的事，甚至是私密的事。我心裡不禁猜想，這個粗鄙又討人厭的外人是不是艾吉瑟斯的祕密愛人或是擁護者，現在跑來提醒他欠了什麼債。

我們進寢宮時，艾吉瑟斯面向窗戶，握緊拳頭，那名訪客站在房門附近，斜倚著牆壁。艾吉瑟斯轉過身來，我看見他眼中流露出恐懼。艾吉瑟斯向那名男子點點頭，暗示他該離開了。我知道，或許我也應該離開，不論發生了什麼事，此刻艾吉瑟斯和母后需要獨處。然而，我並沒有離開，反而坐下來。我清楚表明，如果只是客氣地要求我離開，我是不會離開的。我要待在母后身邊，聽聽艾吉瑟斯說說到底發生什麼事，怎麼會讓他面露懼色。

母后在艾吉瑟斯面前，經常變得像女孩子一樣，愚蠢，甚至偶爾會耍任性，無理取鬧。她盡說些不重要的話，講起話來變得愚蠢。天氣熱、花、疲累、食物、有幾個侍女手腳遲鈍、有個守衛傲慢無禮，她盡講這些。她說的那名守衛是因為認為自己偶爾會在艾吉瑟斯的懷裡喘氣，所以有資格對她傲慢無禮；有兩三個侍女她肯定認識，她們手腳遲緩，是因為懷了艾吉瑟斯的孩子，或是已經生下他的孩子，據我所知，其中一個侍女還生了雙胞胎。我經常納悶，如果母后公開聽到這些真相，她還會那樣絮絮叨叨，用滑稽的語調盡說無關緊要的話，老是含沙射影，卻又欲言又止嗎？

廊道上艾吉瑟斯的原始肉慾橫流，也因此，下方的地牢成了侍女生孩子的地方。假裝這些事根本沒發生，或是假裝愚昧無知或心有旁騖，因此沒發現，這樣對母后而言，比較省心。儘管如此，顯然她跟我一樣，不會讓任何事逃過眼皮子。她其實不是愚昧無知，也不是心有旁騖，她的諂媚假笑和曲意逢迎之下，藏著怒火，藏著鋼鐵般的決心。

「剛剛站在那裡的那個人是誰？」她問道。

「哪個人？」艾吉瑟斯反問道。

「就那個看起來很討人厭的人呀。」

「他只是信使。」

「信使通常不會進入寢宮。以後要嚴守這項規矩，那個人在寢宮裡留下一股臭味，八成是有一陣子沒洗澡了吧。」

艾吉瑟斯聳聳肩。

「咦？怎麼沒有風呢？」母后彷彿在問周遭的空氣，「我好累呀。」

艾吉瑟斯把拳頭握得更緊了。

「我感覺到有消息了。」母后提高音量說道，要讓艾吉瑟斯明白這話是說給他聽的。

母后看著我，目光指向艾吉瑟斯，好像我有辦法叫他回話似的。

我冷冷地看著母后。

「那個信使向你稟報什麼消息？」她問得更大聲。

現場陷入寂靜，似乎沒有人想要打破寂靜。母后露出曖昧的笑容，好像剛吃下發酸的食物，拚命想掩飾不舒服。

此刻我強烈感覺到她和艾吉瑟斯厭惡彼此，以前我從來沒有這種感覺。以前我曾經想像過他們恩愛的模樣，白天開心地形影不離，夜裡艾吉瑟斯沒有在宮裡隨便遊蕩時，兩人就會緊緊相擁。現在，我注意到兩人明顯貌合神離。他們調查過對方的底細，對於一些醜陋的真相略知一二。

他們裝出若無其事的樣子，不禁把我逗樂了，兩人看起來不像即將爆發衝突。我瞭解他們的窘境，我想，母后和艾吉瑟斯很難一刀兩斷，因為他倆一起幹太多壞事。

我靜靜地坐著看他們，心裡想像著，在難受的時候他們會夢到什麼；不只有在睡覺的時候，在清醒的時候也一樣，他們一定會黯然掩聲哭泣。

我盯著他們看了好一陣子，看著母后睜開眼睛又閉上眼睛，艾吉瑟斯一動也不動。我目睹的畫面，幾乎跟最親密的舉動一樣私密，簡直就像看到他們裸體抱在一起。

六

我被吸向始終存在這裡的那個世界，脫離了他們那個充滿言詞、實際時間與人類原始慾望的世界。每天，我都會祈求神明幫助我獲勝；祈求神明保佑弟弟平安歸來；祈求神明在我面對難關的時候，賜予我勇氣。我不只有神明照看著我，我自己也處處小心提防。

我的寢宮是冥府的邊區，我每天都跟父王和姊姊生活在一起，他們會來陪伴我。去到父王的陵墓之後，我會到埋葬父王遺體的地方，吸入一股平靜的空氣，屏住呼吸，讓那股新鮮空氣充滿我的身體，再緩緩吐氣。如此一來，父王就會從陰暗的陵墓走向我。我走回王宮時，他的影子會緊緊跟著我，在我附近徘徊。

他小心翼翼地走近王宮，因為他知道，有些人，他就算是死了，也得小心提防。我避免發出任何聲響，讓他在這個房間裡找個地方停歇。接著，我輕聲叫喚姊姊伊妃姬尼亞的名字，空氣中旋即出現一團擾動的模糊霧氣，姊姊從中現身。他們慢慢走向彼此。

起初，我會怕他們，我以為姊姊出現在我們面前，是要提醒父王她是怎麼死的，斥責父王為何冷眼旁觀她被當作祭品殺掉。我以為她是來指責父王，要讓父王從居所墮入黑暗中。

結果不是，伊妃姬尼亞姊姊穿著結婚禮服，化為實體後，變得更加白皙美麗，無聲無息地緩緩走向父王，想要擁抱他，向他的陰魂尋求慰藉。

當時我好想問姊姊，她是不是不記得了。我好想問她是不是忘了自己是怎麼死的，是不是過著像以前的生活，彷彿那些事情沒有發生。

或許她死之前的那段日子，以及她被賜死的方式，在她現在所在的那個地方，毫不重要。或許神明把關於死亡的記憶封鎖在貯藏室裡，小心守護，然後釋放那些曾經純真美好的情感，那些曾經重要的情感。神明准許將愛歸類為重要的情感，因為愛傷不了死者。

他們走向彼此，父王和姊姊，動作帶著猶豫。我不確定他們見到彼此之後，是否還能看到我。我不確定他們是否對生人有興趣。他們有太多他們專屬的需求；他們有太多事要分享。

因此，我沒有跟父王和姊姊說話，任由他們的魂魄在這個房間裡優雅地徘徊。有他們在這裡陪我，我就滿足了。

不過，有個問題我好想問他們。我想要知道弟弟在哪裡。幾日過後，我認為他們察覺到這件事，等著我提問，我還來不及提到他的名字，他們就飄走了。

在那段日子的某天下午，就在艾吉瑟斯和那名陌生男子會面不久之後，廊道上突然先傳來呼喊聲，接著又傳來某人奔跑的聲音。然後我聽到母后的尖叫聲。

我發現來訪的那兩個靈魂都沒察覺那些聲音，於是我沒有離開，反而跟他們一起等候。我聽見宮外又傳來呼喊聲，一名守衛來到門口，向我稟報母后要我立刻去找她，被綁架的男孩們終於快要返抵，我們必須去迎接奧瑞斯特斯。

守衛一說到弟弟的名字，我感覺到父王和姊姊的形體變得更加密實，動作更加激烈。我感覺到父王用力拉扯我的衣袖，姊姊握住我的手。守衛的腳步聲消失後，現場陷入一片寂靜。

我決定說出弟弟的名字。我先輕聲說一遍，再提高音量說一遍，我聽到一個聲音，那個聲音立刻回應我，不過我一個字都聽不懂。姊姊伸出雙臂抱住我，好像要我待在原地別動。我掙扎片刻才掙脫，此時，父王又拉扯我的衣袖，想要引起我的注意。

「弟弟終於要回來了。」我輕聲說道，「奧瑞斯特斯要回來了。」

「不。」伊妃姬尼亞說道。她的聲音幾乎算大聲了，或者應該說那個聲音很像她的聲音。

「不。」父王也說了一遍，他的聲音比較微弱。

「我得去看看弟弟，去迎接他。」我說道。

他們不再拉住我。想到父王和姊姊可能去了王宮前庭，迎接弟弟回宮，我著實鬆了一口氣，不禁露出微笑。我全速衝過廊道，奔向宮門。宮外眾人的聲音齊聲響起。

聽到歡呼聲與口哨聲，我想到母后身邊，好讓奧瑞斯特斯一回來就能看到我們站在一起迎接他回宮。

有人把第一個抵達的男孩高高抱起來給群眾看，群眾繼續歡呼，但是我看得出來，群眾很快就變得焦躁不安。有些人左顧右盼，好像在確認別人有沒有看到自己看到的畫面——那個男孩面色慘白，一臉驚恐，目光快速游移，活像一隻剛脫離籠子的動物，聽到為他重獲自由而歡呼的聲音，反而變得更加驚恐。

母后握住我的手，凝神觀看，接著倒抽一口氣，低聲啜泣一會兒後，開始對身邊的人大聲喝令，命令他們把奧瑞斯特斯直接護送到她面前，不准把奧瑞斯特斯抱起來示眾，他是國王的兒子，不能像對待其他男童一樣對待他。

就在此時，我注意到艾吉瑟斯站在群眾裡，臉色緊繃，神情憂慮，眉頭深鎖，眼睛往下看。他往上看時，剛好看見我在看他。我當時就知道奧瑞斯特斯並不在那群獲釋的男童之中。看著眾人高高舉起男童，大聲吶喊，歡迎他們回來，喜極而泣，我心裡就知道弟弟不在那群男孩之中；我環顧四周，看見幾個人緊張地偷瞄母后，我認為他們也知道了。或許每個人都知道了。只有母后不知道，她激動地喘氣，不停大呼小叫，盲目期盼。

男童們一個個被欣喜雀躍的親人帶回家，我始終盯著艾吉瑟斯看。群眾漸漸散去，最後只剩下他跟兩戶家庭的人，他們的兒子也沒回來。他們擠到他身邊，他一再保證，要他們別擔心，他們才黯然離開。最後只剩他跟母后。我站在母后身旁，母后心急如焚地瞪視他。

「奧瑞斯特斯在哪？」母后問他。

「我不知道。」他答道。

「你沒查清楚嗎？」母后問道。

「根據消息，他本來跟其餘男童在一起。」他說道。

「是嗎？」母后逼問道。

她刻意控制語調，說得冷淡直接，但是聲音中也帶著憤怒。

「那個信使到底是誰？就是在我寢宮留下臭味的那個人？」她問道。

「他來向我稟報男童們正在返家途中的消息。」

「他有說奧瑞斯特斯不在裡頭嗎？」

艾吉瑟斯點點頭。

「我會找到他。」他說道。

「把護送男童的那些人帶來見我。」母后說道。

「他們沒有護送全程。」艾吉瑟斯說道，「他們只護送一段路程，就把男童交給別人照顧了。」

「去把他們找出來，帶回來。」母后命令道，「現在就去。他們到宮裡之後，把他們帶來見我。這件事拖夠久了，我忍無可忍了。我不會再容忍你這樣對待我。」

我離母后遠遠的，不過廊道上一堆人三五成群議論紛紛，母后厲聲發號施令，接著一片寂靜，從這裡我就看得出來，周遭正上演著激烈衝突。我悄悄溜到父王的陵墓，但是即便在那裡，我還是覺得氣氛膠著，不論我怎麼低聲懇求，父王的亡魂就是不肯冒險離開冥府。

那天晚上，我前去母后的寢宮，走到門口，聽見她在啜泣，艾吉瑟斯拚命安撫她，最後她叫艾吉瑟斯滾遠一點。

翌日早晨，宮外又傳來喊叫聲，把我吵醒。我又聽見廊道上有人在說話。我仔細穿衣打扮。我想要去找母后和艾吉瑟斯談一談，確認一名守衛告訴我的事是不是真的——艾吉瑟斯最近才找不到奧瑞斯特斯，之前一直都知道他的下落，是綁架他的主謀，以為他會跟其餘男童一塊回來，孰料奧瑞斯特斯竟然和另外兩名男童從艾吉瑟斯的手下手中逃跑。

另外兩名沒有跟其餘男童一起返家、仍舊失蹤的男童，是李安德和米特羅思，李安德的祖父狄奧多圖斯和米特羅思的父親協同幾名追隨者入宮，請求立即面見母后和艾吉瑟斯。父王御駕親征時，留守宮中的臣子裡，狄奧多圖斯是最受敬重的，他當時經常入宮詢問被綁架的男童在哪裡，每次都會強調李安德是他唯一的孫子。

我問候在廊道上等候的那些人之後，跟著他們進入母后的寢宮，站在角落旁觀。狄奧多圖斯連看都沒看艾吉瑟斯一眼，直接稟報母后，他們向回到家的那些男童確認清楚了，奧瑞斯特斯跟兩個朋友逃跑，其中一個便是狄奧多圖斯的孫子，李安德，另一個是米特羅思的兒子，也叫米特羅思。他說他們三人在其餘男童獲釋的幾天前逃跑，殺了一名守衛。沒有人知道他們跑哪去了。

「我會找到他們。」母后說道，好像對這些事絲毫不感到訝異，「我已經派人去找了，我會把他們找出來。」

「所有男童都遭到毆打和虐待。」狄奧多圖斯說道，米特羅思恭敬地站在他身旁，「有些男童甚至差點餓死。」

「這跟我們沒有關係。」母后說道。

狄奧多圖斯對母后微微一笑，鞠了個躬，客氣地暗示他明白為什麼她會說這種話，但是他才不相信她真的與這件事無關。接著他向我鞠躬，他和米特羅思全程都不看艾吉瑟斯一眼，從他們刻意隱忍的樣子，就看得出來他們徹底瞧不起他。

幾日後，護送男童們走過大部分路程的那兩個人被帶進宮，像犯人一樣被押送到母后的寢宮。母后叫他們在廊道上等候，兒子已經回來的那些人跟狄奧多圖斯和米特羅思都聚集在寢宮裡。我經過那兩個人時，轉頭仔細打量他們；他們看起來嚇壞了。我走進母后的寢宮後，又到角落站著旁觀。

那兩個人被帶到母后面前時，母后立刻舉起一隻手，要他們閉嘴。

「我們知道王子跟另外兩個男孩逃跑了，這點不需要你們來告訴我們。我們只要你們去把他們找回來，把他們三個人全都找回來。你們一定多少知道他們逃到哪裡去。我的意思是：去把他們找出來，帶回宮裡。一定要把他們帶回來，我不想聽任何藉口，現在就去。這件事實在令我痛苦萬分。」

其中一個人欲言又止。

「我什麼都不想聽你說。」母后說道，「如果你有事要問，出去之後再去問艾吉瑟斯。我要見到王子，我只想聽王子的下落，其他的事，我什麼都不想聽。還有，不准再傷害王子和他的同伴，要是我聽到他們有任何怨言，我就親手割掉你們兩人的耳朵。」

他們畢恭畢敬地離開，艾吉瑟斯跟著出去。其他人也都離開寢宮，我獨自留下來，注意到母后得意極了。她輕柔地撫摸自己的臉，接著又伸手輕輕撫摸頭髮。她忸怩作態地掃視四周，像個舉止粗俗卻愛慕虛榮的人。她志得意滿地坐著，好像有一大群人正看著她，而她隨時都會把所有人趕走，或是下達命令，用專斷獨行與嚴厲威嚇的口氣，把所有人嚇得一愣一愣的。

「要是奧瑞斯特斯能回來，那就太好了。」她說道，仍舊環顧四周，掃視自己幻想出來的人群，「或許他沒跟其餘男童一起回來，沒有讓喧譁的群眾迎接他，反而是好事。我一定要讓他獨自返回宮裡，其他那兩個男孩就晚他一兩天再回來吧。」

她樂得眉開眼笑。我迫不及待想回自己的寢宮了。我覺得她會把今天剩下來的時間都用來試穿衣服、檢查頭髮和臉，準備在迎接奧瑞斯特斯的時候，好好表演一番，好讓大家看看她這個慈母迎接愛子歸來的戲碼。

六

接下來幾個月，狄奧多圖斯經常跟米特羅思一起入宮，母后每次都會正式接見這兩人，有時候還會邀請其他人來見證會談，母后會大展權威，叮嚀他們一定要耐心等候。艾吉瑟斯都會在一旁觀看，散會時，領著賓客出去，即便如此，賓客始終沒問候過他，甚至連看都沒看過他一眼。

母后和我經常談論奧瑞斯特斯以及他可能會在哪裡，我知道母后和艾吉瑟斯的關係觸礁，因此我都獨自用餐，每天都會去陵墓，回宮時，父王的魂魄總是會緊緊跟著我。我也會輕聲跟姊姊說話。但是伊妃姬尼亞和父王的身形很模糊，有時候實在是難以看見。

我察覺到周遭氣氛十分緊繃。有些日子，沒有人遊走於宮裡的廊道上；母后日夜都不離開寢宮；艾吉瑟斯似乎比平常更加安靜。有一段時日，他們不接見任何人，誰都不接見。我大膽走到廊道上，發現守衛動也不動地站著，活像化作了石像。

七

有一天早上，人們說話的聲音吵醒我，狄奧多圖斯和米特羅思找來了十個人，那十個人在他們兩人身後站成一列；而那十人自己也帶了親人和僕從來聲援。我走過守衛，到王宮前庭找狄奧多圖斯。我這才知道，母后有一段時日一直拒絕接見他和米特羅思，艾吉瑟斯告訴他們，如果王后沒有召見，就不准再入宮。

「請殿下幫忙轉告王后，臣等求見。」狄奧多圖斯說道，米特羅思等人站在他身旁點頭。

我指向宮裡，強調他們只要想入宮，都能夠自由入宮。我告訴守衛，母后說要接見這些大臣。狄奧多圖斯和米特羅思帶領眾人，沿著廊道走向母后的寢宮，我跑在前頭，不過守衛馬上從四面八方跑過來，攔下他們。

「讓我過去。」我告訴守衛。

在寢宮裡，母后站在窗前，艾吉瑟斯坐著，兩人怒目相視，看起來像是剛爭吵過，或者即將爭吵。他們兩人都轉過頭來看我，那種凶惡又冷酷的眼神我很熟悉。

「叫那些人等等。」母后說道，「我一會兒就接見他們，不過只接見兩個人。」

「我可不是妳的傳令員。」我說道。

艾吉瑟斯站著瞪我，令我不禁心生畏懼，緩緩走向房門。然而，我旋即鼓起勇氣，穿過寢宮，站到母后身旁。艾吉瑟斯一走出去，我就聽到眾人的聲音變大。不久後，眾人就硬闖入房內，米特羅思領頭，狄奧多圖斯緊跟在後。他們站在母后面前。

艾吉瑟斯悄然無聲走向角落，母后一副心事重重地走到對面，找了張椅子坐下。她挪好舒適的姿勢，定睛看著狄奧多圖斯。

「你們竟然膽敢闖入我的寢宮？我做了這麼多，你們就這樣回報我？」

狄奧多圖斯恭敬地微笑。他才要開口說話，就被米特羅思打斷。

「王后做了這麼多？王后都做了哪些事？」米特羅思問道，臉氣得漲紅。

「我為了把那三個孩子安全找回來，忙個不停。」母后說道，「我派去的前兩個守衛沒有回來，我立刻又找來最信任的守衛，派出去找人——」

「一開始就是妳綁架男童。」米特羅思打斷母后說話，「是妳下令綁人。竟然連自己的兒子都不放過！」

艾吉瑟斯怒不可抑，走向米特羅思，卻被一名男子推開。母后摀住自己的嘴巴，盯著正前方看。狄奧多圖斯想要開口說話，但又被米特羅思打斷。

「還有妳，謀殺國王，是妳自己一個人下手的。」米特羅思直接對著母后說道，「是妳親自下毒手，是妳自己一個人下手的。」

母后站起身，那群人裡有幾個人輕手輕腳走向房門，趕緊溜出房外。

「妳逼我們一邊吃東西，一邊看著國王陳屍地上，又要我們假裝沒看見妳樂在其中。妳逼我們假裝什麼事都沒發生，苟且偷生。妳利用恐嚇，逼我們噤聲。」

「夠了！」狄奧多圖斯衝著米特羅思咆哮。

「臣等是來請求王后派一小隊人馬去找孩子。」狄奧多圖斯繼續說道，「臣等這段時日一直求見王后，想要商議此事。」

「妳綁架了那些男童。」米特羅思說道，指著母后，「是妳下令綁架，想藉此恐嚇我們。是妳親手揮刀刺殺國王。妳沒有命令別人去做，妳親自下手！是妳自己一個人下手的。」

「米特羅思是因為兒子失蹤，心裡痛苦，才胡言亂語。」狄奧多圖斯說道，「他的夫人身子虛弱，可能不久人世了。」

「我是因為知道真相，心裡才痛苦。」米特羅思說道，「我說的句句屬實。有人敢反駁我說的不是真的嗎？你敢嗎？哼！你敢嗎？」

他看向艾吉瑟斯，艾吉瑟斯只是聳聳肩。

接著他把注意力轉向我，我差點忍不住露出笑容。廚房裡的侍女和廊道上的守衛知道的那些事，原本大家都只敢暗地裡竊竊私語，這是第一次有人清楚說出來。既然有人說出真相，我大膽走到母后面前，用力抓住她的手腕，扯動她的身子。

我轉向仍舊待在房裡的人，發現雖然有些人似乎變得忐忑不安，但是也有些人一臉堅定，無所畏懼，米特羅思的話和我的舉動似乎使他們壯了膽。

我瞥向艾吉瑟斯，他又開始瞪視我。我突然害怕了起來，退到一旁。我再次看向他，發現他的目光變得更加冷酷凶狠，就只瞪著我一人，像是我在大庭廣眾之下指控母后綁架弟弟和謀殺父王，好像這些人離開之後，他準備要教訓我。

「你瘋了。你說的話，我沒興趣聽。」母后對米特羅思說完便轉向狄奧多圖斯，「沒有我的命令，不論人數的多寡，宮裡不會派人出去。」

「我們必須去找他們呀。」狄奧多圖斯說道。

「我們已經派熟悉這一帶的人去找，正等候他們回報。」母后說道，「你們過幾天再來吧，或許到時候大家火氣會比較小。還有，叫米特羅思收回他說的話。就我看來，米特羅思的謊言已經把耳根子軟的公主搞得心神不寧。公主個性不夠堅強吶。」
所有人堅不讓步。
母后站起身，拉高音量。
「你們現在立刻給我離開，如果你們──」她用手指指著米特羅思，「膽敢再入宮，我就立刻以散布惡毒謊言的罪名，將你們拘禁。」
「妳用刀子刺殺了自己的丈夫。」米特羅思說道，「妳設局殺害國王。妳找人綁架自己的兒子，還有我兒子，和所有被綁架的男童。在角落的那廝只不過是妳的傀儡。」
他再次指向艾吉瑟斯。
「你們再不出去，我就叫守衛把你們攆出去！」母后說道。
「還有妳的女兒！」米特羅思說道。
「我女兒？」
「妳把她送上死路。」
母后衝向他，想要打他的臉，但是他向後躲開了。
「妳把她送上死路！」米特羅思又說了一遍，「還有，妳下毒手殺害丈夫的時候，把伊蕾特拉公主──」他指向我，「像狗一樣關在地牢裡。」
兩名男子把他拉出寢宮之際，他在地上啐了一口。狄奧多圖斯最後離開，他轉向母后，輕聲道：「幾日後，微臣可以單獨前來嗎？這真是有辱斯文啊。我們沒人料到他會說這種話。」
母后對他露出邪惡又浮誇的笑容。

「我認為你應該帶米特羅思回家。」

他們全都離開後，我發現艾吉瑟斯仍盯著我看。母后轉過身來，好像有話要說，於是我趕緊溜出寢宮。

六

後來，快要睡著之際，我感覺到門口好像有人，我知道那是誰，我正在等他。

「不准進入我的寢宮。」我說道。

艾吉瑟斯站在門口，面露笑容。

「殿下知道我為什麼來這裡。」他說道。

「不准進我的寢宮。」我又說了一遍。

「王后——」他開口說道。

「我不想聽我母后的事。」我打斷他說話。

「等待王子回來，已經讓王后受盡煎熬，這些人卻又來雪上加霜。殿下今天聽到的事，千萬不能跟王后重提。王后派我來向殿下傳達此事。」

「大家都聽到的話，別人在光天化日之下說的話，我卻不能重提？」

「還有，如果妳弟弟回來，殿下千萬不能跟他談論此事。」

「他什麼時候會回來？」

「沒人知道他的下落。但是他隨時都可能會回來。必須由王后來告訴王子發生了什麼事。」

「你的意思是說向他扯謊吧？」

「我說得還不清楚嗎？今天大家說的話，殿下絕對不能告訴王子。」

「他遲早會知道，有人會告訴他。」

「到那時候，王子就能瞭解王后和我的用心，知道我們是為了每個人好。過去的事就讓它過去吧。」

「發生了這些事，你還指望王子會信任你們？」

「王子怎麼不會信任我們？」他差點笑了起來。

「我們所有人多信任你們，王子就有多信任你們，這點我確信不疑。」

「要是讓我發現殿下膽敢忤逆王后，我就會讓殿下瞧瞧妳還沒見識過的手段。地牢底下還有一層呢。」

他伸手向下指，好像我不知道地牢在哪裡。

「還有，我說過了，王后派我來叮嚀殿下，她希望永遠不要有人談論此事，即便只有妳跟她獨處的時候也一樣，她聽夠了。」

艾吉瑟斯沒有否認米特羅思說的話，反而要求我不准再向母后提起，這樣只會讓那些話變成令人不安與尷尬的事實，可能會使母后無法再裝出心安理得的模樣。

母后謀殺父王，任由屍體在烈陽下腐爛，把我和弟弟囚禁在黑牢，派人綁架男童，現在卻想把這一切都丟到一旁，好像那是一盤她吃剩、不想再吃的食物似的。

我想要去她的寢宮，逼她聽我把話說完，我要再一次清楚告訴她，為了不讓弟弟和我目睹她親手殺掉父王，她對我們做了什麼事；而且，她沒有獲得神明的允許，也沒有跟任何一位長老商議，就擅自決定殺掉父王。我要她清清楚楚聽見我把米特羅思說過的話再說一遍，好讓神明也能聽見：是她獨自揮刀刺殺父王的。

我回想著姊姊被殺掉祭神之後，母后回到宮裡的模樣。我記得當時她沉默，憤怒，情緒瞬息萬變、陰晴不定，任性頑固，狂妄自大。

現在終於有人公開說出她是什麼樣的人了，她是個滿腹詭計、滿心殺念的女人。

她在宮外等候迎接父王，艾吉瑟斯在宮內埋伏，開始了一場漫長的表演，這場表演用微笑開場，用尖叫閉幕。

侍女知道她幹了什麼事。侍女目睹了她丟下父王血淋淋的屍體，眼神充滿快意。她弒君的消息，就像在氣候乾燥、風勢強勁的季節裡著了火一樣，迅速蔓延。難道這些她都不知道嗎？

但是她跟艾吉瑟斯卻仍舊整天扮演自己捏造的謊言。要是他們能阻止我們提醒他們幹了什麼事，那他們就能活在自己創造的世界裡了。因此，他們要所有人噤聲，這樣他們才能夠繼續扮演無辜的人，唯有裝無辜，他們才不用互相攻擊，不用攻擊我們所有人。然而，就我看來，殺人凶手和綁匪這個角色，母后似乎演不來，她演得好像殺人綁架只是過去發生的事，只是往事，別再提起就好了。而殺人凶手的傀儡和幫凶這個角色，艾吉瑟斯也沒辦法演得輕鬆，愈演，就愈想要多一點戲碼，多一點血腥凶殘的橋段。

艾吉瑟斯仍舊盯著我看，滿腹惡毒表露無遺，他要我當個懦弱的公主；當個孝順的傻瓜，天天到陵墓跟父王的陰魂說話；當個完全不記得自己聽到的所有證據的目擊者。我知道，如果我不答應，就會有危險。

我會陪他們一起玩裝無辜的遊戲，需要演多久，我都奉陪到底。我會協助母后演戲，讓她看起來就像歷經悲痛但是此時變得愚昧無知、心有旁騖、對人無害的王后。就算弟弟回來後，我們還是會一起演戲。

「我們會緊盯著殿下。」艾吉瑟斯說道，「如果王子回來了，我們會把殿下盯得更緊。如果殿下想要去地牢下面的那一層參觀，隨時告訴我就行了，恭候大駕光臨。如果殿下關心自身的安全，最好別冒險離開王宮的轄地。我們希望隨時知道殿下在哪裡。」

他離開後，我便告訴自己，等到時機成熟，我就會殺掉母后。還有，一有機會，我會連艾吉瑟斯也殺掉。我會請求神明助我一臂之力，讓我想出辦法殺掉這兩個人。

六

母后跟米特羅思和狄奧多圖斯那次見面的幾日後，我陪父王回到陵墓，在陵墓待到他的魂魄回去休息，回到宮中，廊道上有一名守衛把我攔下來。

「我有事向殿下稟報。」他說道，「狄奧多圖斯的兒子柯本要我傳話，請殿下到他府上。他請殿下火速趕去，他無法前來這裡，他心裡害怕，他們每個人心裡都害怕。殿下千萬別跟人說是我向您傳話的。」

「艾吉瑟斯不准我離開王宮的轄地。」我說道。
「柯本會請殿下過去，必然是有重要的事。」
一開始我覺得不能去，懷疑這會不會是艾吉瑟斯設計來抓我的圈套。我想過，可以從去父王陵墓時走的那道側門溜出宮，但是又想要勇敢地走到正殿，走下階梯，不顧守衛看著我，也不管艾吉瑟斯很快就會得知我離開王宮。我猶豫不決，無法決定到底要怎麼做；有時候能夠鼓起勇氣，不去想後果，準備公然反抗他，有時候想到自己沒辦法承受再度被關入地牢，卻又不禁膽戰心驚了起來。最後我還是決定從側門溜出宮。
到了父王的陵墓，我確認沒有人監視之後，偷偷溜到墓碑之間，找到一條雜草蔓生的老舊小徑，那條小徑在一條乾涸的溪流旁邊，以前人們要把屍體抬去埋葬，都是走這條小徑。現在很少人會走這條小徑了，沒人想走這種鬼地方。
我注意到一路上家家戶戶門窗緊閉，寂靜無聲，就連經過一些我知道裡頭住著整家子人的住屋時，也是靜悄悄。我迅速從一處陰影跑到下一處陰影，就在此時，猛然發現，我實在不應該出宮。我確定已經有人看見我。前往狄奧多圖斯家途中，我確定有人已經跑去宮裡討好艾吉瑟斯，向他稟報我的動向。
就連狄奧多圖斯的家也是門窗緊閉，我繞到屋子側邊，輕敲窗戶，最後終於聽到有人輕聲回應。等待之際，我聽見屋子裡又傳出聲響，是拉開門鎖的聲音和腳步聲。接著有一名婦人說話。片刻過後，柯本的夫人瑞莎和她母親出現在門口，揮手示意我進屋，輕聲請我跟著她們到內側一間幾乎完全漆黑的廂房。

眼睛適應黑暗後，我看見他們全家人都在房裡——狄奧多圖斯的夫人達契雅，瑞莎的父母親，她姊姊、她姊夫和她姊姊的孩子，那五、六個孩子聚在父母身邊。還有瑞莎和柯本的女兒伊安詩，她從廂房的角落盯著我看，兩手緊緊握成拳頭，摀住嘴巴。我上一次見到她的時候，她還只是個小孩子，現在幾乎是少女了。

「發生什麼事了？」我問道。

他們沒人回答，一個孩子哭了起來。

「狄奧多圖斯在哪裡？」我問道。

「我們求見殿下，正是為了此事呀。」柯本說道，「我們以為殿下知道。」

「我什麼都不知道。」

「抓走李安德的那些人，同一批人，夜裡又跑來抓走我公公了。」瑞莎說道。

「這次他們什麼話都沒說。」伊安詩說著就哭了起來，「但是上一次他們來抓我哥哥時，說是奉王后命令來抓人。」

「我不是王后呀。」我說完後，立刻發現他們露出責怪的表情。我拚命思考該怎麼說，才能讓他們清楚明白我幫不了他們。然而，思索之際，我讓現場寂靜太久，允許指責的目光一直停留在我身上。

「殿下可以去問問嗎？」柯本柔聲說道，「殿下可以去問王后嗎？」

我知道，如果我向他們解釋我過著什麼樣的生活，以及我跟母后和艾吉瑟斯多麼疏遠，他們一定會覺得我在說謊。這些人是要我幫他們，他們才沒興趣聽我說我有多害怕。

「我沒有權力。」我說道，「我只是——」

「還有一件事。」瑞莎打斷我說話。

我不禁猜想這家子是不是還有別人被抓走。我在昏暗中一一打量每張臉，不確定是否還有別人失蹤。

「還有什麼事？」我問道，「告訴我。」

「米特羅思。」柯本說道。

「他也被抓走了嗎？」

「我們不知道。」

「他不在他家裡嗎？」

「他家不見了。」瑞莎低聲說道，「我帶殿下去看看他家原本的所在。」

「出去不安全。」她父親說道。

「他們先抓走我兒子，現在又抓走我公公。」瑞莎答道，「如果他們也想抓我，那就儘管來吧。」

瑞莎揮手示意我跟她出去，他們似乎沒有想到，我出去也可能會有危險。我發現，她到屋外後，顯得既驕傲又大膽，看起來就像在求別人把她抓起來拘禁，準備犧牲自己。我小心慢慢走在她身旁。

我們走到米特羅思家原本所在的地方，發現那裡空無一物，只有幾棵樹和一些矮樹叢，完全看不出來那裡曾經有一棟大屋宅和一座花園，周圍還長滿橄欖樹。

「兩日前，這裡有一棟屋子。」瑞莎大聲說道，「有一戶人家住在屋子裡，路過的人都知道那棟屋子是米特羅思的。如今，這裡什麼都沒有。那些樹是夜裡種下，昨天白天還不在，是從別的地方移植過來。有人先把屋子夷為碎石瓦礫，再搬走碎石瓦礫，把地基覆蓋起來。住在裡頭的人到哪裡去了呢？米特羅思家一家人到哪裡去了呢？米特羅思家的僕人到哪裡去了呢？有人想要假裝他們從來沒有住在這裡過，但是他們確實曾經住在這裡。我記得他們。只要一息尚存，我都會記住他們。」

此時，已經有人聚集在附近，聽瑞莎說話。瑞莎轉向我。她希望我目睹這一切。我知道我應該要離開她，卻又不想要她認為我跟母后和艾吉瑟斯串通一氣。我站在原地，假裝只有我一個人在，任由目光在屋子原本所在的地方徘徊。我沒有低下頭。我面對瑞莎，看到她，突然感覺自己變堅強，想要暗示我跟她是同一陣線。不過我決定不讓這群人之中有人可以去向艾吉瑟斯或母后密報我說的任何一句話。

我希望瑞莎回家，我也想要回宮了。

「我兒子在哪？」瑞莎對著人群咆哮道，「我公公在哪？米特羅思和他的家人在哪？」

她說完便看著我。

「能否請殿下問王后他們在哪裡？」

她在挑戰我，等我回答。如果我轉身離去不說話，我知道我看起來就會像是母后和她情夫的同謀。反之，如果我留在原地，就會被迫回答。

我向父王和姊姊的亡魂求救，我向天上的神明求救，我請求他們讓這個女人閉嘴，讓她離開我。

我盯著瑞莎看，我舉棋不定，似乎令她忐忑不安。我試著暗示，如果那些人能夠在夜裡闖入，把一棟屋子弄不見，抓走兩個最有權力的長老，那麼請我幫忙幾乎是愚蠢的舉動。

不過我也想要強調，我擁有來自陵墓與神明的力量，那股力量雖然難以解釋，但卻不容忽視。我想要她知道，我雖然懦弱，但是有朝一日，我會獲勝的。

「我現在沒有力量。」我說道，「不過我總有一天會有力量的，會有那麼一天的。」

瑞莎驕傲地轉身往回走，要回家去找家人。她走到離我一段距離，我才看見她彎下身子，聽見她斷斷續續的哭聲。

我深呼吸，讓肺裡充滿空氣，一動也不動，逼得那些看著我的人紛紛離去。我決定從稠人廣眾的地方走回去。走路時，我完全不去看從我面前走過的人，不過快到王宮時，我倒是看見艾吉瑟斯的身影，他正等著我，面露笑容。他還是跟幾年前把母后迷得神魂顛倒時一樣，充滿魅力。我走近階梯時，他裝出想要攙扶我的樣子。我讓他帶路，走進王宮，走過廊道，回到我的寢宮，假裝是母后誤入歧途的女兒。

六

接下來那些年，我開始放棄希望，認為再也見不到弟弟了。我發現，身為一個沒有丈夫的女人，我根本沒有力量，無力扭轉乾坤。我擁有的只有鬼魂和記憶，就算我意志堅定，也毫無用處，終將一事無成。

我看著來到母后桌前的人，那些人是她從父王的軍士裡挑選出來的，負責保護父王攻取的領土。有時候，他們會來跟她商議國事，一待就是好幾個星期。

在宴客大殿為他們舉辦盛宴的那些夜晚，我注意到一股全神戒備的氛圍，因為每位賓客都知道，父王曾經赤身裸體跟一名身著紅衣的美女，一塊陳屍在宴客大殿外頭；那名女子是父王從戰爭中帶回來的。

賓客們此時跟謀殺父王的那個女人共處一室。眾所周知，母后沒有獲得神明的允許，就下手殺夫。這反倒讓母后獲得了一股奇特的邪惡力量，讓她在夜晚時，隨著時間愈晚，就愈加容光煥發。她支配著整個宴客大殿，不過似乎沒有人緊張不安，大家反而都興奮激動，喋喋不休，暢談死亡和關於死亡的所有戲碼，聊得不亦樂乎，直到夜晚結束。

我起初認為，在當時的時空，那些人個個都一定明白，伊妃姬尼亞公主死了，王子失蹤了，只要娶了我，就能取得大權。

我命令裁縫師去翻搜伊妃姬尼亞姊姊的衣櫥，看看經過這幾年，裡頭還剩下多少衣服；她的衣服永遠比我的漂亮，因為她比較受到寵愛。我們選了幾件長袍和禮服，加以修改，希望我這個美貌不如她的妹妹能配得上。

起初，我並沒有穿裁縫師為我修改的服裝出席宴會，但是經常在下午試穿，在獨處時穿著。

出席宴會時，我會想像自己穿著姊姊的長袍，頭髮盤得仔細，臉塗白，眼睛畫上黑眼線。

我會想像引人注目、受人讚賞，是什麼感覺。

我告訴自己，穿上這些新衣之後，要保持沉默。我會面帶笑容，但是不會笑得太過浮誇，要裝出歡喜滿足的樣子，彷彿體內亮著一道光似的。

我看著賓客，想像自己輕輕鬆鬆就邀他們其中一人留在宮裡，與我祕密結盟。我不禁想像，我找到夫婿之後，母后和艾吉瑟斯會變得多麼不安。

屆時，我們夫妻倆就會有忠心不二的守衛，還有我們獨自擁有的財源。我們會耐心等待，精準判斷，發現千載難逢的時機，就迅速展開行動，聯手做我一個人辦不到的事。

我會選擇哪天晚上要現身，有時出席母后舉辦的小型晚宴，有時參加大型盛典，像是慶祝新取得勝利或戰利品的慶典。

後來消息傳來，有一處偏遠地區爆發叛亂，叛亂分子作亂數週，隨意殺人，大肆破壞，不只殺了父王的一名舊屬的妻子，還用劍殺死他的孩子。不久後，我們又得知，一位名叫狄諾斯的戰士和一小群軍士在初始的慘敗中倖存，最後擊潰亂黨，恢復和平，處死了許多人。

狄諾斯即使損失慘重，卻仍舊忠貞不二，母后甚是欣喜，因此不只派裝備精良的軍隊前去協助他，也送了許多私人禮品給他。母后還賞賜土地給他住在王宮附近的父親。母后還派艾吉瑟斯的一名親信去接替狄諾斯，准許他回家探視老父，光榮凱旋。母后經常說他有多麼英勇、多麼英俊、多麼廣受讚賞。

我不禁想，如果這樣的人來當我的丈夫，一定能讓我獲得自由。他堅強機靈，能對抗母后和艾吉瑟斯；而且他的英勇事跡已經傳開，他的名字終將無人不知、無人不曉。如果他想要再娶，沒人會反對；如果他想娶阿迦門農的女兒，那看起來就再自然不過，甚至可以說是他應得的，因為他以前經常為阿迦門農賣命。

我心裡暗忖，一開始我們得小心謹慎。他可以先幫母后和艾吉瑟斯提建言，慢慢地，他就會明白他們倆有多惡毒，一身血腥味，必須把母后和那個姦夫送到他們沒辦法再害人的地方。

大家開始準備迎接狄諾斯回國，一致同意在街上舉辦盛大的慶典，慶祝他載譽歸國，再舉辦盛宴。

因此，我決定吩咐裁縫師幫我製作一件華麗的禮袍，形式和材質跟姊姊以前穿的禮袍相似。每天都會有一名侍女來幫我重新梳理頭髮，還有一名侍女會用油膏加甜水幫我潤膚。幾週後，禮袍製作完成，裁縫師和她的助手還有其他侍女都來到我的寢宮，看我穿上禮袍。

我跟父王和姊姊的亡魂獨處時，我會穿上那件禮袍，把頭髮往後梳，好讓他們能清楚看見我的臉。我會驕傲地在房裡走來走去，感覺自己受到他們的保護。在迎接狄諾斯的盛宴之前，我想要獲得他們的首肯。

舉辦慶典和盛宴的幾天前，狄諾斯都待在宮裡。母后和艾吉瑟斯熱情款待他，聽說他們與他舉辦正式會議，談論他需要什麼軍需和支援，以防再度爆發叛亂。他們也舉辦了私人晚宴，招待他和他父親，一名侍女告訴我，狄諾斯說失去妻兒令他傷心欲絕。不過他沒有流淚，從頭到尾都嚴守分寸，十足像個指揮官。一名侍女告訴我，他長得英俊，世間少見。

這段日子我都沒有跟母后見面，她派了一名侍女向我傳話，倘若我不參加盛宴，她會不高興；但是，為了確保安全，我最好別上街參加盛宴前的慶典。

我想像自己走進豪華的宴客大殿，每個人都已經入席就座。我看到門打開，聽見現場鴉雀無聲，在那幾秒鐘，大家的注意力自然而然被大門吸引，似乎沒有人開口說話。我看見狄諾斯的父親走到我面前，帶我一起走向主桌，安排位置讓我入座。接著，我想像狄諾斯轉過頭來看著我。

整個下午，侍女都在幫我梳理頭髮、保養肌膚。禮服被拿去進行一項修改後，又送了回來。賓客聚集的一個小時前，我就準備好了。畫好眼線後，我便命令裁縫師和侍女離開，好讓自己冷靜下來。不過，我命令一名侍女待在寢宮附近，在賓客到齊的時候通知我。

慢慢地，我召喚出姊姊的靈魂。我摸著自己的臉，好像那是她的臉。我輕聲跟父王說話。侍女通知我的時候，我已經準備好了。我獨自沿著廊道走到宴客大殿，走到殿門後，往後站一步，讓侍女打開殿門，接著獨自走入大殿，沒有直視任何人，不過隨時準備捕捉看著我的任何一雙眼。

我最先聽到的是母后的聲音。她正在說故事，說她一聽到叛亂的消息，就立刻去祈求神明，接著聽從神明的指示，派她最信任的將士去馳援狄諾斯，快速有效率地敉平叛亂。她談到神明時，說得敷衍，幾乎到了輕蔑的地步，我想大殿裡的每個人應該都注意到了吧。

就在此時，她看見我。我仍舊站在門口。我拉起目光那一瞬間，看見她盯著我看，停止說話。

「噢，不。」她提高音量說道，「我這整個星期一直聽到有人說伊蕾特拉在為盛宴作準備，可我萬萬沒料到會是這個樣子呀。」

她把賓客推到一旁，朝我走來。不過我跟她離得很遠，她必須用喊的，我才聽得到。

「妳這身裝扮是誰幫妳弄的？」她問道。

我掃視了一下幾個盯著我看的人，我附近沒有人，殿門已經在我身後關起來。

「來，快入座。」她說道，「別讓太多人看見妳。艾吉瑟斯，帶伊蕾特拉到餐桌，陪著她，或者找個人陪她也行。」

艾吉瑟斯跟一名同夥交頭接耳後，那個人便陪我走到餐桌。我坐在他和他的一個朋友中間，他們兩人閒聊了起來，我別過頭去，盯著正前方。有幾次，我盯著狄諾斯看，但是他始終沒發現我。多道佳餚端上桌之後，接著是動聽的致辭。賓客們杯觥交錯，看起來似乎大多把父王被謀殺的事忘得一乾二淨了。不過我可沒忘。我看著母后和狄諾斯說話，我看見她說故事給狄諾斯聽時，眼睛眨呀眨；我看見她聽狄諾斯說話時，拚命表現得嫵媚。我心裡想著父王，直到感覺到父王在這個殿堂裡，比這裡的任何一個人都還要真實，還要激動；這裡的人，個個都受到母后和她的姦夫以及他們的權力所宰制。

那天晚宴結束之時，我趁賓客離開時悄悄離席，沒人注意到我回到寢宮。

我只希望父王和姊姊能給我一個暗示，讓我知道弟弟還活著，總有一天會回來。但是我等了一會兒才問，等到我確定，等到我知道說出他的名字，不會只是造成空氣擾動而已。

有一天，我輕聲說了出來，我說出弟弟的名字。起初，寂靜無聲，於是我又輕聲請他們送個訊號給我，讓我知道他是否還活著。我靠著門站著，以防有人來打擾。

但是什麼都沒有出現，完全沒有訊號。

後來，我又去了父王的陵墓，我確定姊姊的靈魂還跟著我。空氣中雷鳴隆隆，光線呈現紫色。在陵墓旁邊等待之際，我走向父王的靈魂，想要靠得比以往還要近。就在此時，滂沱大雨降下，我頓然明白會發生什麼事了。

奧瑞斯特斯還活著。我終於知道了。他在某個地方，住在一棟屋子裡，安全無恙，受到保護，過一段時日才會回來。但是我卻在這裡，在這座陵墓，就能看見他。

聽說，他會回來，他總有一天會回來，我只需要耐心等待就行了。

奧瑞斯特斯

他們出發了，走得很慢，因為他們仔細挑選了一些很重的石頭，帶在身上，好對付下方農場裡養的狗。他們在清晨出發。趕路途中，李安德不斷談論各種應對之策，用意很明顯，奧瑞斯特斯明白李安德是要他們倆都別去想米特羅思、婆婆和那棟屋子。奧瑞斯特斯不禁想，將來不論發生什麼事，他們都不會再見到米特羅思、婆婆和那棟屋子了。

他們接近以前被狗包圍的那個地方時，走得更加謹慎。不久後，每走幾步，李安德就把食指放到嘴脣上，示意停下來聽聽看有沒有聲音。不過只聽到斷斷續續的鳥叫聲，和遠處海浪拍打岩石的轟隆聲。

他們走到那間屋子時，發現屋裡沒有住人，幾乎是荒廢了。他們站在原地，先往後看，再往兩邊看，才沿著植被蔓生的小徑小心翼翼走到門口。奧瑞斯特斯仔細聽有沒有狗或山羊的聲音，結果什麼聲音都沒聽到。門破破爛爛的，他推開門，門在鉸鏈上搖搖晃晃地擺動。

奧瑞斯特斯想像著他記得的場景——那名男子，他的妻子，狗，山羊，奧瑞斯特斯和兩個同伴的出現，看似可能會破壞原本耕牧自給、和睦安定的生活。他納悶著怎麼會人去屋空，那對夫妻究竟是遭受驚嚇而離開，還是理性思考一段時日之後決定離開。

他們原本以為會遭到攻擊，以為那個農夫一發現他們走近，就會放狗攻擊他們；他們來的時候繃緊神經，全神戒備，結果卻發現屋子空無一人、鴉雀無聲，幾乎感到失望。看到李安德的目光那一瞬間，奧瑞斯特斯覺得李安德也因為發現這裡什麼都沒有而感到失望。

李安德向奧瑞斯特斯打手勢，示意應該繼續走。他說他們應該扔掉一袋石頭，另一袋則繼續帶著，以防途中被狗攻擊。

他們朝著早晨的太陽走去，怪的是，除了樹叢裡有狐狸，幾隻兔子驚慌逃跑，還有蟋蟀和鳥的叫聲，這裡完全沒有人住的跡象。他們路過的房子，不是燒毀了，就是倒塌成斷垣殘壁。

要是李安德說走這一段路，只是要察看地形，建議之後回到婆婆家，奧瑞斯特斯絕對不會反對。不過李安德顯然決意繼續走。

六

「現在唯一安全的路徑就是爬山。」李安德說道，「如果我們繼續走這些小徑，很快就會遇到人。山裡有溪流。如果好好分配我們攜帶的糧食，應該足夠再吃個兩三天。」

「我們離王宮多遠？」奧瑞斯特斯問道。

「很難說。不過我確定走這條路是上上策。我能夠從太陽判斷方位。」

奧瑞斯特斯點點頭。他感覺得出來，他們一起住在婆婆家的那段時光，對李安德而言，已經沒什麼意義，那裡只不過是他們曾經待過的地方而已。李安德現在把全神都貫注在眼前的旅行，絞盡腦汁思考著如何才能安全抵達目的地。

他們爬上山，途中找到鵪鶉蛋和野生水果，休息了幾個鐘頭，才動身出發。李安德每隔一段時間會看向天空，但是似乎經常不確定應該往哪個方向走。由於沒有一條山徑是筆直的，因此很難一直朝同一個方向前進。

王宮在平原上，因此不論他們上上下下爬了多久，最後都還是得走兩天，甚至是三天，走過有人居住的平地鄉村，才能抵達王宮。奧瑞斯特斯心想，如果找得到民宅，就能向居民表明身分，提供賞金，請人陪他們走剩下的旅程，不過也可能因此再次被綁架。

從岩石地走到軟土丘陵後，李安德放陷阱，抓到一隻兔子，把牠殺了。李安德帶了生火的材料，費了點功夫才升起火。他們雖然很餓，但是仍舊覺得那兔肉難以下嚥，因為只有外面烤熟，裡面幾乎是生的。

他們再度動身趕路，遇到一群綿羊，駐足停下來聽了一會兒。

「我們可能比想像中的還要近許多。」李安德說道，「也可能一整天都走錯方向。我們得沿著山谷走。」

既然發現了綿羊，奧瑞斯特斯以為很快就會看見村莊和群聚的屋舍，但是地貌看來卻愈來愈光禿荒蕪，而且風聲颯颯，把沙子都吹進眼睛裡了。

「我們走到海附近嗎？」奧瑞斯特斯問道。

「我不知道，不過至少我們很安全。最重要的是保持警戒，說不定現在就有人在監視我們。」

奧瑞斯特斯環顧四周，赫然驚覺四周毫無遮蔽，顏色單調，光線昏暗，一個人，甚至一群人，要躲起來監視，不被發現，非常容易。

他們能做的只有繼續走了。李安德不用說，奧瑞斯特斯就知道了，走下坡時，得走到有遮蔽而且風比較弱的地方。

後來風不再吹得颯颯作響，被霧氣取代，霧氣剛開始出現時，像一個個的漩渦，不停旋繞打轉。有時候陽光能照穿霧氣，讓他們能夠看見遠處，但是有時候霧氣會變得很濃，被濃霧包圍時，他們就得靠得很近。

他們如此往前行，奧瑞斯特斯不再理會飢餓或口渴，甚至不再覺得疲憊。他把手放在李安德身上，感覺到李安德的肩膀好溫暖，感覺到李安德的意志堅定，這著實令他感到安心。

後來，霧散去，他們看見一座細窄的山脊，一條水流湍急的溪流切過，他們坐在溪畔，用手舀水喝。

「我知道我們在哪裡。」李安德說道，「再走半天就會到達一座村子。以前我跟我舅舅和表兄弟來過這裡，我們來打獵。我母親的家人來自那個村子。要是我們到得了那裡，就安全了。我舅舅們的家就在那裡，但是我們得小心——沿途有一些房子，我不曉得誰住在裡頭。」

奧瑞斯特斯感覺到李安德愈來愈急切。李安德走得很快，似乎更加深鎖於自己的世界裡，彷彿已經抵達目的地。他們路過的屋子全都是空的，他們進屋去找食物，但是一無所獲。那些屋舍雖然不至於是斷垣殘壁，但是看起來像廢棄好一段時間了。

「李安德。」他說。

「什麼事？」

「我跟你來，明智嗎？」

「怎麼會這樣問？」

「因為我父王或母后啊。」

「我認為我們最好別跟人說你是誰。我們就跟別人說你只是其中一個被綁架的男童就好了。」

奧瑞斯特斯看得出來，這一點李安德早就想好了。

抵達母親的娘家後，李安德大喊自己的名字。人一個個慢慢出現，全都跑過去擁抱他，反覆叫著他的名字。一名婦女流下淚來，一直說李安德的聲音跟他祖父的聲音一模一樣，不管在哪裡聽到，她都能認出來。

奧瑞斯特斯獨自站著，直到有個人注意到他。李安德沒有介紹他的名字，但是大家仍舊跟歡迎李安德一樣，熱情歡迎他進入屋內。愈來愈多親戚前來問候李安德，奧瑞斯特斯發現李安德始終保持穩重。

不論白天或夜晚，他們待在屋子裡的時候，李安德的家人幾乎不跟奧瑞斯特斯講話，奧瑞斯特斯後來才發現，顯然是李安德告訴他們，在他朋友面前，不要隨便說話。

奧瑞斯特斯走到他們為他準備的房間，以為李安德會來找他，結果李安德並沒有來找他。早上李安德才進房叫醒奧瑞斯特斯，說要等到入夜才離開，因為月亮夠圓，這樣的月光下行走於鄉間比較安全。

啟程時，李安德的兩位舅舅先陪他們走一段路，走到一個交叉路口，才離他們而去。只剩下他們兩人之後，奧瑞斯特斯大膽問李安德，知不知道他們不在的那段期間發生了什麼事。

「發生了可怕的事。」李安德說道。

「哪裡？」

「我家。」李安德說道。

他沒有再繼續解釋下去。

「我們必須先去我家，我們兩個一起去。」李安德最後說道。

「為什麼？」

「這是我家人給我的建議。這次，我會告訴我家人你是誰。」

「我母后還活著嗎？」奧瑞斯特斯問道。

「還活著。」

「伊蕾特拉呢？」

「還活著。」

「在宮裡嗎？」

「對。」

他們有一段時間不再講話。兩人徹夜趕路，李安德走在奧瑞斯特斯身旁，用手臂勾著他的手臂，偶爾會抓起他的手握住，或把手臂搭在他身上，放慢腳步。雖然這樣做讓奧瑞斯特斯感到安心，不過他也明白，或許李安德這樣做是要告訴他，雖然他們現在在一起，但是很快就要分開了；還有，在婆婆家裡發生的事，以後再也不會發生了。

曙光出現時，奧瑞斯特斯察覺李安德心情變得輕鬆，滿心好奇地環顧四周，對於再微小的事物都會駐足停下來看個仔細。奧瑞斯特斯不想破壞李安德的好心情，因此沒有問要在他家待多久。他們也沒有談論過要怎麼跟米特羅思的家人解釋，他們發現李安德回家後，絕對會來找他們的孩子。

他們走過他們認得的屋舍，經過時，狗吠叫了起來，但是奧瑞斯特斯並不覺得危險。不久後，奧瑞斯特斯發現已經走過前往王宮必須轉向的那個地方，於是默默地跟著李安德走向他家。

走到家附近時，李安德彈彈響指，吹吹口哨，一隻狗從屋子裡跑到他身邊。李安德對狗輕聲耳語，摸摸狗的頭，狗依偎著他，搖著尾巴。李安德跪下來，用自己的臉貼著狗的臉。他們繞到屋子後側，所有的狗都跟著他們。

顯然，屋子裡的人都還在睡覺，奧瑞斯特斯不禁納悶，李安德什麼時候才要大聲呼喊他父親、母親、祖父或妹妹的名字。結果，李安德試著開門，不過門全都鎖住了。他們靜靜坐在臺階上，仔細聆聽。最後有一名女僕要去取水，打開門，看見他們。她立刻驚恐地丟下容器，跑回屋子裡。李安德起身追了過去，抓住她，一手摀住她的嘴，一手抓住她的手腕，低聲解釋自己是誰。奧瑞斯特斯站在附近，李安德告訴那個驚恐的女僕，別把大家叫醒，不用去通報他回來了。他吩咐女僕去拿吃的和喝的到桌上給他和奧瑞斯特斯，就當作這只是普通的早晨，他從來沒離開過。

女僕似乎緊張不安，不知所措，開始準備餐點，把蛋、醃製肉、麵包、乳酪和橄欖一一拿到桌上。她找了個水壺，又到屋外取水，仍舊警戒地回頭瞥了那兩名訪客一眼，回到屋子裡之後，更是站得離他們遠遠的。

李安德的母親最先進入廚房，她一看見他們，就驚聲大叫，沿著廊道跑到每間臥房。李安德跟過去，奧瑞斯特斯聽到李安德的母親叫喚家裡的每個人，催促他們趕緊起床，到一間可以上鎖的廂房集合。

「他們回來了。」她大叫道，「那些人回來了。」

李安德快步沿著廊道走，大聲叫喚自己的名字，大聲說自己回來了。但是不管他說什麼，都無法止住各個房間裡傳出來的哭聲。一會兒過後，他回到廚房，跟那名女僕說話。

「能否請妳告訴他們，我是李安德，我回來了？」

「他們不會相信我呀。」她說道。

「能否請妳剪一綹我的頭髮，拿給我母親看？」李安德問道。

「你的頭髮變了。」她說道，「你也變了，我認不出你了。」

「妳沒辦法說服他們嗎？」

「自從老爺被抓走之後，大家就嚇得要死。」

李安德黯然看著奧瑞斯特斯，沒有露出驚訝的表情，顯然，在母親家，大家提醒過他，會出現這樣的情形。

李安德站在廚房門口。

「我是李安德啊！」他大喊道，「我被綁架，我逃出來了，現在回到家。拜託大家出來呀！我就坐在桌子前！我是李安德啊！」

他走回來坐下。

「我們吃吧。」他對奧瑞斯特斯說道，「一定會有人出來的。」

奧瑞斯特斯好想溜走。他發現李安德根本沒有在注意他。來這裡的旅程可是李安德精心籌劃的，這點奧瑞斯特斯看得出來，但是結果卻出乎李安德的預料。他們吃著餐點，女僕仍舊緊張兮兮地監視著他們，沒有人出現。最後，李安德又站起身，走到屋外，開始朝窗戶裡頭喊叫，大喊自己的名字，再次告訴他們他回來了。

第一個出現的是一名年輕女子，她站在廚房門口，盯著那兩名訪客看，沒有說話。她穿著睡衣。奧瑞斯特斯發現她身材高䠷，頭髮烏黑，眼睛幽暗。李安德從椅子上站起身，走過去要抱她，她卻嚇得往後退縮。

「你們趕快離開。」她說道，「我們已經承受夠多的苦。你們還想抓誰呀？」

「伊安詩。」李安德柔聲說道，「我是哥哥呀。我要怎麼做，妳才會相信我是李安德呢？」

她放聲大叫一聲後，旋即沿著廊道跑走。

不一會兒，他們都出來了，有的獨自走過來，有的兩兩走過來，站在廚房門口，有柯本和瑞莎，瑞莎的父母，柯本的母親達契雅；還有一對夫妻帶著幾個孩子，奧瑞斯特斯猜他們應該是瑞莎的遠房親戚。

瑞莎最先走進廚房，去碰觸李安德。

「他是誰？」瑞莎指向奧瑞斯特斯問道。

「奧瑞斯特斯。」李安德說道。

「他來這裡幹什麼？」她問道。

「他跟我一起逃跑。」

「米特羅思呢？」

「我們必須去跟他的家人說他死了。」李安德說道。

瑞莎發出了一個聲音，聽起來像極了笑聲。

「沒地方去了。他們不是被殺，就是被抓了。」

「他們是指誰？」

「米特羅思家一家人。」

「什麼時候發生的事？」

「你爺爺被殺死或被抓走的時候。」

「這事我不知道啊。」李安德說道，所有人都看著他，「在村子裡沒有人告訴我。」

伊安詩再度緩緩走到他面前，開始撫摸李安德的臉、肩膀、背、胸膛，其他人仍舊站在廚房門口猶豫，不敢走近。

「我們以為你死了。」伊安詩說道，「我們需要一些時間才能相信你還活著。」

「有人跟蹤你來這裡嗎？」柯本一邊問，一邊走進廚房。

「沒有。」李安德說道。

「你確定？」

「確定。」

「他為什麼跟你一起來這裡？」他父親指著奧瑞斯特斯問道。

「村裡的人告訴我，這樣比較安全。」李安德說道。

「或許這樣做是明智的。」柯本說道，「他應該暫時待在這裡，這樣他們就不知道你回來了。」

「他們是指誰？」奧瑞斯特斯問道。

「你母親和艾吉瑟斯。」柯本說道，聲音中明顯透露出恨意。

六

李安德和奧瑞斯特斯之間有一些話題，彷彿密語似的；在婆婆家中，聊天氣、食物、農場牲畜時，他們經常聊著聊著就開起無傷大雅的玩笑，盡情嘲諷彼此的缺點和弱點。現在李安德的家人在一旁時，他們就得節制，盡量別多話，因為他們之間的談話經常讓其他人聽得心神不寧。

奧瑞斯特斯發現這一家人個個都小心防備。柯本天天都會出門，探察食物的供給狀況，或者到市場，但是回來時總是垂頭喪氣繃著臉。後來大家漸漸明白，柯本想要聽的消息，只有父親下落，不過由於他什麼也沒說，因此大家自然認為，他在大街小巷或市場裡沒有打探到任何消息。

伊安詩跟其他人不一樣，似乎聽得懂、甚至喜歡奧瑞斯特斯和李安德講的話，不過她只有跟他們倆獨處時才會表現出來。其餘的時間，她都跟家人一樣，沉默不語，假裝討厭他們倆彼此談話與開玩笑的方式。

起初那幾天，有幾次他們試著談論逃跑的經歷，講述婆婆的家，但是旁人全都聽得一臉茫然困惑。全家人老是圍繞在李安德身邊，講述他被綁架那天早上的情況，卻絲毫沒有人想要知道他去過哪裡，經歷過什麼事。他曾經離開他們身邊，知道這樣就夠了。

奧瑞斯特斯很快就察覺到，屋子裡有人會竊竊私語，他們會說給李安德聽，卻不讓奧瑞斯特斯聽。

由於李安德的外祖父總是沒辦法壓低嗓門，因此奧瑞斯特斯聽到他們說，需要李安德回到母親娘家的村子，跟母親娘家的人一起去找一個舅舅；李安德的那個舅舅跟阿迦門農一起去打仗，跟著他凱旋歸國，最後卻跟被俘虜的奴隸一起被帶走。

奧瑞斯特斯聽見李安德的外祖父說，他們準備要造反了，因為統治者變得懶散，警覺降低，武裝也不像以前那麼精良。李安德的外祖父說，要打倒統治者並非易事，但是現在是千載難逢的良機，李安德應該馬上動身離開。

六

慢慢地，似乎也是刻意地，那一家人想出如何拉李安德加入談話，打斷他和奧瑞斯特斯的私下談話，就這樣對奧瑞斯特斯視若無睹。李安德每每看見家人這樣做，總是覺得尷尬，但是不管他再怎麼努力幫奧瑞斯特斯融入家人的生活，終究徒勞。

奧瑞斯特斯最後告訴李安德，他想要回王宮。李安德聽到後一點也不驚訝。

「妳姊姊每天下午都會到國王的陵墓。」李安德說道。

「你見過她嗎？」
「我母親和妹妹見過。」
「如果我們去那裡，能夠見到她嗎？」
「你一離開這間屋子，就會被發現。他們會要你回宮。」
「什麼事是我不應該告訴他們的嗎？」
「別告訴他們我們途中去找過我母親的家人。還有，千萬別把你在這間屋子裡聽到的話說出去。」
「我可以告訴他們我跟你一起回來嗎？」
李安德猶豫了一會兒才回答。
「我父親擔心有人會注意到我回來，他之所以要你待在這裡，就是不想要讓他們知道。但是他認同你現在回宮會比較好，因為遲早有人會發現你在這裡。盡量少說話吧。」
「有什麼事——？」
「如果你得知關於我爺爺的任何事，一定要派人過來傳訊，就算是雞毛蒜皮的小事也好。」
「是誰抓走他？」
「奧瑞斯特斯，別問了。」
「是艾吉瑟斯綁走他的嗎？」
「是跟艾吉瑟斯親近的人。或許是跟艾吉瑟斯親近的人吧。」
「我會全力查清楚。」

幾日後，下午由瑞莎和伊安詩帶路，他們走狹小的巷弄和荒僻的小徑，前往陵墓。他們躲在一座墓碑後面，奧瑞斯特斯看到伊蕾特拉站在一座墳墓前面，低聲禱告，雙臂朝天高舉。

「那是你父親的陵墓。」瑞莎低聲說道。

奧瑞斯特斯很難想像，他記憶中身材高大、氣勢威嚴的父王，此時動也不動地躺在地底下，肉身腐爛，只剩骸骨。

他們慢慢走近陵墓，瑞莎和伊安詩待在一段距離之外。伊蕾特拉往上看，奧瑞斯特斯心中湧現一股迫切的渴望，好想過去抱住她，卻也萌生一股同樣強烈的念頭，想要與她保持距離，彷彿她的存在代表充滿苦難的真實世界，而奧瑞斯特斯寧可待在那個為他製作的繭裡面，那個繭雖然只是短暫存在，卻柔軟舒適。

一開始伊蕾特拉並沒有看奧瑞斯特斯，反倒注意李安德，片刻後才將銳利的目光完全鎖在奧瑞斯特斯身上。

「我的禱告靈驗了。神明終於對我微笑。」

「我把他帶回宮了。」李安德柔聲對伊蕾特拉說道，「我把他安全送回您身邊。」

幾名王宮守衛快步跑向他們，李安德見狀趕緊退開，轉身跑向母親和妹妹。奧瑞斯特斯的目光緊緊跟著李安德，但是李安德沒有回頭。

守衛跑在前頭，去向王后稟報王子終於回來了。奧瑞斯特斯和伊蕾特拉從陵園沿著小徑走向王宮，王后獨自一人等候他，完全沒有人保護，非常容易遭到襲擊。奧瑞斯特斯走到離王后只有咫尺時，王后雙臂朝天高舉。

「這就是我唯一期盼的呀。」她說道，「感謝神明呀。」

王后緊緊抱住奧瑞斯特斯，拉他一起進宮，大呼小叫地吩咐侍女把奧瑞斯特斯的房間整理好，把餐點準備好，並且叫喚艾吉瑟斯，不論他在哪裡，要他立刻過來。王后再次緊緊抱住奧瑞斯特斯，輕吻他，吩咐侍女去找來一名裁縫師，幫王子製作合穿的新衣裳。

艾吉瑟斯過來之後，奧瑞斯特斯便學起李安德在母親娘家的模樣，努力裝得穩重。他看見母后的情夫想要抱他，旋即緩步走開，好像心裡想著更重要的事似的。他注意到伊蕾特拉從頭到尾專注地觀察他。

翌日，裁縫師正在幫他量新衣的尺寸時，王后走進寢宮，繞著他打轉，仔細吩咐裁縫師該怎麼做。王后熱切激動，滔滔不絕地說個不停。

「你變得好高呀。」她說道，「都比你父王高了。」

她說話時，臉上掠過一抹陰鬱，聲音裡也流露出一種緊張的情緒。

「我有事要問母后。」奧瑞斯特斯說道。

「你想弄清楚的事一定很多。」

「是的，沒錯，不過現在我只想問母后是否知道李安德的祖父的任何消息。」

「不知道。」王后說道，「我完全不知道。」

她緊盯著奧瑞斯特斯的眼睛，臉不禁漲紅了起來。

「這段日子，時局十分艱難。」她繼續說道，「諸多流言四起。是他們請你來打聽他的事嗎？」

「不是，不過他們說他被綁走。他們很擔心。」

「真是令人遺憾呀。不過你最好別插手，我猜這是家族之間的鬥爭。希望你能瞭解這一點。」

奧瑞斯特斯點點頭。

「對我們而言，最重要的事就是你回家了。或許此刻我們不應該去想別的事。」

六

儘管母后和姊姊把奧瑞斯特斯當孩子對待，老是問他有沒有吃飽，床夠不夠舒適，不過在宮裡，他不論走到哪，大家都會畢恭畢敬地向他行禮，有時候甚至是帶著一股敬畏。對守衛和侍女而言，他是國王的兒子，回來繼承王位。

這表示他走在廊道上時，或是偶爾獨處時，都很清楚自己的角色與重要性。然而，有時候，他會覺得自己好像還在李安德的家裡。王后總是會打斷他的談話，經常感謝神明保佑他回來，屢屢提及很想念他，還有自己和艾吉瑟斯費了多少心力才叫綁匪放了他。

伊蕾特拉跟王后一樣，變得比較開心，經常對他述說他不在時，自己有多難過，現在他回來了，自己大感寬心。他發現，每當母后和姊姊以為他要開口說話，就會緊張起來；如果他看起來準備開口說話，她們就會趕緊繼續問他有沒有哪裡不舒服，彷彿要清楚表明，在她們心中，他仍舊是個孩子，是兒子，是弟弟，被綁走好久，現在才回家。

就他看來，她們跟李安德的家人一樣，對於他經歷的事情和他去過的地方，毫無興趣。艾吉瑟斯每次看到奧瑞斯特斯，總是笑嘻嘻，不過用餐時，他會讓克呂泰涅斯特拉王后主持大局，不時離開廳堂，去接見前來稟報信息的屬下，經常聽得面色凝重、眉頭深鎖。

打從一開始，奧瑞斯特斯就被告誡要注意安全，不論他到哪裡，通常都會有幾名守衛跟著。然而，有一次，他支開守衛，偷溜去李安德的家，結果瑞莎卻冷冷地告訴他，李安德已經不住在那裡，她也不知道李安德的下落。

有一天，在王后的寢宮裡，奧瑞斯特斯跟王后、艾吉瑟斯、伊蕾特拉一起坐在桌子旁，他們把輕鬆的話題都聊完了，關於他和他舒不舒適的問題也都問完了。他感覺到寢宮裡氣氛緊張，一一看向每個人，看誰想要打破這緊張的氣氛。他幾乎聽得到母后思考著有什麼能讓人平心定氣的輕鬆事可以說。

「你知道嗎？」最後她開口說道，「每天早上都有大臣排隊要見我，問我關於地權和水權的問題。也有人是來跟我商議該如何解決繼承王位的問題以及過往的紛爭。艾吉瑟斯說這樣政務太繁重了，得把那些人打發走，有些來求見的人甚至可能有危險。不過我認識他們，你父王在世的時候，我就認識那些人了。他們會來，是因為他們像信任你父王那樣信任我。早上有時候我會派人帶他們進宮。能進宮，他們通常就心滿意足，甚至那些只能在宮外等候的人，也心甘情願。我准許他們入宮，到你父王的守衛以前待的那間房間，聽他們稟報政事。再過不久，奧瑞斯特斯，你就必須跟在我身邊協助我。你也必須聽政。你願意跟在我身邊輔政嗎？」

奧瑞斯特斯只是漠然點點頭，心裡想著如果李安德是他，應該會這樣做。王后繼續談論自己肩負的任務，深入談論細節，愈講愈激動，其他人都保持沉默。

「母后可以告訴我，父王打完仗回來後發生了什麼事嗎？」奧瑞斯特斯打斷她說話。

王后把雙手放到嘴巴上，緊張地看著艾吉瑟斯，作勢要起身，旋即又坐回椅子上，清了清喉嚨，用銳利的眼神看著奧瑞斯特斯。

「我們實在是萬分幸運。」她說道，「我們能活著，實屬萬幸啊。我們能活著，都得感謝艾吉瑟斯。是他發現有人密謀要對付我們所有人，要不是他的手下及時平定謀反，我們全都會死無葬身之地。」

伊蕾特拉先是盯著地板，又看向窗戶。

「是誰殺了父王？」奧瑞斯特斯問道。

「母后正要說的就是這件事。」王后說道，「你父王的幾個手下密謀殺害他。唉，他們假裝對他畢恭畢敬！唉，他們假裝對他唯命是從！我承認，你父王返抵時，我完全沒發現異狀。或許是因為見到他回來，太開心了，才沒有察覺異狀。我當時因為終於卸下所有政務的重擔，太開心了。」

她停下口，又把雙手放到嘴上，看向窗戶。

「到底發生什麼事？」奧瑞斯特斯問道。

「母后實在難以說出口啊。」王后答道，「我們及時發現，救了你和你姊姊，我也及時躲起來。但是來不及救你父王，來不及了。我一想到這裡，就無法承受啊。」

她的聲音顫抖了起來。

「救我？」奧瑞斯特斯問道，「你剛剛是說『救我』嗎？」

「我們要確保你安全。」王后說道。

「如果那些人只是要救我，確保我安全，」他問道，「為什麼把我帶到那麼遠的地方？」

「確保你的性命無虞。」王后答道，「確保敵人沒辦法找到你。如果我們不那樣做，他們一定會追殺你。」

「是誰下令把我帶到那個地方？難道沒有別的地方可以躲嗎？」

「我們失算了。」王后說道，「我們很快就發現失算了。後來我回想起來，才知道我們失算了。」

她的聲音顫抖了起來。

「聽我說，奧瑞斯特斯，我沒辦法控制那些人。他們是艾吉瑟斯派去的，但是他也控制不了他們。我當時以為那樣做最安全。後來我們派了兩個人去找你，但是他們沒有回來。接著我們又派人去找，他們依舊找不到你。我以為我搞砸了，以為我們失去你。我以為我不只失去你父王，也失去你，還有你姊姊伊妃姬尼亞。我以為我只剩下伊蕾特拉。去找你的人回來之後，向我稟報找不到你。我們盡全力去找你，但是實在是沒辦法控制綁走你的那些人。艾吉瑟斯，你說對吧？」

艾吉瑟斯打翻酒杯，趕緊把酒杯擺好，惡狠狠地用威嚇的眼神瞪視王后，接著冷靜地往玻璃杯裡重新斟酒。

「當時我們驚恐萬分。」王后繼續說道，「全力設法化解危局。我現在能做的，只有感謝神明保佑，至少我們現在很安全。」

「在母后送我去的那個地方，我並不安全。」

「奧瑞斯特斯。」王后說道，「不是母后送你過去的。」

奧瑞斯特斯把椅子往後推，站起身走到對面。

「為什麼艾吉瑟斯在這裡？」他問道。

「他在這裡保護我們啊。」

「他為什麼要跟我們一起待在這個寢宮？為什麼跟我們一起坐在這張桌子前？」

奧瑞斯特斯注意到伊蕾特拉驚訝得張開嘴。

「因為有人造反呀。」王后說道。

「是因為這樣他才必須跟我們同桌共坐？」奧瑞斯特斯直視著艾吉瑟斯問道，「難道我們就非得跟他同桌用餐嗎？」

「奧瑞斯特斯。」王后說道，「我現在只能靠他保護。我們全都身處險境吶。」

奧瑞斯特斯走回餐桌，走過艾吉瑟斯身旁時，停在他身後，伸手撥弄他的頭髮，狀似溫柔親暱，就像以前婆婆撥弄米特羅思的頭髮那樣。

艾吉瑟斯站起身，彷彿受到威脅或攻擊似的。

「奧瑞斯特斯，不可以那樣做！」王后大聲喝斥。

「我確定他在這裡非常受歡迎。」奧瑞斯特斯說完便又坐下來。

六

稍後，他回想母后說的話時，清楚記得母后的聲音，還有母后提到父王和伊妃姬尼亞時的表情，既哀傷又困惑。其實他並無意那樣公然挑釁艾吉瑟斯，他說出艾吉瑟斯做的那些事，本來只是要開玩笑，結果卻說得失控；如果是跟李安德聊天，絕對不會出現這樣的情形，他們倆總能聊到開懷大笑。還有，奧瑞斯特斯撥弄艾吉瑟斯的頭髮，是要表明自己無意傷害他。但是他從艾吉瑟斯和母后的反應看得出來，他們倆是多麼緊張不安。

那天晚上伊蕾特拉到奧瑞斯特斯的寢宮，奧瑞斯特斯正要解釋這件事時，伊蕾特拉卻先開口說自己沒辦法久留，提醒他小心提防，還說他被監視了，他說的一字一句都被監聽。

「誰在監視我？」他問道。

「他們想知道你站在誰那邊。」

「你說的他們是指母后和艾吉瑟斯嗎？」

「不管說什麼，都要小心留意。別再問問題了。」

伊蕾特拉看向門口，好像有人在偷聽似的。

「我得走了。」她輕聲說。

翌日，奧瑞斯特斯從自己的寢宮走到母后的寢宮時，看見艾吉瑟斯朝他走來。奧瑞斯特斯停下腳步，準備問候艾吉瑟斯，心裡很高興能跟他聊一會兒，不被打擾；如果艾吉瑟斯願意聽，他想要解釋前一天發生的事。然而，艾吉瑟斯一見到奧瑞斯特斯就假裝忘了拿東西，調頭立刻走開。

奧瑞斯特斯養成習慣，每天都會花一些時間陪母后和伊蕾特拉。接近中午時，他跟母后一起坐在王宮前側的一間偏殿裡。他們經常看到有人前來求見，通常是獨自前來。有一天，有個人前來求見，稟報叛亂的事，王后等到跟奧瑞斯特斯獨處，才又提起這件事。

「你聽到我們在談造反的事了吧？」她問道，「國內叛亂不止，時時刻刻都有人結黨作亂，造成國家始終動盪不安。我們一直都在打仗，每天都會接獲戰報。母后跟你父王學到一件事，你也必須謹記在心，那就是你信任的朋友，是最不能信任的人。我派人盯梢每個盟友，再派人盯梢去盯梢的人，命令每個密探仔細監視，隨時回報。保護權力之道，就是絕對不要相信任何人。我會一一告訴你哪些人是密探。你也可以向艾吉瑟斯請益，他時時刻刻保持警戒。奧瑞斯特斯，我們的敵人只能走運一次，但是我們必須時時刻刻保持警戒。現在你回來了，你可以變成我的耳目。但是你誰都不能相信。」

他驚覺，一起用餐時，或接見賓客時，或在花園裡散步時，母后經常說變就變。母后前一分鐘還憂心忡忡，下一分鐘就變得喋喋不休，輕鬆自在地閒話家常。

伊蕾特拉公開聲明，下午盡量別去打擾她。她每天都會去父王的陵墓，再回到寢宮。日落時，她會接見奧瑞斯特斯。平常奧瑞斯特斯問及日前伊蕾特拉告誡他應該謹言慎行是什麼意思，伊蕾特拉總是充耳不聞；平常他問伊蕾特拉知不知道是哪些人殺害父王，或是李安德祖父的事，伊蕾特拉都沉默不語，只是指向門口。

不過，在日落這段姊弟獨處的時間，姊姊會關心他之前去了哪裡。有他相伴，姊姊就比較不會那麼焦慮。他被帶走之後發生了什麼事，還有他是如何逃脫的，他一五一十告訴姊姊，而姊姊也會專心聆聽。

他雖然講得鉅細靡遺，但是並沒有說出他殺了那名寢室守衛和找到婆婆家的那兩人。關於李安德的事，他也是盡量不多談。不過伊蕾特拉最感興趣的是婆婆的家。奧瑞斯特斯發現，跟伊蕾特拉說婆婆和米特羅思的事，心裡能獲得慰藉，因此他每天都期待見到姊姊。

有時候，伊蕾特拉會談到神明，說自己相信神明，唸著神明的名字，述說神明擁有的神力。

「我們生長在奇怪的時代。」伊蕾特拉說道，「在這個時代，神明漸漸消失。我們有時候仍舊看得見神明，有時候卻又看不見。神明的力量漸漸減弱。再過不久，世界就會不同了，將由日光統治，再過不久，就會變得不值得居住。你應該感到慶幸，你曾經被舊世界碰觸，在那個屋子裡，舊世界曾經用翅膀拂拭你。」

奧瑞斯特斯不知道該如何回答。伊蕾特拉一談到神明，就一臉落寞，接著，確認沒有人在門口偷聽之後，就會開始說王宮外的世界發生了什麼事。伊蕾特拉談到叛亂時，奧瑞斯特斯心裡明白，不能提母后說過的話，也就是時時刻刻都有叛亂爆發，因此，他只是仔細聆聽。

伊蕾特拉似乎對山區後頭的平原很瞭解，這令奧瑞斯特斯不禁感到驚訝。伊蕾特拉還說，躲在山區裡的反叛者，不僅沒有撤退，反而在集結勢力，締結盟友，擴增人數，奧瑞斯特斯聽到這些事，也相當驚訝。

然而，伊蕾特拉說不知道任何叛亂分子的名字時，他不禁懷疑伊蕾特拉的話到底有幾分真。奧瑞斯特斯料想李安德和他的幾個家人也參與叛亂，但是並沒有提及此事。

六

奧瑞斯特斯發現母后愈來愈常心事重重，陪他的時間也愈來愈少。有一次，他們坐在一起，艾吉瑟斯走進寢宮，對王后打了手勢，以為奧瑞斯特斯不會注意到。雖然母后試著繼續談論原來的話題，但是奧瑞斯特斯看得出來，母后不再把心思放在他身上。不一會兒，王后便找理由離開，說必須去處理侍女的事。但是奧瑞斯特斯不相信，知道母后是要去處理更重要的事。

七

王宮夜裡很安靜，有時候奧瑞斯特斯睡得很熟，早上醒來後，心裡好希望仍舊是夜晚，面對的是夢境，毫無知覺，不想面對充斥整個房間、令人不安的日光。愈來愈多人前來跟母后和艾吉瑟斯議事，母后試圖掩飾憂慮，在用餐時故意裝得興高采烈。伊蕾特拉反而變得愈來愈沉默寡言。

不過愈來愈習慣寂靜之後，他才赫然發現，夜晚宮裡並非真的完全寂靜。他漸漸聽到了聲音——比方說，有人輕聲在廊道上走動，或微弱的耳語聲，接著會有一陣子沒有任何聲響。過不久，他便開始在深夜裡躲在寢宮外頭窺視，結果看見艾吉瑟斯來來去去，快速移動，王后也經常在廊道上遊走。他甚至發現伊蕾特拉從自己的寢宮走到廊道對面的一間廂房。

守衛只是站著警戒；守衛的職責是防止有人闖入，攻擊王室，似乎不是阻止王室在王宮裡遊蕩。起初，奧瑞斯特斯以為守衛會待在指定的崗位上，絕對不會移動，就像傢俱一樣。然而，有一天晚上，他躲著偷看時，發現艾吉瑟斯離開平常跟母后睡的那間寢宮。奧瑞斯特斯看見艾吉瑟斯慢慢走向一名守衛，叫喚守衛，示意守衛跟他走。兩人走進王宮前側一間很少使用的廂房，其他的守衛似乎對他們視而不見。奧瑞斯特斯等了一會兒，想看看他們會不會回來；結果他們沒有回來，於是他獨自偷偷沿著廊道走，經過守衛時假裝沒看見。他走到艾吉瑟斯和那名守衛進去的那間廂房，躲在門外。

他聽見的聲音，他很熟悉，絕對不會聽錯。他不禁納悶，母后是否曾經親自在這樣的夜裡跟蹤過艾吉瑟斯，聽到這種喘息聲和激烈的呼吸聲。

他想到伊蕾特拉時，也不禁納悶了起來。伊蕾特拉穿過陰暗的廊道，也是要去赴祕密幽會嗎？他馬上思索著，要是李安德聽到這件事，會說什麼，會提出多少問題與評論。不過他旋即又想到，自己沒辦法把這件事告訴李安德。他必須對這件事保密，直到李安德回來。

有一天晚上，奧瑞斯特斯醒來後，看見伊蕾特拉在廊道上，一名守衛跟著她走進一間廂房，隨即又看見另一名守衛也走進廂房。奧瑞斯特斯在房外偷聽，只聽到低聲私語；聲音小到連是誰在低聲私語他都聽不出來；不論在談論什麼，語氣總是很嚴肅。

漸漸地，他終於能夠分辨各個守衛，只有兩名守衛會跟艾吉瑟斯進廂房，不過有數名守衛會到廊道對面的廂房跟伊蕾特拉竊竊私語。有一天晚上，他躲著偷看母后在廊道上走來走去，心裡不禁猜想，是否也會有一名守衛跟著她偷偷溜進其中一間廂房；她看起來像在夢遊，或在思考難題。奧瑞斯特斯知道，即便母后走過他附近，也不會注意到他。王后正在想事情，獨自苦思，完全不受干擾。

有些白天站崗的守衛經常被調到夜間站崗，有一名日間守衛，奧瑞斯特斯在被綁架之前就認識了。那名守衛的父親也是守衛，以前奧瑞斯特斯想要鬥劍的時候，總是樂意陪他玩耍。奧瑞斯特斯記得老守衛以前經常把兒子帶在身邊，當時那名日間守衛還只是個孩子，脾氣溫和，雖然年長了幾歲，也總是樂意陪他玩耍。

現在那名日間守衛長大成人，白天在奧瑞斯特斯的房門附近站哨。起初，他嚴守規矩，奧瑞斯特斯走過他面前時，他都只是點點頭。每當奧瑞斯特斯跟他說話，聊起兒時鬥劍，詢問他父親的狀況，他都嚴肅地簡短回答。他調到夜哨後，仍舊很少跟奧瑞斯特斯噓寒問暖。

然而，那名守衛慢慢變了。他一上哨，就會馬上跟奧瑞斯特斯報告，讓奧瑞斯特斯知道另一名守衛離開了，他來頂替。他似乎認為由認識的守衛來站崗，奧瑞斯特斯會比較高興，比較自在。

有一天晚上，奧瑞斯特斯醒來，仍舊躺在床上，清了清喉嚨。就只發出一聲，他以為廊道上沒有人會聽到。不過那名守衛聽到了，進入寢宮，坐到床邊，問他是否需要什麼。奧瑞斯特斯回答自己只是醒來，應該很快就會再入睡，守衛觸摸他一下，旋即把手拿開。

「我是李安德的人。」守衛低聲說道，「我父親跟他祖父是朋友。是李安德叫我來這裡的。我花了點時間才調過來，因為不能讓別人發現。」

「李安德在哪裡？」奧瑞斯特斯問道。

「跟反抗軍一起躲在山裡。」

他們仔細聽廊道上有沒有聲響。

「李安德說殿下跟他是朋友。」守衛低聲說道。

「沒錯。」

「他說殿下會幫他。」

「告訴他——」奧瑞斯特斯說道。

「我得走了。」守衛說道，「如果可以的話，我會再過來。」

下一次守衛過來時，清楚表明他們不能說話，廊道上有太多人來來去去了。再下一次進入寢宮時，守衛待得比較久，告訴奧瑞斯特斯，對於眼下發生的事，還有李安德的下落，他已經沒有新消息，不過一有新消息，他會馬上前來稟報。

那名守衛偶爾在夜裡來到寢宮，對奧瑞斯特斯而言，變成了回宮儀式的一部分。在這緩慢的回宮儀式中，奧瑞斯特斯每天分別撥時間陪伊蕾特拉和母后；現在母后更加需要他陪伴，因為母后說艾吉瑟斯已經集結大軍，準備一勞永逸地平定最近爆發的這場叛亂。

起初，奧瑞斯特斯試圖問守衛問題，但是守衛總是用手摀住嘴巴，暗示可能會有人躲在門口偷聽。即便是他們兩人獨處的時候，守衛也都盡量不發出聲響，並且勸奧瑞斯特斯，在漆黑的寢宮，不管他們之間發生什麼事，都別打破寂靜。這也變成了儀式的一部分。

有一天晚上，守衛從寢宮裡準備回到崗哨，打手勢要奧瑞斯特斯跟著他。接著他們兩人都站在廊道上，守衛仔細聆聽有沒有聲音。確定寂靜無聲後，他便拉著奧瑞斯特斯的手，陪奧瑞斯特斯走回寢宮，走到離房門最遠的角落，站在奧瑞斯特斯身旁，開始低聲耳語。

「狄奧多圖斯和米特羅思大人還活著。」他說道。

「不可能。」奧瑞斯特斯輕聲說道，「米特羅思死了啊。他死的時候，我在他身邊。」

「我是說他父親米特羅思還活著。狄奧多圖斯也還活著。李安德請殿下前去他們被監禁的地方。這就是我要傳的話。監禁他們的地方離這裡不遠。」

「有人看守他們嗎？」

「有，不過晚上沒有人。」

「我們可以找人幫忙救他們嗎？我們可以找李安德的父親幫忙嗎？」

「李安德堅持必須從宮裡救他們，柯本沒辦法入宮。狄奧多圖斯和米特羅思大人被監禁在花園下面的地牢。」守衛說道，「我們必須趕緊行動，因為米特羅思大人活不了多久了。」

「我們有辦法獨自去救他們嗎？還是要找幾個人一起去？」奧瑞斯特斯問道。

「我們需要找人帶領我們。」

「是誰監禁他們？」奧瑞斯特斯問道。

「我不知道。」守衛說道，「我只知道狄奧多圖斯大人是李安德的祖父，李安德要把他救出來。這是李安德要我向你轉達的信息。」

翌日晚上，守衛說自己跟柯本聯絡了，柯本已經幫狄奧多圖斯和米特羅思兩人準備好藏身處。他們過了陵園，柯本就能與他們會面。柯本會帶幫手，或者至少會確保走在街道上，不會遭人阻攔。有些守衛效忠李安德，這件事他們會辦妥。

奧瑞斯特斯不想要傳達公開支持的訊息給李安德，因為李安德跟反抗軍在一起，公然支持李安德，看起來像背叛或反抗母后。但是他不想要拒絕李安德的請求。他也不想要把守衛轉告的信息告訴姊姊，他知道他得獨自處理這件事。他可以什麼都不做，也可以依照李安德的請求，陪守衛到據說是囚禁狄奧多圖斯和米特羅思的那個地方。

如果他去了，找到他們，就能當場再作另一個決定。他沉思著可能會有什麼後果之際，他告訴自己，他是父王的兒子，只要他想要，他自然能在宮裡運用權力；不過他也是母后的兒子，母后警告過他，千萬不要相信任何人。

他不禁想，如果父王遇到這種情況，絕對不會什麼都不做。他清楚記得父王發號施令的聲音和語氣是多麼地堅定。倘若是他父王遭遇這事，他父王可能會小心行動，絕對不會害怕得龜縮在寢宮裡，一定會採取行動。

守衛和奧瑞斯特斯想出了計劃，守衛已經拿到廚房後面一間廂房的鑰匙，那間廂房裡有一道側門，他們兩人可以找個沒有月亮的夜晚，從那道側門出宮。

六

兩日後的晚上，守衛進入寢宮時，奧瑞斯特斯已經醒來準備好了。

他們在寢宮外靜靜站了一段時間，好讓眼睛適應黑暗，才走出王宮，出了王宮後，他們轉向凹陷的花園的側邊，繞到花園後方。兩人沒有說話，默默走過乾涸的溪流。

他們走到一個地方，守衛說狄奧多圖斯和米特羅思便是被囚禁在那裡的地底下，於是兩人趕緊用手摸索，想找出覆蓋在泥土下面、表面堅硬的地板門。他們找到後，拉開地板門，聞到下方傳來惡臭難聞的味道，不只有土壤和矮樹叢腐爛的味道，還有人的排泄物的味道。

奧瑞斯特斯走下階梯，進入黑暗中。走到泥地後，他便叫喚被綁架的狄奧多圖斯和米特羅思的名字，但是一開始沒有聽到任何聲音，沒有人回應。

最後他終於聽到一聲呻吟聲，趕緊說出自己的名字和李安德的名字，並且表明自己是來救他們。他聽到有人輕聲叫了「米特羅思」這個名字。他探索著地底空間，試圖找出那個聲音是從哪裡傳來，一方面也避免失去自己的方位。儘管沒有光線，他仍舊漸漸感覺到那兩個人在哪裡。他伸出雙手，結果有一雙手抓住他，他感覺那雙手雖然骨瘦如柴，卻強而有力，急切地抓住他。

「幫我扶他起來。」有一個聲音說道，那個聲音聽起來很鎮定。

奧瑞斯特斯和守衛扶一個人站起來，奧瑞斯特斯猜那個人是米特羅思。兩人繼續扶他走到階梯。他們必須推著米特羅思一階一階往上走，緊緊抓住他，以防他往後摔落。米特羅思氣喘吁吁，渾身無力。他們走到接近地面時，奧瑞斯特斯從米特羅思身邊擠過去，米特羅思被入口的側框擠壓到，痛得縮身。奧瑞斯特斯抓住他的手腕，把他往上拉，扶他站好。就在此時，另一個人也出來了，奧瑞斯特斯知道他就是狄奧多圖斯。

他們慢慢走出王宮的轄地，穿過陵園，米特羅思被奧瑞斯特斯和守衛攙扶在中間，低聲自語，嗚嗚呻吟。

跟地牢裡的漆黑相比，夜晚幾乎可以算是明亮了。他們在一條街道的轉彎處經過第一棟屋舍，守衛打手勢要奧瑞斯特斯停下來。柯本靠著牆站著等。守衛說自己要回王宮，請奧瑞斯特斯和柯本帶那兩個人去藏身處。

他們繼續前行，沒有遇到任何人。奧瑞斯特斯不知道這些街道上，平常會不會有守衛徹夜站崗，但是他猜應該有人密切監視著。他認為京畿要地潛藏許多危機，應該會有人警戒控管，尤其是在夜晚。不過現在這裡卻沒有人。那名守衛說的是真的，而奧瑞斯特斯才發現，這表示李安德和同夥在守衛之中，一定有強大的祕密支援；艾吉瑟斯不在時，保安警戒就變得鬆散。

因此，他們順利前往目的地，沒有遭到任何人阻攔。就奧瑞斯特斯看來，根本沒有人看見他們經過。那間屋子矮小簡陋，一名婦人打開門，帶他們入內。婦人馬上拿食物和飲水給他們，陪米特羅思到內側的一間廂房，讓他能夠躺下來休息。

奧瑞斯特斯知道自己馬上就得離開了，趕在黎明之前返回宮裡。倘若他有選擇的餘地，他實在不想向母后或伊蕾特拉解釋自己做了什麼事。

「李安德在哪裡？」狄奧多圖斯問道。

「他不在這裡。」柯本說道。

「他在哪裡?」

「他去救他舅舅了。有人造反了。」柯本說道。

「米特羅思的兒子在哪裡?」狄奧多圖斯看著奧瑞斯特斯問道。

「他死了。」奧瑞斯特斯低聲說道,「我們回來之前,他就死了。」

狄奧多圖斯嘆了一口氣。

「別告訴他父親。」他說道,「他父親活著,就只為了見他。」

「我必須告訴伯父。」奧瑞斯特斯說道,「我必須告訴伯父,米特羅思死的時候很開心。」

「沒有人死的時候會開心。」狄奧多圖斯說道,「他父親再活也不久了。殿下必須告訴他父親,他跟你和李安德一塊回來後,又跟李安德離開了,很快就會回來。殿下一定要讓他父親信以為真。」

奧瑞斯特斯動也沒動,心裡好希望能夠現在就離開。

「殿下必須立刻去找米特羅思的父親。他正在等,他苦苦等候,就是為了要聽見米特羅思還活著。等他的家人來了以後,殿下必須把自己做的事告訴他們,這樣他們才能跟你說詞一致。」

「他的家人?」奧瑞斯特斯看著柯本問道。

「一定要有人去通知米特羅思的家人,說他獲救了。」狄奧多圖斯說道。

「他沒有家人了。」柯本馬上說道,「他的家被夷為平地。據說他的家人全都被殺了,當場埋了。我們還以為他跟家人一起被埋了。他一定是在家人被殺之前就被抓走。」

狄奧多圖斯倒抽一口氣，頭垂了下來。

「他再活也不久了。殿下應該告訴他，他兒子獲釋，跟李安德一起離開；還有告訴他在他被抓之後，他的妻子和兒女都逃跑了，待在離這裡有一段距離的地方。」

「他會要求要見他們呀。」柯本說道。

「告訴他，等到安全了，他們就會過來。」

「但是萬一他活了下來呢？」柯本問道。

「我不知道如果他活下來，我們該怎麼辦。」狄奧多圖斯答道。

他們聽見米特羅思休息的那個廂房傳來低沉的呻吟聲。

「快去找他。」狄奧多圖斯說道。

奧瑞斯特斯進房時，米特羅思正費力地喘著氣。他伸出手，摸索著尋找奧瑞斯特斯的手。

「我兒子他現在安全嗎？」米特羅思問道。

「安全。」奧瑞斯特斯答道，「我們逃離了綁匪囚禁我們的地方。」

「後來發生什麼事？」

「我們逃到海邊，找到一間屋子，屋子裡住著一位老婆婆，她很照顧我們，她最疼令郎了。」

米特羅思渾身打顫，看起來像是在微笑。片刻後，他掙扎著想坐起身。

「王后在哪裡？」他問道。

「我母后在宮裡。」奧瑞斯特斯說道。

「肯定是在睡覺。」米特羅思說道，「因為只有惡人才睡得著。」

奧瑞斯特斯一度以為他是在說笑。

「所有禍端都因她而起。」米特羅思繼續說道，仍舊掙扎著想坐起身，奧瑞斯特斯出手幫忙攙扶，卻被他推開。

「是她下令綁架男童。」他繼續說道，「目的是要讓我們心生畏懼。接著她殺掉阿迦門農，也就是你父親。她親手殺了國王，然後任由遺體在王宮前庭腐爛。她故意不將國王下葬，逼我們行經遺體。」

「母后沒有殺父王，她——」奧瑞斯特斯開口說道。

「是王后親自下手的。」米特羅思打斷他說話。

他語調平淡，就事論事，幾近疲倦。顯然，他相信自己說的是真相。

「艾吉瑟斯跟我母后一起下手嗎？」

「艾吉瑟斯只是個癟三。」米特羅思說道，「是她自己動手，是她自己一個人下手殺害國王。」

他終於坐起來，抓住奧瑞斯特斯的一隻手腕。

「不過我母后沒有殺伊妃姬尼亞——」奧瑞斯特斯又開口說道。

「是神明要求殺伊妃姬尼亞公主獻祭。」米特羅思說道，「那個抉擇實在太殘酷了。神明有時候就是這麼殘酷啊。」

「所以我姊姊不是母后殺的。」奧瑞斯特斯說道，「是父王殺的。」

「沒錯。不是王后殺的。」米特羅思說道。

現場瞬間鴉雀無聲。奧瑞斯特斯仔細聽，想確定米特羅思還在呼吸。

「我兒子現在安全嗎？」最後米特羅思問道。

「安全。」奧瑞斯特斯說道，「他跟李安德在一起，很快就會回來。」

廂房裡只有一盞小燈照射出暗淡的火光，不過他仍舊感覺得到米特羅思注視著他。

「你確定是我母后殺死父王的嗎？」他問米特羅思。

「確定，是她用刀子殺死陛下的。」

「有別人知道嗎？」

「無人不知。」

米特羅思鬆開奧瑞斯特斯的手腕，伸手握住他的手，接著便啜泣了起來。

「我的家人，我的兒女……」他開口說道。

「他們全都安然無事。」奧瑞斯特斯說道，「等到安全了，他們就會過來這裡。」

「王后殺了他們。」米特羅思說道，「我的妻子、兒女，我親眼看見她的人殺了他們。是她下的令。」

奧瑞斯特斯本來想要反駁米特羅思，再一次告訴他，他很快就會見到家人，但是米特羅思卻不肯聽，自顧自地繼續說，彷彿自言自語似的。

「我聽見他們臨死前的哭喊。」米特羅思說道，「接著我就被抓走了。」

奧瑞斯特斯這才發現，米特羅思跟狄奧多圖斯一起被關在地牢裡的時候，一定從來沒有跟狄奧多圖斯說過自己親眼目睹家人被殺，他們一定沒有談過這件事。

「不過令郎還活著呀。」奧瑞斯特斯柔聲說道。

「對，對。」米特羅思答道，語氣悲戚無奈。

奧瑞斯特斯不確定米特羅思是否相信他。

「等等。」米特羅思說道，「過來一點。」

奧瑞斯特斯跪到床邊。

「王后殺了國王。」米特羅思對他耳語道，「她把國王引誘到宮裡，預先藏好刀子，等國王一靠近就下手。這就是她的計謀。她想要篡奪國王的權力。我敢以我的孩子來發誓，我說的話句句屬實。只有一個人，別無他人，能夠報復她所做的事，報復她殺了國王和其他人，那個人就是殿下你，只有殿下你辦得到。這就是為什麼神明要饒你不死，送你回來；這就是為什麼你會在這裡，聽我說這些話。現在，身為阿迦門農的兒子，你必須報殺父之仇。」

他輕輕把手放到奧瑞斯特斯的頭上擱著，呼吸變得愈來愈強勁、愈來愈平穩。

柯本走過來請奧瑞斯特斯即刻離開，並會陪他走過那些街道。

「不用，我自己走就好了。」奧瑞斯特斯說道。

奧瑞斯特斯趕在曙光初現時回到宮裡，從廚房後面的那道門溜進宮，偷偷走過低處的廊道，接著走上一道短階梯，走上主廊道。

奧瑞斯特斯在寢宮裡想著母后的事，想著母后是怎麼慫恿自己聽從她和艾吉瑟斯，在他們的指導之下，學習運用權力和威信。他差點就變得跟他們一樣。

他感覺到一股怒火湧現，氣憤母后，也氣憤艾吉瑟斯。艾吉瑟斯篡奪父王的權位，大搖大擺走在宮裡，自以為擁有統治權。然而，奧瑞斯特斯重新回想發生的事情時，腦海裡卻獨留母后的身影。想著母后，給了他一股力量。母后是掌控這一切的人。早晨的聲響開始出現時，他才恍然大悟，母后才是奪權的人。他可能也會報復艾吉瑟斯，但是他必須先報復母后。

本來以為自己不需要跟李安德、伊蕾特拉或任何人商議，他差點露出笑容。不過他隨即發現他需要伊蕾特拉的支持，他需要說服姊姊跟他聯手，他沒辦法獨自展開復仇。

然而，隨著早上一分一秒過去，他漸漸懷疑米特羅思告訴他的話到底是不是真的。米特羅思說起話來看似很篤定，聽起來很像真的。但是米特羅思經歷太多苦難了，他說的那些事，有可能是他幻想出來的，最後卻信以為真。

奧瑞斯特斯心想，如果真的是母后殺害父王，那他回到宮裡時，伊蕾特拉絕對會馬上告訴他。母后講述父王如何被謀殺時，伊蕾特拉也在寢宮裡，如果母后說的不是真話，那當時伊蕾特拉絕對會有所暗示。

他苦思著到底應該相信哪些話，最後決定把米特羅思說的話告訴伊蕾特拉，看伊蕾特拉會有何反應。他好希望李安德在他身邊，這樣他就能問李安德應該怎麼辦。

下午，奧瑞斯特斯和母后聊天時，母后疼惜地依偎著他。

「奧瑞斯特斯。」王后說道，「我有祕密要告訴你。你應該知道，最近又爆發叛亂，艾吉瑟斯正在全力平亂。不過這群亂黨比以前的叛亂分子更加難纏，他們不會在同一個地方久留，他們經常消失，重新出現後，勢力就變得更加強大。艾吉瑟斯有許多忠誠的追隨者，他是個英勇的戰士，但是他不像你父王，他不是軍事領袖。而且他的追隨者都是莽夫。他們知道如何發動猛攻，但是他們終究是草寇出身。」

王后站起身，在房裡走來走去。

「奧瑞斯特斯，艾吉瑟斯給我惹了大麻煩，我要你知道這一點。這件事我只能告訴你，不能告訴別人。」

奧瑞斯特斯看著她，她似乎還有話要說，卻欲言又止。突然間，她走向奧瑞斯特斯，抱住奧瑞斯特斯的肩膀。

「這場叛亂非常嚴重，十分棘手，前所未見。我現在只有你了。我信任你，也信任狄諾斯。狄諾斯是個戰士，跟你父王一樣機靈，除此之外，我誰都不信任。我曾經派人盯梢狄諾斯，我確定沒人比他更忠心。我要把你託付他。我不能失去你。對那些叛亂領導人而言，你是首要目標。沒有人會想捉我或伊蕾特拉，你才是亂黨想捉的目標。因此，你不能待在這裡，我們在這裡防不勝防。」

她講完後，奧瑞斯特斯盯著她看。奧瑞斯特斯一度深信不疑，母后之所以要把他送走，是因為發現了他前一晚出宮去救了誰。不過後來，王后鉅細靡遺地說明，他行經鄉間時，會受到周延的保護，他又變得不那麼確定了。最後兩人結束談話，說好隔天再見面，要跟擔任貼身護衛的那些人討論如何確保旅途安全。他只知道他要被送走，卻無法確定是因為他惹怒母后，或是母后真心想要保護他。

奧瑞斯特斯前去伊蕾特拉的寢宮，把此事說給伊蕾特拉聽，伊蕾特拉聽完後驚訝不已。

「狄諾斯的妻兒都在叛亂中遭到殺害。」她說道，「他採用極度激烈的手段才敉平叛亂，但是那裡仍舊十分危險，母后卻要送你去哪裡？」

奧瑞斯特斯點點頭。

「母后說她信任狄諾斯。」他說道。

「我相信母后確實非常賞識狄諾斯。」伊蕾特拉說道。

「母后說叛亂很嚴重。」

「而且不斷蔓延。艾吉瑟斯只平息了一處叛亂。狄諾斯沒辦法平定所有叛亂。亂黨全都等著他，母后是派他去送死。」

「是誰決定派狄諾斯去的？」奧瑞斯特斯問道。

「母后讓狄諾斯覺得，既然他是戰士，就必須去，不給他選擇的餘地。母后耍計謀，讓他不得不去。不論發生什麼事，都跟母后脫不了干係，因為是她在作決定。」

「父王打完仗回來的那一天，」奧瑞斯特斯問道，「也是母后決定——」

「自從你回來之後，母后就一直表現得溫良賢淑，不是嗎？」伊蕾特拉打斷他說話。

「為什麼不回答我的問題？父王回來的那日，是母后決定殺掉父王嗎？」

「你怎麼不自己去問母后呢？你跟母后在一起的時間那麼多。」

「如果我問母后是不是她殺了父王，她會回答我嗎？」

「那你認為是誰殺掉父王呢？」伊蕾特拉問道。

「那是問題嗎？」他答道。

伊蕾特拉挪動花瓶裡的一些花。

「如果是的話，我倒想聽聽母后怎麼回答。」她說道。

「我想聽聽妳怎麼回答。」奧瑞斯特斯說道。

「狄奧多圖斯和米特羅思沒告訴你嗎？」她問道。

「妳這話是什麼意思？」

「你救了他們之後，他們沒告訴你？」

「妳怎麼知道我救了他們？」

她把花瓶拿到離門比較近的一張桌子上。

「宮裡到處都有人在竊竊私語呀。」她說道。

「母后知道我救了他們嗎？」

「這個問題你怎麼不也去問問她呢？不過別現在去，因為她和我約好要去花園散步。」

「是誰告訴妳我救了他們？」

「是誰告訴我，並不重要，重要的是，你別去干涉你不該管的事。」

「李安德是我的朋友，狄奧多圖斯是他的祖父。」

「其中一場叛亂是由李安德領頭。」伊蕾特拉說道，「除非他贏了，否則他就不是你的朋友，他是你的敵人。」

「他去救他舅舅。我被綁架的時候，他們也被綁走了。妳一定有看到我被擄走。」

「我當時被關在地牢裡。」伊蕾特拉說道。

她背對著門站著。

「是誰關妳的？」

「這個問題你怎麼不也去問母后呢？」

「我在問妳。」

「你得學會聆聽。我發現你有時候會在我晚上去的那間廂房外頭偷聽，但是你什麼都沒聽見，對吧？」

「父王被殺的時候，妳人在宮裡嗎？」

「對，沒錯，我當時確實是在宮裡。我告訴過你了，我當時在地牢裡。」

「所以妳什麼都沒看見囉？」

「我的牢房裡有一扇小窗子，我看見一道光從縫隙透進來。」

「所以妳不知道——？」

「我當然知道。」伊蕾特拉打斷他說話，「我什麼都知道！」

「但妳卻不打算告訴我？」

「可以說的時候，我自然就會告訴你。現在，我得跟母后去花園散步了，而你也得回你的寢宮。」

六

那天晚上，那名守衛出現時低聲說道：「殿下必須前往李安德家。殿下必須趁早上宮裡忙碌的時候偷偷過去。」

「是誰要我過去？」奧瑞斯特斯問道。

「有要緊的事呀。」守衛說道。

「公主知道我幫忙救了狄奧多圖斯和米特羅思。」

「殿下被人看見了。」守衛說道，「這次殿下前去李安德家也會被人看見。不過這件事比什麼事都還要重要。」

「是柯本要求要見我的嗎？」

「我不知道。我負責傳達的訊息就只是請殿下務必在日出時前往。」

守衛在他身邊待了一會兒才離開，但是沒有再說話了。守衛離開後，奧瑞斯特斯獨自躺在床上，腦海裡清楚出現李安德的身影。他想像李安德事事堅決果斷，時時小心戒備，絕對不會犯錯。接著他把頭腦冷靜、目標明確的李安德跟母后和艾吉瑟斯擺在一起，心裡不禁強烈認為，不論他們之間爆發任何衝突，李安德一定會獲勝。他不知道到底以後會發生什麼事，不過曙光初現時，他便決定要依照守衛的話，前往李安德家。如果母后反對他去，他大可以說，因為母后沒告訴他，所以他不知道李安德參與叛亂。他會提醒伊蕾特拉別告訴母后他其實知情。他可以謊稱只是去看看朋友，告知朋友自己即將離開。

他睡到很晚才醒來，醒來後便從側門悄悄離開王宮，走過陵園和那條乾涸的溪流。他一下子覺得自己很勇敢，一下子又覺得好緊張，低著頭走過街道上的行人，穿過一個繁忙的小市集。

抵達後，他看見前門大開，即便走到玄關，也完全不見僕人與李安德的家人，不禁覺得事有蹊蹺。屋子裡空無一人，一片寂靜。他開始叫喚名字，柯本和瑞莎，伊安詩和達契雅，最後學李安德大喊自己的名字，好讓他們知道他不是陌生人。

他繼續往屋子裡走，結果聞到一股味道。他住在婆婆家的那段時日經常聞到那種味道，偶爾會有山羊或小羊跌落懸崖，腐爛發臭，發出那種味道。

那股味道撲鼻而來，比他以前聞過的更加濃烈。他再次叫喚名字，屋子的主廳傳來強烈的惡臭，使得他的呼吸也變臭了。

他看見一堆屍體，外表閃閃發亮的黑蠅在屍堆附近嗡嗡飛舞，屍堆疊得很整齊，屍體一具一具疊起來，每具都穩穩平衡，看起來就像一個龐然巨物。他立即轉過身，吐了出來。他轉回身後，發現一塊白肉上面有東西在動，仔細一看，原來是那片皮膚上爬滿不斷蠕動的蛆。

他不禁擔心起為什麼自己會被叫來這裡，會不會有人正躲在別的廂房裡等著他。他找了一塊布，掩住口鼻，環顧屋子，結果發現狄奧多圖斯和米特羅思的屍體，躺在被鮮血浸濕了的床上，屍體附近蒼蠅亂飛，他嚇得不禁倒抽一口氣。

他回到主廳，心裡覺得既噁心又驚恐，抓住最上面那具屍體的腳踝，從屍堆上頭拉下來，屍體落到地上，發出一聲死氣沉沉的重擊聲。他翻轉屍體後，看見瑞莎的臉，喉嚨被從一邊耳朵劃破到另一邊耳朵，眼睛睜得斗大。

就他看來，不只李安德的家人全都死了，僕人也全死了。嗡嗡亂飛的蒼蠅紛紛停到他的臉上和手上，而且他把那具屍體拉下來之後，屍體腐爛的惡臭似乎變得更加強烈。他決定要回王宮找伊蕾特拉，把親眼所見告訴伊蕾特拉，再思考該怎麼辦。如此一來，伊蕾特拉就會跟他一起回到這裡，別人來到屋裡發現屍堆時，他就不用單獨面對了。

想到這裡，他突然聽到很小的嗚嗚聲，心裡猜想是不是有動物，鼬鼠或老鼠，躲進屍堆裡。不過接著他聽到一個女孩的聲音，聲音從動也不動的屍堆深處傳來，他把屍體一具一具拉開，找出聲音從哪裡發出來。一隻手伸向他，蒼蠅在手附近亂飛，他嚇得往後縮，拔腿跑到主廳的角落。他回頭，赫然驚見伊安詩從屍堆裡鑽出來，站起身。伊安詩看到他，害怕得放聲尖叫，試圖再鑽回屍堆裡，好像屍堆是安全的藏身處。

「伊安詩，我是奧瑞斯特斯啊。」他說道，「我不會傷害妳。」

他走回屍堆，又拉開了幾具屍體，在屍堆中找到柯本，還有狄奧多圖斯和米特羅思脫逃後給予這兩人庇護的那名婦女，還有兩個孩子縮在一起。他伸手想要拉伊安詩，伊安詩就像一頭藏身洞穴遭到破壞的野獸一樣，蜷縮身子，死命往一具屍體下面躲，不讓他抓到。他叫喚伊安詩的名字，也再說了一遍自己的名字，努力安撫伊安詩，卻反而嚇得伊安詩又尖叫了起來。伊安詩驚恐大叫，叫喚著父母的名字，叫喚著李安德。

「我是來救妳的。」他抓住伊安詩的手腕時說道。他把伊安詩抱起來，緊緊抱住，伊安詩滿身濕黏的鮮血。奧瑞斯特斯從伊安詩反抗的力道來判斷，她並沒有受重傷。奧瑞斯特斯好不容易才把伊安詩帶到屋外，遠離屍臭和蒼蠅，這才看清楚她衣服和皮膚上沾染的血並不是她自己的。

「妳必須跟我走，」奧瑞斯特斯說道，「離開這裡。」

伊安詩終於開口說話了，但是她不斷啜泣，奧瑞斯特斯實在聽不懂她說的話，只得反覆詢問她想要說什麼，請她說慢點。最後奧瑞斯特斯終於聽懂她說的話了。

「這是你做的！」她說道。

「不，不是我呀！」奧瑞斯特斯答道。

「下手的人是王后的人。」

「我母后的人不是我的人呀。」

「我們當時正準備要逃跑。狄奧多圖斯和米特羅思才剛到。」她一邊嗚咽啜泣一邊說，「米特羅思身子很虛弱，他要我們丟下他，但是我們不肯。你派了人監視我們，你一定早就知道我們要逃跑。」

「我沒派人監視呀。我不知道。我什麼都不知道啊。」

他硬是拉伊安詩跟他走，伊安詩有幾次想調頭走回家，他只得強硬拉著伊安詩往前走。他們一起走過街道，走進市集，最後走進王宮前面的開闊廣場。一路上，看到他們的人都悄悄躲起來，被伊安詩髒亂的外表和她衣服和頭髮上乾掉的血嚇到。

回到宮裡之後，奧瑞斯特斯去找伊蕾特拉，伊蕾特拉把伊安詩帶到自己的寢宮。

「伊蕾特拉，」奧瑞斯特斯說道，「有人殺了伊安詩全家。我找到他們了，他們全都死了。」

伊蕾特拉走向房門，彷彿要防止別人闖入寢宮。

「她告訴我是誰下令殺人。」奧瑞斯特斯說道。

心裡又是害怕又是悲痛，伊安詩又大哭了起來，伊蕾特拉和奧瑞斯特斯趕緊過去安撫她。

「你帶她來宮裡做什麼？」伊蕾特拉問道。

「不然我們能去哪？」奧瑞斯特斯反問道。

伊蕾特拉看著他，心裡又氣又不耐煩。

奧瑞斯特斯在寢宮外等候，伊蕾特拉幫伊安詩洗澡，換上新衣裳。最後伊蕾特拉叫奧瑞斯特斯回來寢宮內，他們兩人都抱著伊安詩，伊安詩抽抽噎噎哭個不停，渾身發抖。突然間，他們看見母后帶著兩名守衛闖入寢宮。

「這個女孩在這裡做什麼？」王后問道。

王后的語氣極度氣憤，充滿威嚴，奧瑞斯特斯以前從來沒聽過她這樣說話。

「她暫時會住在這裡。」伊蕾特拉說道。

「是誰下令帶她過來這裡？」王后問道。

「是我。」伊蕾特拉說道。

「是誰准許妳？」

「我自己作主的。」伊蕾特拉說道，「我可是國王的女兒，王后的女兒，奧瑞斯特斯的姊姊，伊妃姬尼亞的妹妹。」

「我知道妳是誰的女兒，誰的姊妹。妳知道外頭有人叛亂嗎？她不能待在這裡。」

「她待一兩天就會離開。」伊蕾特拉冷靜說道，「我答應過她，要讓她留下來。」

「不准她接近我。」王后說道。

「她不會離開這個寢宮。」伊蕾特拉答道。

「我可以向妳保證，她絕對出不了這個寢宮！」

奧瑞斯特斯看了看母后，又看了看姊姊，發現她們兩人連看都沒看他一眼。她們怒火中燒，把他當成隱形。她們站著瞪視彼此，他雖然很想說出自己才是找到伊安詩的人，但是鐵了心，絕不說出口。他不會承認是自己擅自作主把伊安詩帶來這裡，他知道現在最好保持緘默。此刻，他必須讓母后看著姊姊，別看向他。

不久之前，他或許納悶過，為什麼母后沒問伊安詩到底發生什麼事；或者暗自問自己，為什麼母后沒有問伊安詩沾滿血的衣服怎麼會在地上，或為什麼伊安詩在房間裡動也不動、面無表情，活像無助的俘虜。

現在他心裡沒有疑惑了，現在他一清二楚了，是王后下令殺人的，就像她之前下令綁人一樣，就像她揮刀刺殺父王一樣。

奧瑞斯特斯滿腔怒火，冷冷地看著母后。

稍後，跟母后單獨用餐時，奧瑞斯特斯注意到母后悶悶不樂，抱怨著頭痛。

「你姊姊，」王后說道，「實在讓我傷透腦筋。別人一定以為，現在她都會跟我們一起喝茶，陪伴我們。我晚上祈禱時，都會感謝神明賜予我這一切，感謝神明保佑你。至少，我兒子回來了，陪在我身邊。儘管有那麼多不如意，儘管有那麼多失望，儘管有那麼多背叛，我仍舊感謝神明。」

她的笑容雖然溫暖又親切，卻透露出一絲隱忍與屈從。從母后的舉止與聲音中，奧瑞斯特斯察覺到一股不祥的暗流，心裡明白，母后對他做了什麼事，一清二楚，自然包括解救米特羅思和狄奧多圖斯；以及沒有請求母后許可，就擅自獨自前去李安德家，結果發現一堆屍體。奧瑞斯特斯也從母后的語氣中察覺到警訊，隱隱感覺到她在伊蕾特拉寢宮裡表現出來的那種強硬與冷酷，迫不及待想要離開她。

「過來親我一下再走。」奧瑞斯特斯站起身時，王后說道，「現在我們全都得小心，什麼事都得留意，再小的竊竊私語都得仔細去聽。」

奧瑞斯特斯的守衛失蹤了，沒人到門口來替補站崗。奧瑞斯特斯斷斷續續睡了一陣子後，寢宮裡有人發出聲音，把他給驚醒。他驚恐地坐起身，伊蕾特拉輕聲叫他安靜別亂動。

「母后在睡覺，效忠她的守衛沒看見我到這兒。」她說道，「門口有一名我的守衛。如果你聽到聲音，那就是在警告我們安靜，聽到聲音，就完全不能出聲。」

「妳要做什麼？」奧瑞斯特斯問道。

「現在艾吉瑟斯不在宮裡，我們可以行動了。沒人保護母后。她現在不敢跟我獨處，連接近我都不敢。今天你回來之前，她跟我在花園散步，始終跟我保持距離。不過她不敢再跟我去花園散步，她不敢再冒險了，她怕了。」

「怕什麼？」

「怕我對她不利。」

有那麼一瞬間，奧瑞斯特斯覺得自己好像停止呼吸。

「前往凹陷的花園途中有崩壞的階梯。」伊蕾特拉繼續說道，「她每天都會去那裡。我離開她後，她都會走到那裡。明天下午你陪她去散步，要裝得若無其事。有三名守衛會跟著你，當你接近階梯時，其中兩名守衛會把另一名守衛制伏拖走。他們會迅速把那名守衛處理掉，你千萬別看得太仔細，別讓母后注意到他們。你要用的刀子就藏在往下走的第三階石階，藏在崩裂的石頭下面。只有一次機會，如果你錯失那次機會，她會把我們倆都殺了。」

「妳要我刺殺她？」奧瑞斯特斯問道。

「沒錯。她親手殺了父王，她下令綁架你，抓走狄奧多圖斯和米特羅思。她還下令殺了他們全家。」

「我親眼看見伊妃姬尼亞被殺。」奧瑞斯特斯說道，似乎想改變話題，轉移她的注意力，「我親眼看見了。」

「你看見什麼並不重要。」伊蕾特拉說道。

「是父王下的令。」奧瑞斯特斯說道，「我看見父王眼睜睜看著——」

「你害怕嗎？」伊蕾特拉問道。

「害怕什麼？」

「害怕殺人啊。」

「不怕。」

「殺了母后之後，效忠我們的守衛會打開宮門，屆時會有人衝進宮裡，殺掉仍舊效忠母后的守衛。他們會殺掉母后派去殺狄奧多圖斯一家人的那些人。到時候王宮就是我們的了。」

「妳怎麼知道明天那兩名守衛效忠妳？」奧瑞斯特斯問道。

「明天的事我已經籌備好了，母后不會懷疑你，沒有人知道你有多勇敢。」

「妳怎麼知道？」

伊蕾特拉沉吟片刻後微微一笑。

「我一直祈求神明，」她說道，「讓你變得勇敢，所以我知道你很勇敢。」

「我以前殺過人。」奧瑞斯特斯說道。

「我們掌權之後，就要對付所有敵人。」伊蕾特拉繼續說，不理會他說的話。

奧瑞斯特斯默然不語。

「計劃準備就緒了。」伊蕾特拉繼續說道，「只有你能動手。」

「不能把母后抓起來，驅逐出宮就好了嗎？」

「驅逐到哪裡？你聽好，我的一名守衛就快到廊道了，我不能跟你待在這裡，等到你把這件事辦好，我才能再見你。我會跟伊安詩待在我的寢宮，直到聽到母后的死訊。我會祈求神明助你成功。」

「刀子會在那裡嗎？」

「已經在那裡了。第三階，在崩裂的石塊下面。」

她說完便離開，不理會奧瑞斯特斯。

夜晚一分一秒過去，奧瑞斯特斯知道自己會照姊姊的要求去做，報殺父之仇。明天，他會用盡一切辦法讓母后信任他，他會對母后好，裝得溫順，母后說什麼，他都會乖乖做，接著便勇敢下手。

在早晨飽滿的光線中，他發現自己幾乎要嫉妒母后能夠那麼果斷，殺掉一整家子，又能夠那麼冷靜，若無其事地到花園散步或用餐。奧瑞斯特斯心想，母后在殺掉父王的那天，一定跟現在一樣。他依舊記得母后當時在宮門前，一臉笑吟吟，熱情如火的模樣。

奧瑞斯特斯心想，母后知道怎麼殺人，知道殺人是什麼感覺。他旋即又想到，他自己也知道殺人是什麼感覺啊，他當時沒等李安德的指示，就動手殺掉那名守衛和闖入婆婆家的那兩個人。他當時掌握住先機。他現在能做的，就只有請求父王的亡靈幫助他，賜予他力量，並且讓他能夠隱藏力量，等到關鍵時刻再發揮出來。

他心想，他不需要祈求獲得勇氣，因為他已經有勇氣了。

六

奧瑞斯特斯到寢宮拜見母后，母后告訴他說必須趕緊把他送走。

「再過不久，」王后說道，「有些路就不安全了，現在是危險時期。狄諾斯傳來信息，說他現在可以確保你的安全。他會在中途跟你會面，不過他會先派幾個手下出發，好早一點找到你。你最好天一亮就離開。我選了我最信任、最能幹的護衛保護你走前面的路程。我們不知道這裡會發生什麼事。我告訴過你了，對亂黨而言，你是首要捉拿目標，因為你是國王的獨生子。」

他心想，既然母后能夠演戲演得如此不費吹灰之力，他自然也能夠演戲。他說出每個字的抑揚頓挫，做出每個動作，都極其專注，裝得好像心甘情願默默贊同，專注思考所有細節，彷彿他擁有權力，需要衡量該怎麼運用。他裝得好像心裡只關心最好如何啟程。

一起用餐時，他專注聽著母后說話，試著別緊盯著母后看。最後他告訴母后說他累了，昨晚沒睡好，今晚要早點睡。母后說自己也要早點睡，明天才能在黎明前起來送他上路。

王后準備去花園散步時，奧瑞斯特斯待在她身邊。奧瑞斯特斯盡量裝得若無其事，說想跟她一起去散步，說散散步晚上能睡得好一點；說話時，刻意避免去看在門外等著要陪王后的守衛。

由於奧瑞斯特斯已經祈求過父王幫助他，因此不禁也想像，即將發生的事，神明早已安排好了，完全由神明掌控。

王后摘了幾朵花，看著天空和太陽，聊起氣溫，說奧瑞斯特斯的寢宮在冬天最好，能留住熱氣，但在夏天最糟。她走向通往凹陷的花園的階梯，心裡琢磨奧瑞斯特斯回來之後，是不是應該換一間寢宮，換到比較涼爽的寢宮。

他們往下走了三、四階後，奧瑞斯特斯就聽到一名守衛大聲喘氣，回頭一看，看見他被另外兩名守衛壓制住。

王后也聽到了，轉過頭去看。奧瑞斯特斯彎下腰去找刀子時，幾乎跟她面對面。她看到奧瑞斯特斯拿起刀子，立刻大叫一聲，試圖閃過他，把他推到下方的灌木叢裡。但是奧瑞斯特斯朝圍欄一挪身，把母后拉向自己，把刀子刺入她的背，再抽出來。最後奧瑞斯特斯使盡全力推她，讓她摔入蔓生的灌木叢裡。

奧瑞斯特斯找到她時，她仰躺著。奧瑞斯特斯揮刀要刺她的脖子時，清楚看見她的雙眼，眼裡充滿驚恐。她用雙臂保護自己，緊緊抱住奧瑞斯特斯，直到氣力用盡。此時她能做的，就只有大聲呼救。奧瑞斯特斯拿刀刺她的胸口和脖子，壓制住她，直到她完全失去生氣。

克呂泰涅斯特拉

總有一天，陰影會籠罩到我身上，這點我很清楚。但是我現在是清醒的，或者應該說幾乎是清醒的。我記得一些事——腦海中浮現輪廓，還有微弱的聲音。存留最多的是痕跡，人、鬼魂、聲音的痕跡。我大多走在陰影之中，但是有時會覺得附近有人，好像我曾經知道他的名字，或者我曾經親自聽過他的聲音，看過他的臉孔，抑或我曾經愛過他。我不確定哪一個才對。

然而，腦海裡有個畫面卻揮之不去，那是我母親，在很久以前的某一刻，無助地被壓制住。我聽得見哭聲，那是她的哭聲，接著，壓在她身上或趴在她身上的那個身形，發出更尖銳的叫聲，最後，那個身形迅速飛離，發出了更大的叫聲。那個身形有喙和翅膀（或者應該說狀似翅膀的構造），翅膀拍打著空氣。母后氣喘吁吁地躺著，嗚嗚啜泣。不過我不知道這是什麼意思，也不知道為什麼腦海裡會出現這個畫面。

我覺得，如果我保持不動，腦海裡還會出現更多畫面。安靜的時候，實在很難抗拒在這些空間遊蕩。這裡有我想遇見的鬼魂，那些鬼魂雖然離我很近，卻又不夠近，我摸不到，也看不見。我想不起名字，他們的名字。我也無法看清楚臉孔，有時候我保持安靜，一段時間不去刻意回想或集中心思，就會有一張臉孔靠近，我認識那個人，但是在我認出他之前，那張臉就會消失。

我知道以前我有情感，我現在所在的地方和我以前所在的地方，差異之處就在於情感的有無。我知道以前我會感到憤怒，我會感到悲傷，如今那些令我憤怒與悲傷的前導因素卻都不見了。或許我會在這些空間遊蕩，單純因為另一種情感吧，或者應該說是那種情感的殘餘吧。或許那種情感就是愛吧。有些人，我仍舊深愛著，或者曾經愛過與保護過，我卻沒辦法確定他們是誰。沒有名字會出現。倒是有些文字出現，但是那些不是我要的文字，我要的文字是名字。如果我能說出名字，就會知道我愛過誰，我就會去找他們，或者知道如何才能見到他們。我會在適當的時候，把他們引誘到陰影裡。

在他們的世界裡，沒有人知道這裡東西是多麼地少，一片漆黑，怪誕至極，寂靜無聲，幾乎沒有任何東西會動。這裡倒是有回音，聽起來像是遠處有水流過岩石下方，有時候那個聲音會變近，但是仍舊很微弱。如果我聽得太急切，那個聲音就會消失。

或許我在那裡的時候，有些事情沒有了結吧，現在那些事才會一直停留在腦海裡，像是需要被說出來的話語，或者像我當初沒有聽見的話語，我在這裡等待之際，那些話語就會再度出現，或是可能會出現，或是一定會出現。需要等待一段時間，我不知道我有多少時間，或者這裡有多少時間，但是我知道我一定會消失，我沒辦法持續以這種狀態存在。我會漸漸消失。最後，我會變得什麼都不知道。我現在只希望能再次感受到心潮澎湃，再給我幾個小時，甚至是幾刻鐘也好，讓我回去那個世界，短暫停留，假裝我還活著。

除此之外，還有記憶，記憶會互相連結，彼此依附，也會消失，幾乎跟物體一樣。有個模糊的想法一直在我腦海裡徘徊，但是始終不穩定，像是一個有翅膀的身形，緩緩靠向那些曾經存在過的人事物，不論他們現在還在不在。我住在有實體的世界裡，我能夠感覺到一些強烈的迫切渴望掠過。

我的腦海裡現在只剩下灰色的痕跡，線索。

陰影，或者是餘波，一定就是這個樣子。有些線條或形狀一定曾經有意義，說不定仍舊有意義，只是現在看起來雜亂無章。我好希望能夠懂它們的意義，或者對創造它們的人輕聲耳語。這股渴望，是我心裡最接近真正情感，它卻離我一點都不近。我會被留在這裡幾個小時，或幾天，或幾年，都是安排好的，一刻都不會多留。

困惑不解，取代了真相與知識，取代了觸碰得到的實物。我居住的那個空間，就像一份可悲的禮物，雖然被送給我，但是很快又會被收回去。

我想到一個字，那個字我很確定，那個字是「夢」。那個字一出現，我就知道「夢」曾經是什麼，而且我確定我在這個虛無的世界裡，並不是在做夢，正在發生的事都不是夢，是真實的，是實際發生的。

其他的字接著出現，看起來就像漸漸變暗的天空裡的星星。我變得好想占有每個字，但是我抓不到它們。它們或往下墜落，或閃閃發亮，或飄向遠處。然而，看過它們，稍微領略它們的力量，知道有些會再回來，像滿月在黑夜裡發出的亮光一樣，化成穩定的陰影，指引著我，這樣就足夠了。

我走在那座王宮的廊道上，我曾經住在那座王宮裡。我幾乎記得發生過的某些事。腦海裡浮現一個畫面，有個人在一座花園裡，或在通往一座花園的階梯上，用力瞪視，用力呼吸，但是後來一切事物都消失了，花園裡一片寂靜，接著連花園都不見了，只剩一個空間。

我仍舊醒著，我等待，我知道會出現改變，不會永遠像這樣。我一回到那些廊道上，發現我只要發出聲響，或是走快一點，引起空氣擾動，就能輕易讓任何一名守衛注意到我。慢慢地，我開始明白為什麼我會在這裡，還有我是來找誰。我想不起他的名字，也無法想像他的臉，但是我覺得他就在附近。

我可以想像，看見我或注意到我存在的那名守衛，在跟另一名守衛商議，接著他們兩人一起前去找他，也就是我要找的那個人，或者去找照顧他的那個朋友。

夫君和女兒都死了，完全變成影子。另一個女兒在這裡，但是我在找的人是兒子。

我醒著；我認識的那些字在睡覺。夜裡有時候它們會翻身，或者在做著遼闊的夢時發出聲音，然後也醒了過來。經常，哪怕只是一瞬間，它們會睜開眼睛看我。我會盯著它們的目光看，好讓它們重新入睡時能夠記住我。我會仔細觀察它們動也不動的樣子，小心留意它們的一舉一動。在夜裡，我能聽見它們呼吸之餘，斷斷續續地黯然呻吟。我可以看見它們把雙臂伸向我，要我抱起它們。

我現在能夠分辨夜晚與白天的差異。我知道夜晚花園和廊道會變得寂靜，只有守衛或貓的輕輕移動，會打破那片寂靜。這裡是我的領土，我在這裡可以自由遊蕩。我從花園過來時，我知道守衛可以感覺到空氣中有擾動。只要再做一件事，就能讓守衛知道我在他們身旁。發出聲音，或是快速走動。

時間到的時候，我知道我會聽見他的名字，我兒子的名字，這樣我就能夠輕聲叫喚他的名字，彷彿在懇求似的。他的名字會在我需要的時候出現。

「奧瑞斯特斯。」有一天晚上我輕聲叫喚，叫完旋即退回陰影裡。

「奧瑞斯特斯。」我又叫喚了一遍，讓我的聲音在廊道上迴盪。

我看見兩名守衛來回奔跑，接著喚來了另一名守衛。他是我兒子的朋友，他昂首闊步地走來走去，查看門道和角落。

我等到他離開，才向一名守衛低聲耳語。

「告訴奧瑞斯特斯，我是他母后。叫他一定要獨自到廊道上，叫他一定要獨自過來。」

那名守衛才跑了幾步，旋即又停了下來。

「請王后再說一遍。」他低著頭輕聲說道。

「叫奧瑞斯特斯獨自過來。」我說道。

「現在嗎？」

「對，叫奧瑞斯特斯馬上過來。」

「王后會傷害殿下嗎？」

「不，我不會傷害他。」

奧瑞斯特斯

狄諾斯被殺，艾吉瑟斯被抓，他們的軍隊被擊潰，李安德率領一支軍隊正要返回王宮。伊蕾特拉得知消息時，已經住進母后的寢宮，在角落設置一張床讓伊安詩睡。有時候，跟她們一起用餐時，奧瑞斯特斯覺得姊姊對待侍女的方式，與母后以前一模一樣。伊蕾特拉說起話來跟母后一樣，總是強調自己掌控著一切事務，即便在明顯深思著其他事情時也是如此。有時候，她說什麼根本不重要。

這幾乎令奧瑞斯特斯感到寬心，因為他自己沒什麼話要說。伊安詩更是完全不說話；她經常看著不近不遠的地方，彷彿對說話很陌生，彷彿說話是沒必要的娛樂。

母后被殺死之後，伊蕾特拉就沒有到過奧瑞斯特斯的寢宮。那天奧瑞斯特斯回到自己的寢宮，立即聽到伊蕾特拉在廊道上大喊大叫。他一度以為姊姊會來找他說話，坐在床邊，安慰他，稱讚他，請他鉅細靡遺地分享事發經過。不過伊蕾特拉忙得無暇分身，派人偷襲母后的守衛，將他們一一勒死或砍死，再把不確定效忠於誰的守衛關入地牢。

那天晚上，奧瑞斯特斯獨自在自己的寢宮裡用餐，晚餐過後，睡了一會兒。睡醒後，他走到廊道上，看見自己的守衛不在。他在廊道上走來走去，注意到每隔一段距離就有守衛站崗，突然好希望其中一名守衛能夠到他的寢宮。奧瑞斯特斯苦思著艾吉瑟斯到底打了什麼暗號，夜裡守衛才跟著他進入廂房。牆上的火盆照射出閃爍的光線，奧瑞斯特斯藉著火光仔細打量他經過的每個守衛，他們跟平常一樣站得規規矩矩，假裝沒看見他。

他躺在床上想著李安德就快回來了。他想著李安德失去了所有家人，只剩一個妹妹。狄諾斯被殺，艾吉瑟斯被抓，他們的軍隊被擊潰，雖然這些消息已經傳到王宮，但是奧瑞斯特斯認為應該都還沒傳到李安德的陣營。於是他猜想李安德是否知道自己只剩伊安詩這麼一個家人，跟他一樣，他也只剩伊蕾特拉這麼一個家人。

等到獨處的時候，奧瑞斯特斯會告訴李安德，說他是如何發現疊成一堆的屍體，以及如何殺掉下令殺害李安德全家的母后。他認為，他做的事，會讓他們彼此更加親近，就像伊蕾特拉和伊安詩那樣親近。伊蕾特拉和伊安詩確實變得形影不離，正如在米特羅思死後的最後那幾個月，奧瑞斯特斯和李安德也從來沒有離開過彼此身邊。他想像母后寢宮夜裡的情景，想像渾身散發奇特美感的伊安詩，跑到姊姊身邊，就像以前李安德經常在黑暗中跑到他身邊那樣。一想到這裡，他就更加渴望再見到李安德，跟李安德一起度過黑夜。到了早上，他仍舊思念著李安德，接下來天天殷殷等候他的朋友回來。

六

有一天早上，他來到姊姊的寢宮，發現姊姊煩躁不安。伊安詩冷靜地在一旁觀看，伊蕾特拉說李安德以軍令向王后告知信息。李安德要求建造關押囚犯的牢房，還要召集十二名長老，他和他的軍隊還沒回宮之前，不論要做什麼事，都必須長老們同意才能做。他還要王后通知他的家人，他很快就會回家了。

「要說什麼？真是傷腦筋啊。」伊蕾特拉說道，「我沒辦法傳信息給他，讓他知道他家人發生了什麼事，因為他不准來宮裡傳訊的那名信使透露他的行蹤。自然，我也沒辦法向他傳達母后的死訊。從他的信息可以看出來，他握有權力，但是在宮裡，掌控權力的是我們。」

奧瑞斯特斯想對伊蕾特拉說，她或是宮裡的任何人都沒有權力。他們受到某些守衛保護，但是軍隊戰敗的消息傳開了，他也無法再確定那些守衛是否完全忠誠。

「你的意思是說，」伊蕾特拉不耐煩地說道，「你不認同我的想法嗎？」

「李安德的軍隊規模有多大？」奧瑞斯特斯問道。

「我不知道。」她答道。

「我們的軍隊規模有多大？」

「我們沒有軍隊。最後一支軍隊狄諾斯帶走了。不過王宮倒是有人守護，效忠於我的人嚴密守護著。」

「效忠於妳？」

「效忠於我們，效忠我們兩人。」

「妳確定李安德真的率領軍隊嗎？」

「我是這麼聽說的。他率領打了勝仗的軍隊，或者他跟其他人一起率領軍隊，而且他活下來了。我還聽說艾吉瑟斯成了他的階下囚。如果艾吉瑟斯回到這裡，我一定會立刻處置他。」

奧瑞斯特斯瞥了伊安詩一眼，伊安詩把眉頭上的頭髮往後撥，看著奧瑞斯特斯和伊蕾特拉，似乎暗示著她關心的事，比他們兩人關心的事更加迫切。奧瑞斯特斯明白，伊安詩必須告訴哥哥，其餘家人發生了什麼事。

六

軍隊在夜晚抵達，李安德採取的第一個行動是包圍王宮，接著要求跟克呂泰涅斯特拉王后和長老們見面。伊蕾特拉接獲要求，立刻把奧瑞斯特斯叫到寢宮。

「我還沒回覆他的要求。」她說道。

伊安詩在房間角落，用毯子裹著身體。

「我認為應該立刻准許李安德入宮。」奧瑞斯特斯說道。

「為什麼？」伊蕾特拉問道。

「因為他是我的朋友，也是伊安詩的哥哥。」

「他也是叛軍的領袖呀。」伊蕾特拉說道。

「伊蕾特拉，」他說道，「不論我們答不答應，他都會入宮。反抗他沒有意義。」

「你要背棄我？」伊蕾特拉問道。

奧瑞斯特斯沒有回答。

「他的信使在門口等候。」伊蕾特拉說道。她的聲音很小，壓抑著怒氣，「如果讓他入宮，後果由你承擔。」

奧瑞斯特斯和姊姊走到宮門，命令守衛開門。李安德在宮外，被隨從團團圍住。由於喊叫聲與歡呼聲四起，奧瑞斯特斯說要邀請李安德入宮，根本沒有人聽見。

「你必須單獨入宮。」他說道。

李安德停下腳步，溫柔地碰觸奧瑞斯特斯的肩膀，奧瑞斯特斯看見李安德的一邊側臉上有一道從上延伸到下的傷疤，傷口剛癒合，肉被劍劃開了。

「你必須單獨入宮。」他拔高音量又說了一遍。

「我的護衛跟我一起入宮。」李安德說道，「獨自進入這座宮殿，絕對有危險。」

他跟奧瑞斯特斯擦身而過，有五名護衛隨侍。李安德走在廊道上，奧瑞斯特斯試著跟他並肩而行，伊蕾特拉則跟在後頭。有幾次，奧瑞斯特斯試著吸引李安德注意，但是李安德堅決前往克呂泰涅斯特拉王后的寢宮，不被耽擱，沒有理會他。

李安德和護衛闖入寢宮時，伊安詩站在陰暗處，一開始李安德並未看見她。

「王后在哪裡？」李安德問伊蕾特拉，伊蕾特拉和奧瑞斯特斯在他身後。

伊蕾特拉沒有回答，他轉向奧瑞斯特斯。

「我要見王后。」

「她死了。」伊蕾特拉說道。

「沒人跟我說她死了。」李安德說道。

「沒人找得到你。」伊蕾特拉答道。

那一刻，奧瑞斯特斯覺得房裡的光線好像變了，牆上燃燒的油燈彷彿變得跟陽光一樣明亮。伊安詩走向哥哥，她光著腳，頭髮散垂，看起來十分虛弱，簡直就像鬼魅。

「我妹妹為什麼會在這裡？」李安德問道。

他看著伊蕾特拉，但她沒有回答他。他轉向奧瑞斯特斯，降低音量，直接問奧瑞斯特斯。

「我妹妹為什麼會在這裡？」
「你家遭人襲擊。」奧瑞斯特斯說道。
「我家？」他問道，「我們家？」
「是的。」奧瑞斯特斯輕聲說道，緊盯著李安德的目光，「你父親……」
「我父親在哪裡？」他問道。
「他死了。」奧瑞斯特斯說完嘆了一口氣，「你家人全都死了。」
「我母親呢？」
「也死了。你家人全都死了。」
「你妹妹——」伊蕾特拉開口說道。
「我妹妹怎麼了？」李安德打斷她說話，「我妹妹怎麼會在你們這裡？」
「我們找到她之後，」伊蕾特拉說道，「把她留下來照顧。」
「是誰找到她？」李安德問道，氣得臉上那道疤發紅發紫。
「是我。」奧瑞斯特斯說道。
李安德先是把雙掌移向自己的臉，接著雙臂往外伸，彷彿無法控制似的。
「我家遭人襲擊？」他問道。
「是的。」奧瑞斯特斯說道。
「你說我家人全被殺了？」他柔聲問道，「他們全都死了？」
他走向奧瑞斯特斯，面對奧瑞斯特斯，接著轉頭面向伊蕾特拉，最後走到窗前。

「請給我一分鐘，我實在無法相信。」他說道，「等等再告訴我一次是不是真的。」

他只沉默幾秒鐘，又開口說話。

「是真的嗎？」他問道。

沒人回答他，他又問了一遍，語氣冰冷而憤怒。

「是真的嗎？」

「是真的。」伊蕾特拉輕聲說道。

「那王后呢？」他問道，「她怎麼死的？」

「我殺了她。」奧瑞斯特斯說道。

「你殺了王后？」

「對。」

「誰說你可以殺她？」李安德問道。他不等奧瑞斯特斯回答，又大聲反覆問了幾遍，最後伊蕾特拉提起膽子答道：「是我說他可以殺母后。是神明說他可以殺母后。」

「神明跟我們沒有關係！」李安德咆哮道，「沒有關係！神明沒辦法再保佑我們了！神明的時代已經結束了！」

「我母后下令殺人。」奧瑞斯特斯說道，「她——」

「我不想聽她做了什麼。」李安德說道，「她現在死了。這樣還不夠嗎？」

李安德走到伊安詩身邊，抱住妹妹，不發一語。奧瑞斯特斯看著伊蕾特拉，心裡篤定伊蕾特拉跟自己一樣都明白，她可以趁現在宣稱自己是掌權者；但是如果她那樣做，李安德一定會叫人把他們姊弟倆帶走。李安德用力呼吸，目光在房裡各個物品之間快速游移，伊蕾特拉看起來像是在唸禱告詞。

「把廚房全都打開。」李安德最後說道，「軍隊已經好幾天沒有吃東西了。叫我要的那十二個長老來這裡集合。立刻把地牢的牢房準備好。地牢裡的牢房是空的嗎？」

他一下看著伊蕾特拉，一下又看向奧瑞斯特斯。

「你們倆誰來回答我？」

「不，牢房不是空的。」伊蕾特拉冷靜說道，「效忠母后的守衛被關在裡頭。」

「把他們的武器全都沒收，然後把他們關到同一間牢房裡。」李安德說道，「還有，立刻派人打開廚房，並且請長老過來。我現在就要見他們。」

奧瑞斯特斯看著伊蕾特拉。伊蕾特拉一臉惱怒，動作傲慢，走去吩咐一名守衛。

六

隨著上午時間過去，王宮漸漸變得像市集，大家忙著把食物搬進廚房，前側殿堂擠滿軍士，有些在用餐，有些在睡覺，有些成群坐著聊天；廊道上吵吵鬧鬧的，有信使、囚犯，還有在找丈夫、兄弟、兒子的婦女。

長老們齊聚王宮附近的一棟建築，那棟建築已經多年沒有使用。李安德解釋，他要向長老們請益應該怎麼處置艾吉瑟斯。艾吉瑟斯現在被關在地牢裡，受到嚴密看守。伊蕾特拉提出自己的看法，表示該怎麼處置他，是再明顯不過的了。有幾位長老贊同伊蕾特拉。

「事情可沒那麼簡單。」李安德說道，「艾吉瑟斯知道宮裡發生的大小事。活著的人裡頭，只有他知道。說不定還有人跟我祖父、米特羅思、米特羅思的家人一樣，被綁走，關在與世隔絕的地方。只有他知道人被關在哪些地方。要把人救出來，沒有他不行。」

李安德說話時，伊安詩走向他，等他把話說完後，對他輕聲耳語。他專注地聽，點了點頭，好像伊安詩說了一些有趣但不重要的事情。接著他突然別過身，彎下腰，露出痛苦的模樣。奧瑞斯特斯本來想走過去問他怎麼了，但他跪下，不讓人靠近，一邊喘氣一邊啜泣。所有人只能默默看著他。伊安詩走到他身旁，他伸手握住伊安詩的手。

六

後來，李安德跟多數長老決定，饒艾吉瑟斯活命，但要打斷他的腿，不讓他在宮裡遊蕩，煽動陰謀。李安德下令，艾吉瑟斯康復後，就把他帶到議事廳，讓他參與議事，但是必須小心看守他。

伊蕾特拉反對，要求處死他，不過遭到反駁。

「已經夠多人被殺了，屍體夠多了。」李安德說道。

李安德或姊姊都開始不理會奧瑞斯特斯，在這些商討如何處置敵人的會議中，經常對他視若無睹。奧瑞斯特斯發現，比起他們兩人，伊安詩比較親切，因此每次都坐在伊安詩附近。

伊安詩開始在夜裡到奧瑞斯特斯的寢宮，奧瑞斯特斯並沒有問是不是伊蕾特拉派她來，或她要怎麼跟伊蕾特拉解釋為什麼離開，甚至是李安德是否知道她在做什麼。

兩人躺在一起時，奧瑞斯特斯驚訝地發現，自己竟然如此渴望伊安詩的陪伴，想到夜裡能跟她在一起，白天就過得輕鬆多了。一開始伊安詩猶豫著能不能跟奧瑞斯特斯有肌膚之親，幾乎害怕被奧瑞斯特斯觸碰，但是不一會兒，她就伸出雙臂抱住奧瑞斯特斯，也讓奧瑞斯特斯抱住她，兩人相擁入睡。

李安德回來後，奧瑞斯特斯察覺到伊蕾特拉變了。她不再去父王的陵墓，變得生氣勃勃，甚至是俐落敏捷。白天忙著發號施令，跟李安德與長老們議事，掌理國事，動作變得果決直接，聲音變得深沉，語氣更加嚴厲。她不再提神明或亡魂，改談必須加以控制的那些邊遠疆域。她就像被從睡夢中喚醒的人。

奧瑞斯特斯不禁納悶，這樣的改變有幾分是演出來的，承受什麼壓力才會演不下去，就像她以前扮演女兒，假裝活在神明的光輝之中，最後終究演不下去。

伊蕾特拉白天都跟李安德待在宮裡最大的那間廳堂裡。他們需要長老時，就會傳喚長老。有時候奧瑞斯特斯會不禁想，如果母后還活著，一定會很喜歡這套新的統治方式，包括傳遞緊急訊息，擬定命令，分配時間接見在宮外排隊求見的人。

奧瑞斯特斯注意到姊姊和李安德對艾吉瑟斯言聽計從，因為哪些家族有宿怨，哪些邊界自古以來爭端不止，哪些土地最肥沃，哪些人不能信任，艾吉瑟斯瞭解得既詳細又準確。艾吉瑟斯坐在椅子上，好像什麼事都沒發生過似的。每當需要移動時，他似乎不會因為雙腿無法行走而氣憤填膺，甚至反而因此變得惹人憐惜。

由於伊蕾特拉反對饒艾吉瑟斯活命，因此李安德堅持要他住在伊蕾特拉以前的寢宮，緊緊看住他。自從住進那裡，艾吉瑟斯夜裡就有許多訪客，侍女會先送食物給他，順便轉達廚房的熱情問候。伊蕾特拉拒絕跟他一起用餐，一天的事務處理完後，就把他趕回他自己的寢宮，他反倒善加利用這一點。根據傳言，最上乘的肉片，最新鮮的糕點，都送到他一人獨享的那張餐桌上。而且他用完餐後，還會有人來訪，有些人待到黎明才離開。

出了地牢之後，艾吉瑟斯就密切注意奧瑞斯特斯。顯然有人告訴他，是奧瑞斯特斯殺掉克呂泰涅斯特拉王后；奧瑞斯特斯看得出來，艾吉瑟斯想不透為什麼他要殺母后，也因此對他深感興趣。

有一次，他們跟幾位長老在討論灌溉計劃，艾吉瑟斯開始說話時，奧瑞斯特斯跟伊蕾特拉四目相交。伊蕾特拉對他露出邪惡的笑容，他則對伊蕾特拉點了點頭。他很清楚，姊姊不打算再長久忍耐艾吉瑟斯出現在面前。他知道，不管李安德或長老們怎麼想，等到一切風波平息後，艾吉瑟斯就會被暗殺。用來殺死母后的那把刀，奧瑞斯特斯仍舊收著，藏在他的寢宮裡，一旦伊蕾特拉下暗號，他就會馬上再拿出來用。

六

自從回到宮中，奧瑞斯特斯和李安德就沒有再聊過以前被囚禁的那個地方，或脫逃的經歷，或婆婆的家，或米特羅思。那段時間發生的事，化為一個個片刻，一個個畫面，一段段閃現的記憶，出現在奧瑞斯特斯眼前，雖然不容易連結起來，卻反而看起來更加清晰。他覺得，李安德是因為發現當時逃跑不久之後，大家就獲釋了，才不想要談論那段歲月。奧瑞斯特斯不禁想，那段歲月終究會被遺忘。雖然無法跟李安德一起回憶那些往事，但奧瑞斯特斯獨處時，仍舊會在心裡回想。不過這樣還是不夠，那些往事終將會漸漸縮小、枯萎、消逝，直到最後，大家就會覺得那些發生過的事好像沒發生過。只有他會記住。

有幾次，他遇到幾名以前跟他一起被拘禁的男童，如今他們都已經長大成人。他知道，自從他回來後，他們就一直躲著他。他心想，確實，直到現在，他才又開始聽到他們的名字。他們跟隨他們的父親到王宮時，會禮貌地對他點頭行禮，僅此而已。

李安德在王宮前側給自己建造了一間廳室，在那裡眺望軍隊抵達。哪些守衛當值，由他決定，再加上守衛有事都直接向他稟報，因此奧瑞斯特斯認為他應該很清楚伊安詩每晚什麼時候會從伊蕾特拉的寢宮跑到奧瑞斯特斯的寢宮，然後在晨曦初現的一個小時前回去。有幾次，奧瑞斯特斯送伊安詩到門口時，好想要沿著廊道走到李安德的寢宮，偷看他是不是還醒著，但是又怕看到不想看的畫面。

有時候奧瑞斯特斯覺得，姊姊和李安德是故意不理他，因為他會讓他們想起他們想要掩飾或遺忘的事。他們不想要跟他獨處，全然不再對他感興趣，正如同伊蕾特拉似乎不再對神明和亡靈感興趣，或李安德不再對過去發生的事感興趣。

奧瑞斯特斯仍舊住被陰影籠罩、有鬼魂出沒的地方，伊蕾特拉和李安德也都曾經住過那裡，早就離開，前往前途光明的地方，但是奧瑞斯特斯的存在似乎反而讓前途變得黯淡。奧瑞斯特斯覺得奇怪的是，他還待在王宮裡，李安德怎麼就已經跑到外面的世界；他還繞著母后、伊蕾特拉、伊安詩的軌道打轉，李安德怎麼就變成跟父王一樣的戰士。他愈來愈覺得殺掉母后好像不是真實的，沒有人提起過，好像沒發生過。

六

有一天，奧瑞斯特斯進入伊蕾特拉的寢宮，伊蕾特拉在窗前跟一個身材高䠷的人熱切地談論事情。奧瑞斯特斯靜靜地看著他們一會兒。那個人轉過身來，他赫然發現那個人就是跟他一起去救狄奧多圖斯和米特羅思的那名守衛。守衛一派輕鬆，隨意打斷公主講話，顯而易見，他們講起話來就像地位相同，或彼此熟識。

他們兩人立刻停止交談，守衛趕緊走開，假裝想著別的事，伊蕾特拉則大步走過寢宮，裝出忙碌的樣子。好像兩人暗中勾結被發現似的。

奧瑞斯特斯專注地看他們，卻被伊安詩打斷。伊安詩請奧瑞斯特斯到她身旁坐，奧瑞斯特斯假裝聽她說話，心裡回想著剛剛看見的畫面，顯然姊姊和那名守衛很熟，而且他覺得他們不想要他看見他們在一起。

伊蕾特拉有時候會假裝沒看見他，李安德仍舊不理會他，他們兩人和長老們都不讓他共商計策，使他愈來愈覺得被刻意孤立。他們所有人，甚至包括伊安詩，都安穩地待在一張由計謀與結盟交織而成的網子上，只有他們才知道那張網子有多麼地錯綜複雜。這不禁讓他好希望能夠回到小時候，無憂無慮地生活，不用去管這些事，當個只想跟大人鬥劍玩耍的小孩子。

六

伊安詩白天都待在寢宮裡，那裡活動最多。她知道每個信使的名字，記得每個人什麼時候離開、預計什麼回來。她也記得公主作了什麼決策，或是各個長老請求公主哪些事務必跟他們商議。通常她都沉默寡言。奧瑞斯特斯發現，她都會專心聽，看起來像有話要說，最後卻又打消念頭。她裝得好像專心想著自己的事，其實密切注意大小事。

她告訴奧瑞斯特斯自己懷孕時，奧瑞斯特斯要求她等一段時間再告訴伊蕾特拉和李安德。奧瑞斯特斯想要宮裡有某件事是只有他一人知曉，想要獨自知道某個祕密。

「我已經告訴他們了。」伊安詩說道。

「為什麼沒有先告訴我？」

「我這不就告訴你了。」

「為什麼先告訴他們？」

她沒回答。

翌日，奧瑞斯特斯看著李安德假裝在跟幾位長老熱切交談，後來，奧瑞斯特斯推開李安德附近的人。

「我必須跟你談談。」他說道。

「我們今天要派信使出去，事情很忙。」

「這是我父王的王宮。」奧瑞斯特斯說道，「沒有人可以用那種口氣跟我說話。」

「你想幹什麼？」

李安德顯然惱怒了。有幾名長老開始走近，好聽聽他們在說什麼。

「我需要私下跟你談談。」

「等今天的工作做完吧。」

「李安德，」奧瑞斯特斯在他耳邊低聲說道，「我現在回我的寢宮，我要你馬上跟過來。」

在寢宮裡，奧瑞斯特斯準備好要說的話。然而，李安德一出現，他卻改變說話方式，沒有按照準備好的話講，反而好像邊想邊說似的，像是在跟習慣聽從命令的人講話。

「你不在這裡的時候發生了很多事。」他說道，「我研究過我們採用的制度，比方說徵稅制度和邊疆地區管理制度。除了艾吉瑟斯以外，沒有人懂得比我多。有些長老確實知道一些事，但是最好別相信他們，必須嚴密監視他們。」

李安德斜倚著牆壁聽他說。

「參與議事時，我專注聆聽。」奧瑞斯特斯繼續說，「我認為最好減少參與議事的長老人數。有些長老提出的訊息是錯的，有些決策被誤導。我知道訊息有誤，我確定決策被誤導。」

「你跟誰一起研究我們的制度，你怎麼能如此篤定？」李安德問道。

「跟我母后。」

「你要我們相信她告訴你的是真的？」

「我們研究過施政制度。」

「然後你把她殺了？」

「她下令殺掉你的家人，是她唆使下手的，而且她也是殺我父王的凶手。」

「這些我都知道。」李安德說道。

「李安德，我是站在你這邊的啊。你不在的時候，你要求我做的事，我都做了。」

「我可沒要求你做任何事。」

「你傳訊息給我，叫我幫忙解救你祖父和米特羅思。」

「我沒傳訊息給你啊。我在打仗。我根本不知道我祖父在哪裡。如果當初你沒有把我祖父從地下救出來，說不定他現在還跟我們在一起。」

「如果訊息不是你傳的，那是誰傳的？」

「我還有其他事要傷腦筋。」李安德說道。

他們盯著彼此，氣氛變得更加緊張，就在此時，李安德突然叫喚奧瑞斯特斯。奧瑞斯特斯走到他面前，他伸手撫摸奧瑞斯特斯的臉龐和頭髮。

「長老們不想讓你參與任何事。」李安德說道，「他們甚至不想讓你待在議事廳聽我們議事。你能待在那裡，純粹是因為伊蕾特拉和我堅持。長老們想要把你趕走。」

「為什麼？」

「你說得出哪個人做過你做的事嗎？」

「如果我沒有殺掉我母后，你現在就不會在這裡。」

「錯，我會。」

李安德把奧瑞斯特斯拉近自己。

「我妹妹現在很脆弱。」李安德說道，「你找到她的時候，她一心想尋死。我要你跟她在一起，待在她身邊。我不希望你離開她身邊。」

「有重要的事……」奧瑞斯特斯開口說道。

「那些事由我和你姊姊還有長老們來處理。」

「我是國王的兒子。」奧瑞斯特斯說道。

「或許你該祈求神明從你身上拿走那份重擔。說不定那是神明會答應的最後一個願望。」

奧瑞斯特斯渾身顫抖了起來，開始嗚嗚啜泣。

「你必須坦然接受自己做過的事。」李安德說道，「你現在擁有的，就只有你做過的事。既然我妹妹懷孕了，你就必須娶她，照顧她。除此之外，再也沒有別的事。我們決定了，你什麼事都不用參與。」

六

奧瑞斯特斯和伊安詩宣布結婚時，伊安詩和李安德都堅決認為婚禮應該辦得簡單私密。王宮的花園裡，有一間寬大的宴會廳，婚禮就在裡頭的一間小廳堂舉辦。奧瑞斯特斯和伊安詩交換誓言後，沒有人說話。奧瑞斯特斯幾乎感覺得到姊姊、妻子、李安德紛紛沉默地環顧四周，注意傾聽死者的名字有沒有出現，仔細查看那些被謀殺的人在不在，然而，空氣中充滿他們缺席的氣息。

六

用餐時間，長老已經結束工作，離開王宮了，不會再有信使過來，李安德和伊安詩都會公開談論父母、祖父母、親人，語氣雖然悲傷至極，卻也無比驕傲。有一兩次，奧瑞斯特斯不自覺看著伊蕾特拉，心裡納悶他們是否也能開始談論自己的姊姊和父母，哪怕只是說出他們的名字，或是回憶他們做過的事或說過的話，不過他從伊蕾特拉低著頭就知道，這是不可能的。

奧瑞斯特斯有一次看見跟他去救狄奧多圖斯和米特羅思的那名守衛，把一群囚犯從地牢帶到另一個囚禁處，因為地牢實在太擁擠了。奧瑞斯特斯本來想要攔下守衛，問他當初是誰把狄奧多圖斯和米特羅思被囚禁的地點告訴他，還有伊蕾特拉怎麼那麼快就知道發生什麼事。就在他準備開口指控那名守衛跟姊姊勾結之際，他猛然想，守衛肯定會請他去問伊蕾特拉本人。他知道自己沒辦法那樣做。就在兩人四目交鎖的那一瞬間，他注意到守衛一臉內疚，甚至是羞愧，趕緊帶著囚犯離開。

每天晚上，伊安詩雖然都在奧瑞斯特斯的寢宮準備就寢，但是會短暫回到伊蕾特拉的寢宮，帶回伊蕾特拉跟她分享的消息或新想法。奧瑞斯特斯喜歡摸伊安詩的肚子，要她想像孩子的各個部位在哪裡，或者孩子是男的還是女的。

有一天晚上，伊安詩說孩子快出生了，奧瑞斯特斯聽到後很驚訝。她走到奧瑞斯特斯身旁對他輕聲耳語道：「這件事只有伊蕾特拉知道。李安德還不知道。伊蕾特拉建議我別告訴李安德，也別告訴你。」

奧瑞斯特斯緊張了起來，以為進宮的那名助產婆告訴伊安詩和伊蕾特拉，說孩子有危險或活不了。

「千萬別讓伊蕾特拉知道我告訴你了。」伊安詩說道，「她要我答應只能告訴你孩子會提早出世。」

「妳這話是什麼意思？」

「你找到我的時候，我就已經懷了孩子。」伊安詩低聲道。

「妳確定？」

「是的，我確定。當時我就感覺我懷孕了。我母親和我祖母告訴過我，我會有什麼樣的感覺。剛來宮裡時，我還不確定，但不久之後我就確定了，確定我懷孕了。」

「妳原本跟誰在一起？」

「他們強暴我，那些人，他們強暴我，而且逼所有人，包括我祖父，在一旁觀看，接著，又逼我眼睜睜看著他們殺掉所有人，把屍體整整齊齊疊好，就像你看到的那樣。我以為我最後也會被殺，因此等著被殺。結果他們卻丟下我，沒有再回來，我便躲到屍堆底下。我想要跟死去的家人在一起，跟他們埋在一起。」

「我不是孩子的父親？」奧瑞斯特斯問道。
「我不認為我們在黑暗中做的事能讓我懷孕。要讓我懷孕，不是那樣做。」
奧瑞斯特斯把她抱向自己，沒有說話。
「不過這樣的情況我還沒告訴伊蕾特拉。」伊安詩說道，「我不會告訴她。」
她嘆了一口氣，伸出雙臂抱住奧瑞斯特斯。
「我剛知道自己有小孩時，」她繼續說道，「好想一頭撞上外頭的石頭，或拿刀自殺。我本來想一死了之，後來你姊姊在夜晚幫我洗澡，撫摸我，你也擁抱我，然後我哥哥回來了，我才打消尋死的念頭。不過我現在要離開你。我們倆當初不應該結婚。我會回到村子，請母親的家人收留我。我能幫他們打掃，能幫他們做什麼，就做什麼。我會在那裡生下孩子。孩子已經會動了，我會自己走到那個村子。」
「我不准妳離開。」奧瑞斯特斯說道。
「孩子出世後，你就不會想要我了。」
「妳有看見害妳懷孕的那個人嗎？」奧瑞斯特斯一邊摸著她的肚子一邊問，「妳當時有看見他的臉嗎？妳現在知道他的姓名嗎？」
「有五個人強暴我。」伊安詩說道，「我被他們五個人強暴，不止一個。」
「不過孩子是在妳的肚子裡，不是在他們的肚子裡呀。」奧瑞斯特斯說道，「他們全都死了，他們全都被殺了。」
「是的，孩子在我的肚子裡。」

「而且孩子是在我們家長大，會在我們家裡出生。」
「不，孩子不會在這裡出生，我會離開。」
「是我姊姊要妳離開的嗎？」
「我還沒告訴她我要離開。」
「我是妳丈夫，我不准妳離開。」
「你不會想要那個孩子。」
「那個孩子在妳肚子裡長大，是妳的孩子啊。」
「不過不是你的。」
「孩子是我抱著妳的時候在妳肚子裡長大的。孩子是夜裡妳跟我一起在這裡的時候長大的。」
「我不能告訴我哥哥。」伊安詩說道，「這些事我絕不能告訴他。他肯定無法承受。」
「妳千萬要跟伊蕾特拉說妳也什麼事都沒告訴我。」
「孩子出生後，」她說道，「你就會想到那些人，你一定會想到他們。」
「我姊姊要妳把孩子生下來，留在宮裡嗎？」奧瑞斯特斯問道。
「是的，不過她也要我別把真相告訴你。」
「但是她要妳留下來？」
「是的。」
「那妳就留下來啊。不能再有人……」

他感覺喉嚨一哽，強忍住不哭。

「奧瑞斯特斯，你說什麼？我聽不見你說什麼。」

「我們不能再失去任何人了。我失去了姊姊、父王和……」

他猶豫了一下，才把伊安詩抱近自己。

「母后夜晚都會在廊道上走動。」

伊安詩坐起身，環顧四周。

「你見過王后？」她問道，「你見過她？」

「沒有，但是她確實在那裡。不是每晚都在，也不會待很久，不過在某些夜晚，她的某個部分會來到這裡，待一會兒才會離開。有時候她會來到我附近，她現在就在我附近。」

「她想做什麼？」

「我不知道。但是我不能再失去，我們不能再失去，任何人了。已經死夠多人了。」

「沒錯。」她說道，「已經死夠多人了。」

六

接下來幾個星期，他遊走於自己的寢宮和眾人聚集的議事廳之間。伊安詩白天也會待在議事廳，議事廳裡有許多訪客、信使，李安德經常大聲咆哮，發號施令，臉上的疤漲得通紅。奧瑞斯特斯開始感覺到長老們的敵意，他知道長老們不想要他待在議事廳，正如同任何地方都不需要他，只有伊蕾特拉曾經需要他幫忙做自己不想做的事，或者只有李安德曾經需要他一起逃跑，好保護米特羅思。

他發現自己不論走進哪個廳殿，都沒有人會抬起頭來看他，人人都只是跟他擦身而過。他如果想要，自然是可以待下來；不然就得回去自己的寢宮，聽著白天外頭廊道上的聲音，心裡很清楚那些聲音跟他一點關係都沒有。他可以想像，跟發生過的那些事相比，那些聲音根本就不重要，抑或說不定他自己才是不重要的。他知道，他跟帶著緊急書信來來去去的信使一樣，是有用處的。他已經向大家證明，他什麼事都願意做。

不過現在他卻活在陰影之中，每天都在黯淡的餘波之中度過。

夜裡同床共枕時，他覺得伊安詩也變得疏遠，伊安詩肚子裡的孩子也變得疏遠。他曾經以為那個孩子是他的，現在仍舊希望能夠當那個孩子的繼父，因為那個孩子的生父，不論是誰，已經化為塵土。

伊安詩注意到奧瑞斯特斯總是無精打采，鼓勵他到議事廳跟伊蕾特拉、李安德、艾吉瑟斯和長老們議事時，待久一點。有幾次他起身想要離去，伊安詩都打手勢要他留下來一起聽。

有一次，大家在商議該怎麼處置幾年前國王俘虜的奴隸，奴隸以前被迫工作，清除田野裡的岩石，建造灌溉渠道，但是現在，自從李安德獲勝之後，奴隸就成群在鄉野流浪，掠奪居民，襲擊住宅。

奧瑞斯特斯仔細聽著，不禁驚訝竟然沒有人提議派兵圍捕奴隸，殺掉奴隸的領袖，命令奴隸回去工作。他確定，如果是在不久之前，艾吉瑟斯和母后一定會這樣想，甚至連父王也會這樣做，長老們也會贊同。此時艾吉瑟斯卻在談論有一塊地泉水豐沛，但是缺乏灌溉溝渠，土地亟需要整理。

艾吉瑟斯稟報這件事之後，李安德提議把那塊地賜給奴隸，以及跟奴隸一起被發配的人，或是沒有家人的人。應該把那塊地劃分成小塊土地，讓每個人都能擁有土地。接著伊蕾特拉談論有哪些種子與工具能夠分發，以及有哪些作物可以種植。一名長老提醒他們，有些奴隸目前就被關押在那附近，或許可以釋放他們。艾吉瑟斯隨即插話，說那些奴隸有的很危險，必須先仔細調查過後，才能釋放，而且一次只能釋放兩三個。他說，他也認為必須強制流浪的奴隸遷移到這塊新領地，因為他們不會自願去。

他說，有些奴隸甚至懷抱希望，以為會被送回祖國，但那是不可能的，當初跟他們打仗的軍士已經移居到他們的祖國。

最後，李安德漫不經心地問奧瑞斯特斯有沒有事要說，奧瑞斯特斯搖搖頭。搖頭之前，他看見長老們紛紛看向別處，伊蕾特拉和艾吉瑟斯也忙於其他事。他不禁納悶，李安德要大家注意他，是不是單純要嘲弄他。

每當跟大家一起待在議事廳，他都會發現，因為他專心聆聽，而且從來不用費心去想自己接下來應該說什麼，因此能夠準確記住前一個爭論議題，或是大家忽視的解決方案。遇到複雜的討論內容，或者有複雜的證據互相矛盾，奧瑞斯特斯總能夠記得別人忘記或記不清楚的事。有幾次，他想要糾正他們，正確說出發言人說了什麼或者大家達成什麼共識，卻發現他們沒興趣聽他說話，於是作罷。

他不只會注意他們以及他們使用的語詞，當他輪流看著每個人時，還會感覺到議事廳裡有其他人在，那些人以前曾經用不同的方式處理過同樣這些事。他感覺到父王的靈魂在議事廳裡徘徊，有狄奧多圖斯和米特羅思的靈魂，還有其他靈魂，但是他不知道他們的名字。

不過最重要的是，奧瑞斯特斯看見母后在議事廳裡，看見她在伊蕾特拉的身體裡。奧瑞斯特斯看著姊姊，聽她說話時，看見的是母后的臉，聽見的也是母后的聲音。接著奧瑞斯特斯會注意到一個模糊的形影，或光線改變，他知道那是母后。奧瑞斯特斯會握住伊安詩的手，緊緊靠著她，這樣空氣擾動才會消失，恢復平靜。

六

有一天晚上，趁著伊安詩還跟伊蕾特拉在一起，李安德獨自到奧瑞斯特斯的寢宮，奧瑞斯特斯看到他一點都不訝異，幾乎是一直在等待這一刻。在晦暗的光線中，他注意到李安德的疤，邊緣呈現白色，看似綻開，活像嘴脣。

「守衛夜裡聽見廊道上有聲音。」李安德說道，「他們說，一開始只是空氣中出現一團擾動，然而，昨晚他們急急忙忙跑到我的寢宮，說有女人說話的聲音。」

「她說了什麼？」

「她在呼喚你的名字。守衛聽到她呼喚你的名字，嚇得跑到我的寢宮。我出來後，發現廊道上只有一股寒意，除此之外，什麼都沒有。」

「所以什麼都沒有嗎？」

「奧瑞斯特斯，守衛見到王后，是你母親。他看過王后，完全篤定那是王后。他聽見王后的聲音，問王后會不會傷害你。」

「我母后說什麼？」

「王后說不會傷害你，只是要你獨自到廊道上。我已經吩咐守衛們今晚別去站崗。夜晚很安全，有幾個小時廊道上會沒有人。」

「我姊姊知道嗎？」

「只有聽到王后聲音的那幾個守衛和我知道。」

「到時候你會待在附近嗎？」

「我會待在我的寢宮。」

「那我該怎麼跟伊安詩說呢？」

「請她待在公主身邊。她就快要生了，必須待在公主身邊。我會告訴伊蕾特拉公主，說助產婆傳來信息，要伊安詩最好待在公主的寢宮。到時候你就能夠獨自去了。」

「你確定我應該去嗎？」奧瑞斯特斯問道，「你確定這不是艾吉瑟斯或敵人設下的圈套？」

「我向你發誓，我相信王后真的在廊道上遊蕩。如果沒有，那就讓神明懲罰我忘記我深愛的祖父。」

六

跟伊蕾特拉和伊安詩一起用餐時，他們裝得若無其事。吃完晚餐後，奧瑞斯特斯和李安德馬上離開。從廊道上的守衛面前走過時，奧瑞斯特斯發現他們似乎很緊張。抵達奧瑞斯特斯的寢宮門口，李安德給奧瑞斯特斯一個熟悉的溫暖擁抱，安撫他的情緒，接著便放開他，沿著廊道走回自己的寢宮。奧瑞斯特斯獨自等候，每隔一段時間查看守衛們是否仍在崗哨上。

他確定守衛都離開後，便到廊道上等候；到底應該站著等，還是走來走去查看母后是否有出現，他實在拿不定主意。

他走回寢宮，在門口徘徊，什麼事都沒發生，沒有聲音，空氣也沒有改變。他移動位置，走了幾步，旋即又往回走。此時他聽見遠處牲畜驚恐嗥叫，接著是小母牛痛苦哀號，聲音更刺耳，然後聞到鮮血、恐懼、動物內臟的味道從祭壇傳來，最後看見姊姊穿著白色禮服，聽見姊姊和母后尖聲哭喊。夜裡獨處時，他有時也會聽見這些聲音，聞到這些味道，看見這些畫面。

聽見這些聲音後，奧瑞斯特斯環顧四周，走到廊道中央，赫然看見她就在那裡，那確實是母后。她在說話，但是奧瑞斯特斯聽不懂。奧瑞斯特斯輕聲對她說自己是奧瑞斯特斯，正等著她。突然間，兩隻手緊緊抓住奧瑞斯特斯的手腕，倏地將他的身子轉過去。接著那雙手鬆開他。他知道必須輕聲說話，不能大聲叫喚，否則會被伊蕾特拉或伊安詩聽到。

「我在這裡。」他輕聲說道。

母后再次現身時，穿著一身白，打扮得好像要去參加婚禮或宴會。她比奧瑞斯特斯記得的樣子還要年輕。她走，奧瑞斯特斯就跟著她走，她停，奧瑞斯特斯也跟著她停。

「我是奧瑞斯特斯啊。」他輕聲說。

「奧瑞斯特斯。」她輕聲叫喚。

奧瑞斯特斯現在能夠清楚看見她，她的臉又變得更年輕。

「這裡沒有人啊。」她輕聲說道。

「有啊。」奧瑞斯特斯說道，「我在這裡啊。是我啊。」

「沒有人啊。」她又說了一遍。

「沒有人啊」這句話她又說了兩次，接著，她的身形漸漸消失，她四周影子漸漸變大。奧瑞斯特斯覺得她似乎突然獲得強烈的暗示，想起發生過什麼事，想起自己是怎麼死的。她驚訝地盯著奧瑞斯特斯看，露出痛苦的神情，最後痛心地倒抽一口氣，便消失無蹤。

奧瑞斯特斯感覺到廊道上出現一陣冷風，知道母后不會再回來了。

六

奧瑞斯特斯獨自默默等待一段時間，確定沒有母后的蹤影之後，便前往李安德的寢宮，卻發現寢宮裡空無一人。他跑過整條廊道，去找姊姊和伊安詩，也找不到她們。於是他又回到廊道上，前往艾吉瑟斯的廂房，發現艾吉瑟斯跟一名守衛躺在床上，假傳李安德的信息，正是那名守衛。奧瑞斯特斯問李安德在哪裡，艾吉瑟斯回答李安德不久之前一直在廊道上大喊奧瑞斯特斯的名字，若要知道李安德去哪裡，應該去問廊道上的守衛。

「廊道上沒有守衛啊。」奧瑞斯特斯說道。

艾吉瑟斯聽到後似乎驚慌了起來，亟欲衝到門外查看，但他還是揮手讓那名守衛去查看。

「守衛全都在平常的位置站崗啊。」那名守衛仔細查看過廊道後說道。

奧瑞斯特斯經過那名守衛時，從頭到腳仔細打量他，直到那名守衛明白自己逃不過制裁。

他獨自站在廊道上，兩名守衛立刻走到他面前。

「李安德大人一直在找殿下。」其中一名守衛說道，「他派了守衛出去找殿下。」

「他不在他的寢宮啊。」奧瑞斯特斯說道。

「他跟他妹妹在一起，他妹妹正在陣痛。」守衛說道。

「伊安詩在哪裡？」

「在新寢宮。」

那兩名守衛陪奧瑞斯特斯到為了伊安詩和她的孩子而裝潢的新寢宮，伊安詩躺在床上，伊蕾特拉正抱著她，安撫她。李安德站在她們身邊。

「我們找不到你。」李安德說道。

「我在廊道上啊。」奧瑞斯特斯答道。

「我們剛剛全都在廊道上啊。」李安德說道，「沒人找得到你。今晚本來很平靜，直到她陣痛。你當時不在你的寢宮，到處不見你的蹤影，所以我們派幾名守衛去找你，同時也派幾名去找助產婆。」

伊安詩痛得大叫。她無法控制呼吸。伊蕾特拉把她額頭上的頭髮往後撥，拿海綿沾冷水擦拭她的臉，說話安撫她。

「就快到了。」伊蕾特拉說道，「助產婆就快到了。」

李安德向奧瑞斯特斯打了個手勢，暗示他們應該離開。奧瑞斯特斯覺得好奇怪，短短幾分鐘前，自己還急著找李安德，想把自己剛剛看到的事告訴他，但是現在，他們走向王宮的階梯，等待守衛和助產婆到來，黎明的曙光出現，照得石頭呈現紅色與金色，剛剛發生的事似乎已經消失，正如黑暗也已經消失。

奧瑞斯特斯跟李安德並肩而行，一隻手擱在他的背上，什麼都沒說，即便看到守衛把助產婆夾在中間風風火火趕過來，仍舊沒有說話。然而，助產婆走到階梯最上層後，李安德便吩咐守衛到宮門等候，他和奧瑞斯特斯帶助產婆去寢宮見正在等候的伊安詩和伊蕾特拉。

「她及時趕到了。」李安德對奧瑞斯特斯輕聲耳語，「她及時趕到了。」

他們帶助產婆進入寢宮，聽見伊安詩又痛得大叫起來，站在門口緊張地面面相覷。助產婆診察完伊安詩的情況後，斷然請他們兩人出去外面等候。

他們現在能做的，只有等待。他們先聽見大家正在準備接生的嘈雜聲，接著聽見房內傳來伊蕾特拉和助產婆安撫伊安詩的聲音。他倆一起走在廊道上，可以清楚聽見伊安詩的呻吟聲。

他們走到外頭，站在臺階上，欣賞黎明的光線；此時光線變得更加飽滿、更加完整，每天開始的時候，永遠是這個模樣，不論誰來或去，不論誰出生，不論什麼事被遺忘或被記住。總有一天，發生過的事都將隨他們溘然長逝，沒入長影，不再糾纏任何人，不再屬於任何人。

奧瑞斯特斯向李安德提議回去寢宮外頭等候，李安德點點頭，摸摸奧瑞斯特斯的肩膀。幾乎害怕看到彼此的兩人走回廊道上，站在一起，不發一語，他們聽著宮中每道聲響。

謝辭

這本小說的內容大多來自想像，完全沒有參考任何文獻。確實，《阿垂阿斯家族》裡的某些角色和許多事件，在這個故事的早先版本中，完全沒有出現，但是主角克呂泰涅斯特拉、阿迦門農、伊妃姬尼亞、伊蕾特拉、奧瑞斯特斯——以及敘事方式，是參考艾斯奇勒斯的《奧瑞斯提亞》、索福克里斯的《伊蕾特拉》、歐里庇得斯的《奧里斯的伊蕾特拉、奧瑞斯特斯和伊妃姬尼亞》。

感謝這些劇本的諸多譯者，尤其是David Grene、Richmond Lattimore、Robert Fagles、W. B. Stanford、Anne Carson、W. S. Merwin、Janet Lembke、David Kovacs、Philip Vellacott、George Thomson、Robert W. Corrigan。

還要感謝我的經紀人Peter Straus。感謝Catriona Crowe、Robinson Murphy、Ed Mullhall，在創作期間幫我試讀此書。感謝Natalie Haynes和Edith Hall。感謝英國企鵝出版社的Mary Mount。感謝Angela Rohan一如平常，全力相助。感謝紐約斯克里布納出版社的Nan Graham和Daniel Loedel。

大師名作坊 ⑯②

阿垂阿斯家族

作　　者—柯姆．托賓
譯　　者—高紫文
主　　編—嘉世強
編　　輯—張瑋庭
企　　劃—何靜婷
封面設計—徐睿紳
內頁排版—吳詩婷

發 行 人—趙政岷
出 版 者—時報文化出版企業股份有限公司
10803台北市和平西路三段二四〇號一～七樓
發行專線—（〇二）二三〇六—六八四二
讀者服務專線—〇八〇〇—二三一—七〇五
（〇二）二三〇四—七一〇三
讀者服務傳真—（〇二）二三〇四—六八五八
郵撥—一九三四四七二四時報文化出版公司
信箱—台北郵政七九～九九信箱

時報悅讀網—http://www.readingtimes.com.tw
電子郵件信箱—liter@readingtimes.com.tw
法律顧問—理律法律事務所　陳長文律師、李念祖律師
印　　刷—勁達印刷有限公司
初版一刷—二〇一八年十月十九日
定　　價—新台幣三六〇元
（缺頁或破損的書，請寄回更換）

時報文化出版公司成立於一九七五年，
並於一九九九年股票上櫃公開發行，於二〇〇八年脫離中時集團非屬旺中，
以「尊重智慧與創意的文化事業」為信念。

阿垂阿斯家族 / 柯姆．托賓（COLM TÓIBÍN）著；高紫文譯 . – 初版 . – 臺北市：時報文化, 2018.10
面；　公分 . –（大師名作坊；162）
譯自：House of Names
ISBN 978-957-13-7557-1

884.157　　107016004

ISBN 978-957-13-7557-1
Printed in Taiwan